高等职业教育“十二五”规划教材

安全保卫礼仪与人际沟通

主　　编　杨秋平

副 主 编　刘　文　谢利苹

参编人员　胡新贞　颜梦溪　闫　宁

袁敏琴　刘晓云　陈　瑶

机 械 工 业 出 版 社

本书明确定义了关于安保礼仪与安保人员职业形象等重要范畴，明确提出了关于安保人员礼仪的重要原则，设计了安保人员礼仪与综合社交能力训练项目与方法等。其主要内容包括安保人员礼仪修养、职业形象、人际沟通和语言表达四部分。同时每部分内容安排了相应的训练项目，目的是以这些项目为载体，更好地把礼仪与沟通的知识内容和能力训练融为一体，以达到全面提升安保人员的礼仪修养和人际沟通能力的目标。

本书适用对象为：各类高职高专安保专业学生和正在安保组织中从业的各类人员，主要包括各类、各级安保管理工作者；各类、各级保安师（保安培训师）；各级护卫人员（保镖）、各级保安员等。本书重点针对各级安保主管、安保经理等中级以上安保人员的培训需要，安排学习及训练内容。

为方便教学，本书配备电子课件等教学资源。凡选用本书作为教材的教师均可登录机械工业出版社教材服务网www.cmpedu.com免费下载。如有问题请致信cmpgaozhi@sina.com或致电010-88379375咨询。

图书在版编目（CIP）数据

安全保卫礼仪与人际沟通/杨秋平主编．—北京：机械工业出版社，2011.5

高等职业教育“十二五”规划教材

ISBN 978-7-111-34165-9

Ⅰ．①安…　Ⅱ．①杨…　Ⅲ．①保卫工作—礼仪—高等职业教育—教材
②保卫工作—人际关系学—高等职业教育—教材　Ⅳ．①D631.3

中国版本图书馆 CIP 数据核字（2011）第 068501 号

机械工业出版社（北京市百万庄大街 22 号　邮政编码 100037）
策划编辑：王玉鑫　责任编辑：张　芳
责任校对：赵　蕊　封面设计：王伟光
责任印制：乔　宇
北京瑞德印刷有限公司印刷（三河市胜利装订厂装订）
2011 年 5 月第 1 版第 1 次印刷
184mm×260mm · 10.5 印张 · 259 千字
0001—3000 册
标准书号：ISBN 978-7-111-34165-9
定价：22.00 元

序言

安保行业在我国自古就有，是改革开放的春风赋予了这一古老行业以新的生命。

在过去相当长的一段时间里，这个行业虽然发展很快，但也存在着一些不尽如人意的地方：行业管理不规范，安保服务质量低，从业人员素质良莠不齐，有些人甚至作出违反法纪的事情。这些问题，严重损害了行业的整体形象。

随着中国经济的飞速发展，社会对于高级安保人员的需求也越来越大，对于安保行业也提出了更高的期望与要求。而高水平的安保人员除了过硬的业务素质之外，还需要有高尚的道德情操以及良好的仪容仪表和形象气质。这些基本素质除了少数个人的先天遗传和自我约束形成的之外，大部分需要一个后天的系统教育和培养才能形成。

发达国家在安保培训方面做得比较规范。他们既有发达、完善的教育培训系统，又有先进的安保理念和技术。而在国内，高级安保培训却是个空白。虽然有一些保安培训机构在做着相关的工作，但是这些培训不甚规范，水平也不太高。对于从业人员的职业素养和形象礼仪方面的培训也一直是个空白，至今尚未发现特别适用的课程体系和教材范本。

为了顺应社会的需求、行业的需求以及时代的需求，2009年初，由北京政法职业学院与伟之杰安保公司联手合作，共同创办了“北京政法职业学院伟之杰高级安保培训学院”。学院的成立，填补了国内安保行业没有高级教育培训机构的空白，将为社会和市场培养出一批又一批具有较高素质的安保人才。目前专业培训计划已经全面实施，教学工作正在紧张而有秩序地进行着，第一批190名学员已经在2010年7月毕业上岗。

更为可喜的是，在北京政法职业学院的大力支持下，以杨秋平老师为首的教材编写组全体老师们克服了时间紧、任务重、工作繁杂等重重困难，成功完成了本书的编写，为促进我国安保职业培训的正规化、专业化作出了贡献。这是杨秋平老师几十年如一日执著于安保教育第一线辛勤耕耘的结果，也是整个教材编写组的老师们丰富的实践经验和坚实的理论基础的智慧结晶。

我一直以为，一个人要想成功必须要先做人，再做事，才能成事。尤其是我们从事安保工作的人，更应该笃行这一准则。安保人员，是保护对象最为信赖和依靠的人，也是维护社会正义和道德规范的重要力量。因此，具备良好的道德品质是做好这份工作的前提和基础。

安保工作对于从业人员的职业道德水准要求较高。而良好的道德品质不是空中楼阁，不是一朝一夕就可以培养出来的。这必须要经过积年累月的自身修养和一言一行的艰苦磨砺才能逐渐“养成”。正如曾子强调的那样，重视修养必须从三个方面的规范入手：一是“动容貌，斯远暴慢矣”；二是“正颜色，斯近信矣”；三是“出辞气，斯远鄙倍矣”。也就是说，做人要从自己日常的言行举止入手，使自己容貌严整，脸色端正，言辞得体。只有这样才能赢得人们对你的尊重和信任，才能树立起一个良好的职业形象。

本书以“德为先”，强调安保人员的礼仪形象与修养，牢牢抓住了安保人员从业技能的关键所在。同时，以此为切入点，把安保人员的道德建设作为第一要义，从安保人员平日的礼仪规范入手，最终达到“积跬步以至千里，积小流以成江海”的目的，真可谓是难能可贵。

2010年1月1日，是我国首部《保安服务管理条例》正式实施的日子。这个条例的出台，标志着我国安保行业即将进入一个正规化、专业化、职业化的崭新发展阶段。而就在此时，学院的老师们应社会之所需，择机而动，雪中送炭，为我们带来了这样一本既具备科学化、系统化的理论深度，又不乏应用上、实践上的可操作性的教材，其对于推动安保培训教育事业的健康发展称得上是功不可没。

因此，作为一名安保行业的老战士，我要对杨秋平老师及所有参加教材编写的老师们的辛勤工作表达由衷的感谢。感谢他们对安保教育事业的贡献；也感谢他们为提高安保从业人员的素质所作出的努力。同时，也希望杨秋平老师能"老骥伏枥，志在千里"，笔耕不辍，再接再厉，继续为我们安保培训学院推出更多、更好的系列教材，为中国安保教育事业的蓬勃发展作出新的更大的贡献。

北京伟之杰安保集团总裁

中国民促会安保专家委员会执行秘书长

（者美杰）

2011年2月1日

前言

近年来，各类安保组织像雨后春笋般遍布我国的大江南北。全国安保从业人员自1999年以来连续保持两位数增长。作为社会正在兴起和发展的安保行业来说，已经渗透到社会各个层面，从过去单一的“看门护院”发展到今天的人防技术、外事服务、名人要人的安全护卫、金融机构护卫、大型公共活动的安保工作等。在此背景下，高素质的安保专业人才培养问题，已引起社会广泛关注。据统计，目前全国已有百余所高职高专及应用型本科院校设立了安保专业。然而，在专业课程建设中，针对安保组织“窗口行业”的性质而开设的“安保礼仪与人际沟通”等课程，尚处于“真空”状态。对于安保专业的学生及正在安保组织中从业的安保人员来讲，开展礼仪与人际沟通教育、培训已成为安保职业道德实践的一个重要内容。为了满足需要，我们编写了《安保礼仪与人际沟通》一书。

本书是在全面准确地领会教育部《关于全面提高高等职业教育教学质量的若干意见》、全面准确地领会《保安员国家职业标准》（2006年11月公安部、原劳动和社会保障部联合发布）的基础上而编写的，以安保人员人才培养目标为导向，从安保行业职业需要出发，为提升安保从业人员的礼仪修养和人际沟通能力而量身定做。

本书明确定义了关于安保礼仪与安保人员职业形象等重要范畴，明确提出了关于安保人员礼仪的重要原则，设计了安保人员礼仪与综合社交能力训练项目与方法等。其主要内容包括安保人员礼仪修养、职业形象、人际沟通和语言表达四部分。同时每部分内容安排了相应的训练项目，目的是以这些项目为载体，更好地把礼仪与沟通的知识内容和能力训练融为一体，以达到全面提升安保人员的礼仪修养和人际沟通能力的目标。在本书最后，还编写了包括图片、文字两种形式的“学习参考资料”，文字资料部分提供了安保人员礼仪修养和成功社交的精彩案例，并且做了“案例评析”。

值得提出的是，本书涉及的一些内容，如第四章安保人员职业形象设计等诸多问题，是我们根据安保行业的正规化、专业化的未来趋势及要求而提出的。从安保行业的现状来看，这些要求似乎过高了些。但为了推动安保行业正规化、专业化的发展，我们提出了比较超前性的规范。

本书由杨秋平主编，刘文、谢利苹任副主编，参编人员有胡新贞、颜梦溪、闫宁、袁敏琴、刘晓云和陈瑶。

本书由国际注册体适能专业教练、美国形体艺术科学学院普拉提垫上、器械认证教练颜梦溪女士担任“形体及体适能训练”技术顾问；由原北京第三人民警察学校刘永利警官担任安保人员形体训练模特。

本书适用对象为：各类高职高专安保专业学生和正在安保组织中从业的各类人员，主要包括各类、各级安保管理工作者，各类、各级保安师（保安培训师），各级护卫人员（保镖）、各级保安员等。本书重点针对各级安保主管、安保经理等中级以上安保人员的培训需要，安排学习及训练内容。

本书在编写过程中参阅了大量的国内外有关论著、书籍、资料等，引用了一些同行的研究成果，受到了有关领导及同事、友人的热情关怀与支持，特此说明并致谢意！

由于水平有限，书中难免出现缺点和不足，恳请同行和读者批评指正。

北京政法职业学院　杨秋平

目　录

人际沟通篇

语言表达篇

礼仪修养篇

Etiquette culture article

培训目标与要求

本篇包括第一～三章内容。通过本篇学习，掌握并理解一般礼仪的含义及基本范畴、礼仪的特点、礼仪的功能等有关礼仪的基本知识；认识安保人员遵守礼仪规范的重要性；知道安保礼仪的原则与特点，掌握并能够遵守礼仪的原则，并且能够运用礼仪知识进行得体的社会交往，提升安保人员的职业礼仪素养和美好形象。

第一章　礼仪与安保礼仪概述

近年来，由个人或团体及政府部门组建的安保组织像雨后春笋般出现，全国安保从业人员自1999年以来连续保持两位数增长。作为社会正在兴起和发展的安保行业来说，已经渗透到社会各个层面，从过去单一的“看门护院”发展到今天的人防技术，外事服务，名人、要人的安全护卫，金融机构护卫，大型公共活动的安全保卫工作等。因此，对于“窗口行业”的安保组织及其每一位从业人员来讲，重视开展礼仪教育已成为安保职业道德实践的一个重要内容。

从个人角度来讲，优秀的礼仪素质有助于提高安保人员个人的修养，有助于美化自身、美化生活，有助于获得良好的人际环境；从安保组织角度来讲，礼仪是安保组织形象、安保组织文化、安保组织从业人员修养和素质的综合体现。作为一名优秀的安保人员，只有通过不断的学习、持续的锻炼，从内心深处感受礼仪之美，从言行上表现礼仪之美，努力提高个人修养，增强专业与心理素质，才能有效体现对人、对事、对工作的服务素养，进而促进安保事业和安保人员自身的长远发展。

一、一般礼仪的概念

（一）礼仪的含义与基本范畴

古人说：“凡人之所以为人者，礼义也。”大千世界，芸芸众生，每个人在社会这样一个大环境中生存、发展，就必须按“游戏基本规则”与各类人进行交往，这种“游戏”的基本规则，我们不妨将其称为礼仪。

我国素称“礼仪之邦”。可以说，礼仪是中华传统文化的精髓之一。我国古代有三部著名的礼典，即《周礼》、《仪礼》和《礼记》，它们是有关各种礼制的百科全书。其中《周礼》重于政治制度；《礼记》主要是对礼的各个细节作出的解释；《仪礼》则记载行为规范。三部礼书涵盖了我国古代“礼”的基本内容。

在对“礼”的理解上，又有多种不同见解：

“礼”即“敬”，《礼记·经解》中有“恭俭庄敬，礼教也”之说；《礼记·曲礼》开头就是“毋不敬”，把“敬”作为礼不容忽视的本质内涵。

“礼”即“序”，《礼记·乐记》：“礼者，天地之序也”，这里的序就是秩序、次序、身份、地位。

“礼”即“理”，《礼记·乐记》：“礼也者，理之不可易者也”，这里的理是指道理、原则和规范。

儒家创始人孔子说：“夫礼，必本于天，殽于地，列于鬼神，达于丧、祭、射、御、冠、昏、朝、聘。故圣人以礼示之，故天下国家可得而正也。”把礼仪视为天经地义，符合自然社会规律，涵盖人类社会生活的方方面面，维护社会秩序稳定、国家机器正常运转的准则。显然这是内涵极深、外延极广的礼的含义。

在西方，礼仪一词源于法语“etiquette”，原意是一种长方形的纸板，上面书写着进入法庭所应遵守的规矩、秩序，因而这种纸板被视为“法庭上的通行证”。礼仪一词进入英文后，便有了规矩、礼节、礼仪之意，成为“人际交往的通行证”。

综上所述，可以这样认为：礼仪是社会公认的（或约定俗成的），对他人表示尊重，且因社会地位、交往环境不同，而有所区别的一种交往规范。其宗旨是使人人都感到舒适、得体，其本质是通过各种规范的言行表示人际间的真诚、尊重、友好和体谅，它是人的社会关系的集中体现。

从一般概念上理解，“礼”不外乎礼貌、礼节和礼仪三方面。

礼貌是一个人内在素养和品质特性的外在表现，如使用尊称、热情而主动地与人打招呼、道谢等。

礼节是指在交际场合人们互相问候、致意，表示尊重、友好的惯用形式。例如，挥手致意、握手慰问、亲切拥抱等。礼节是礼貌的具体表现方式，可以说“没有礼节，就无所谓礼貌，有了礼貌，就必然伴有具体的礼节”。

礼仪则是对礼节、仪式的统称。它是指人们在社会交往中遵守社会正常行为规范的标准，按照约定俗成的程序，以建立和谐关系为目的的各种交往行为的完整过程。

应该说，礼貌是礼仪的基础，礼节是礼仪的基本组成部分，礼仪在层次上要高于礼貌、礼节，其内涵更深、更广，它是由一系列具体的表现礼貌的细节所构成，是一个表示礼貌的系统的、完整的过程。

（二）礼仪的特点

礼仪是一门社会交际的学问，它具有自身的特点。加深对其特点的理解与认识，有助于人们更自觉地按照礼仪规范待人接物。

1．共同性

人们追求真诚、善良和美好的愿望是一致的，礼仪是社会各阶层人士所共同遵守的准则与行为规范。每个人都要依礼办事。全人类不管哪个国家、哪个民族都以讲礼仪为荣、不讲礼仪为耻。

2．差异性

由于地域不同、民族不同、文化背景不同，礼仪除了共同性特点之外，还带有本地域民族的自身特点，这就形成了礼仪表现形式上的差异性。所以，礼仪除了具有一定的固定形式与规范外，还要注意因时、因地、因对象的不同而“入乡随俗”地加以变通。

3．继承性

礼仪规范将人们交际活动中约定俗成的程式以准则形式固定下来，这种固化的准则随着时间的推移沿袭下来，就形成了礼仪的继承性特点。人们对流传下来的礼仪规范应采取汲取精华、去其糟粕、古为今用的态度，不但要继承优秀的礼仪传统，而且要发扬光大，并将其传承下去。

4．发展性

礼仪规范不是一成不变的，它随着时代的发展、科学技术的进步，在传统的基础上，不断地推陈出新，体现着时代的要求与时代的精神。

（三）礼仪的功能

西方哲人赫尔岑说："生活里最重要的是有礼貌，它比最高的智慧，比一切学识都重要。"

我国古代更是把是否有礼看成是能不能具备做人资格的标准，《礼记·曲礼》说："今人而无礼，虽能言，不亦禽兽之心乎？是故圣人作为礼以教人，使人以有礼，知自别于禽兽。"因此，也有人将传统的礼制文化称为"耻感文化"。

现代社会人际关系日趋复杂，礼仪已经渗透到人们工作、生活的方方面面，其所发挥的作用也越来越大。礼仪的主要功能有以下几个方面。

1．提高自身修养的功能

礼仪不仅反映着一个人的交际技巧与应变能力，而且还体现着一个人的气质风度、阅历见识、道德情操，可以说礼仪即教养，即每个人的文明程度。就国家范围而言，它还是一个国家、一个民族的文明程度、国民素质、精神风貌的重要标志。正如我国著名的思想家颜元所说："国尚礼则国昌，家尚礼则家大，身尚礼则身修，心尚礼则心泰。"

在日常人际交往中，人们总是通过仪表、服饰、谈吐、举止来表现其各种行为或需求，这是影响人们第一印象的主要因素。整洁大方的个人仪表、得体的言谈、高雅的举止、优秀的气质风度，必定会给人留下深刻而美好的印象，赢得对方的尊重，进而有助于双方关系的和谐与亲密。学习礼仪、运用礼仪的首要作用就在于此。

2．规范社交行为的功能

在社会生活中，人们都必须按一定的规范行事，即每个人的行为都应遵守一定的社会生活准则和规范，而礼仪作为人们处世行为规范的约束标准，它不仅约束着人们的态度和动机，规范着人们的行为方式，协调着人与人之间的关系，也维护了社会的正常秩序。人们在社交场合按礼仪规定的要求进行交往，有助于相互间的良好沟通并达成共识。礼仪作为一种共同遵守的"游戏规则"，还执行着对人际关系的整合和疏导功能，如尊老爱幼、以诚待人、讲究仪容仪表等，它潜移默化地熏陶着人们的心灵，使每个人更能注意自己的言行，养成良好的生活、工作习惯，同时制约着人们按照规范的社会行为准则去工作、学习、生活，"非礼勿视，非礼勿听，非礼勿动"，营造和谐亲密的良好人际关系。

3．推进社会文明的功能

社会文明与秩序的维系需要法治，但更离不开礼仪建设。管仲曾提出："礼义廉耻，国之四维，四维不张，国乃灭亡。"荀子也曾提出："人无礼则不立，事无礼则不成，国无礼则不宁。"中华民族的发展与未来需要培育一代代有理想、有道德，讲文明、懂礼貌、守规矩的新人。那么，恢复和发展我国优秀文化传统，弘扬民族正气，就要通过一定的形式来推动，礼仪建设就是其中一种较好的形式。学习礼仪、遵守礼仪可以净化社会风气，提升个人和社会的精神品位，提高全民族的文明程度，进而在全世界提升中华民族的文明形象。

（四）礼仪通用原则

人际交往是多层次的，因而，不可能有一套固定的礼仪模式以适应所有的社交场合。但是，不管礼仪的内容与形式是怎样千差万别，在社会交往活动中都应遵守以下礼仪的基本原则。

1．宽容的原则

即人们在交际活动中运用礼仪时，既要严于律己，更要宽以待人。宽容就是要豁达大度，有气量，不计较和不追究。具体表现为一种胸襟，一种容纳意识和自控能力。

2．敬人的原则

即人们在社会交往中，要敬人之心常存，处处不可失敬于人，不可伤害他人的个人尊严，更不能侮辱对方的人格。敬人就是尊敬他人，包括尊敬自己，维护个人乃至组织的形象。不可损人利己，这也是人的品格问题。

3．自律的原则

这是礼仪的基础和出发点。学习、应用礼仪，最重要的就是要自我要求，自我约束，自我对照，自我反省，自我检查。自律就是自我约束，按照礼仪规范严格要求自己，知道自己该做什么，不该做什么。

4．遵守的原则

在交际应酬中，每一位参与者都必须自觉、自愿地遵守礼仪，用礼仪去规范自己在交往活动中的言行举止。遵守的原则就是对行为主体提出的基本要求，更是人格素质的基本体现。遵守礼仪规范，才能赢得他人的尊重，确保交际活动达到预期的目标。

5．适度的原则

应用礼仪时要注意把握分寸，认真得体。适度就是把握分寸。礼仪是一种程序规定，而程序自身就是一种“度”。礼仪无论是表示尊敬还是热情都有一个“度”的问题，没有“度”，施礼就可能进入误区。

6．真诚的原则

运用礼仪时，务必诚信无欺，言行一致，表里如一。真诚就是在交际过程中做到诚实守信，不虚伪、不做作。交际活动作为人与人之间信息传递、情感交流、思想沟通的过程，如果缺乏真诚则不可能达到目的，更无法保证交际效果。

7．从俗的原则

由于国情、民族、文化背景的不同，必须坚持入乡随俗，与绝大多数人的习惯做法保持一致，切勿目中无人，自以为是。从俗就是指交往各方都应尊重相互之间的风俗、习惯，了解并尊重各自的禁忌，如果不注意禁忌，就会在交际中引起障碍和麻烦。

二、安保礼仪及其特点

安保礼仪是指安保人员在安保服务工作中所应具有的对人表示尊重、亲善、友好的行为规范，是安保人员内在素养和外在美好职业形象的充分体现。这里的“安保人员”是指在安保组织中从业的各类人员，主要包括：各类、各级安保管理工作者，各类、各级保安师（保安培训师），各级护卫人员（保镖），各级保安员等。

安保礼仪基于安保职业的特点和安保服务工作的性质与要求，明显地带有本行业的职业特点，是安保人员在安保服务工作中对人表示敬意的礼节、仪式，具有严肃认真、正规划一的特点。安保礼仪融于中华民族礼仪及现实社会公共道德礼仪之中，是中华礼仪及现实社会公共道德礼仪在安保职业领域里的表现形式。

安保人员的基本礼仪主要包括安保人员的仪容、仪表礼仪，即形象礼仪；安保人员的言谈举止礼仪、接人待物礼仪，即人际沟通礼仪；安保人员的一般社交礼仪等。安保礼仪应该具有如下特点：

一是安保礼仪是安保人员的内在修养和素质的外在表现。礼仪体现教养，教养展示职业素质。也就是说，安保人员的职业教养与职业素质体现于安保人员在安保服务工作中对社会礼仪、礼节的认知和应用。

二是安保礼仪是安保人员为人处世的行为规范和标准，同时也是安保人员在人际交往中的沟通技巧和行为艺术。

三是安保礼仪是安保人员在安保服务工作中必须遵守的律己敬人的习惯形式，即待人以尊重、友好的习惯做法。简言之，安保礼仪是安保人员待人接物的一种惯例。安保礼仪是一种形式美，它是安保人员心灵美的必然外化。

四是安保礼仪是安保组织塑造自身形象的重要途径。在现代社会中，任何一个安保组织都要处理好与自身发展密切相关的内外公众关系，树立良好的组织形象。那么，安保组织的良好形象如何塑造，一个非常重要的方面就是要充分发挥安保礼仪的功能和作用。

三、安保礼仪与安保组织形象

在竞争日益激烈的社会中，社会形象已成为安保组织立足社会的必备条件。组织形象是安保组织向社会介绍自己的最好名片；安保组织良好的社会形象，是最重要的无形资产；树立良好的组织形象对安保组织的生存和发展至关重要。所谓安保组织形象，就是社会民众心目中对安保组织机构的整体印象和评价。

在安保服务工作中，礼仪能够调节人际关系，从一定意义上说，礼仪是人际关系和谐发展的调节器。安保人员在工作时按礼仪规范去做，有助于加强人们之间互相尊重，建立友好合作关系，缓和和避免不必要的矛盾和冲突。一般来说，人们受到尊重、礼遇、赞同和帮助就会产生吸引心理，形成友谊关系，反之会产生敌对、抵触、反感，甚至憎恶的心理。

安保礼仪具有很强的凝聚情感的作用。礼仪的重要功能是对人际关系的调解。在安保服务工作中，时常出现错综复杂的工作局面，在平静中会突然发生冲突，甚至采取极端行为。礼仪有利于促使冲突各方保持冷静，缓解已经激化的矛盾。如果安保人员都能够自觉、主动地遵守礼仪规范，按照礼仪规范约束自己，就容易使人际间感情得以沟通，建立起相互尊重、彼此信任、友好合作的关系，进而有利于各种工作的开展。所以，礼仪是安保组织形象、文化、安保人员修养素质的综合体现。具体地说，安保礼仪对安保组织形象的塑造作用主要表现在以下四个方面：

一是安保人员的举止言行、衣帽服饰等符合安保礼仪的要求，不仅反映出个人，而且在某种程度上也代表其所在的安保组织的形象，是安保组织形象的一种外显方式。

安保人员与公众见面时，适时得体的衣着打扮、言谈举止和体姿动态往往形成照耀安保服务活动的“晕轮”或“光环”，这种“晕轮”和“光环”的“亮度”或“强度”则取决于各种礼仪的具体表现是否恰到好处。恰到好处的礼仪不仅令公众产生信任和好感，而且会使合作过程和谐与成功。相反，如果安保人员蓬头垢面，缺乏素养，公众便可能会联想到组织整体素质的低下，有损安保组织整体形象。

二是安保礼仪可以规范安保组织内部公众的言行，协调领导和安保人员之间的关系，使全体安保人员团结协作，提高工作效率，保质保量地完成安保工作任务，进而提高安保组织在市场竞争中的生存和发展能力。反之，如果安保人员不能遵循安保礼仪，他们之间的冲突、矛盾就可能会增多，不能很好地协作配合，遇事推诿扯皮，不仅降低工作效率，而且会影响安保组织目标的实现，甚至会危及安保组织的生存。例如，有一家安保组织的经理经常在众人面前训斥安保人员，动不动大发雷霆。有位年轻的安保人员经常挨批，他对此耿耿于怀，并在安保工作中经常与顾客发生口角。一次，他对顾客火冒三丈，甚至大打出手，造成恶劣影响，致使该安保团队中的12名安保人员被集体解雇。

三是在安保活动中，安保礼仪会赢得公众对组织的赞赏。这样不仅可以巩固现有的公众关系，还可以广结良缘，拓展更多的新关系，得到更多的认同和帮助，创造出良好的生存与发展的环境。例如，20世纪30年代世界经济一度处于大萧条中，全球旅馆倒闭了80%，希尔顿旅馆也负债50万美元，但这家老板没有灰心丧气。他教导员工，无论旅馆本身的命运如何，在接待旅客时千万不可愁云满面。他说，希尔顿旅馆服务人员脸上的微笑永远是属于旅客的。自此，员工们的微笑服务使旅客对希尔顿旅馆充满了信心，在社会经济普遍不景气背景下，不仅挺过萧条，而且一枝独秀。安保组织也是一样，要想在市场竞争中立于不败之地，不可以忽视安保礼仪的作用。

四是安保礼仪是安保组织美好形象的重要标志，是组织形象、文化、安保人员修养素质的综合体现。安保组织通过安保活动向公众显示各方面的形象，以感召公众，使公众认同安保组织，产生信任和好感，提高安保组织在社会上的地位和声誉。如果安保人员都能够自觉主动地遵守礼仪规范，按照礼仪规范约束自己，一定能够促进安保事业的发展。

四、安保礼仪的原则

总体上说，安保礼仪基本上遵循一般通用礼仪原则的内涵，它是一般通用礼仪原则的延伸和具体表现形式，即指安保人员在安保服务工作中处理人际关系的基本准则。熟悉安保礼仪的基本原则，有助于安保人员在具体工作中做到自觉、主动，具有更加自然得体的行为表现。

（一）尊重原则

人际交往互相尊重最为重要，尊重是安保礼仪的情感基础，只有彼此间相互尊重才能保持和谐、愉快的人际关系。每个人在人际交往中都处于平等地位，无论种族、国籍、肤色、社会地位如何。也只有尊重别人才能赢得别人的尊重，“敬人者恒敬之，爱人者恒爱之”。实际上“礼”的良性循环，也就是借助互敬、互尊这样的机制而得以生生不息。

（二）遵守原则

不论是一般交际礼节，还是重大活动礼仪，都是按照一定的规则行事的。即使这些规则中包含着特定的区域性、民族性和时代性，但基本精神是：礼有规则。因此，在安保服务活动中，必须严格遵守礼仪规则，依礼行事。

（三）切境原则

不同的礼仪要求有不同的情境，情境一旦以外部环境的面貌呈现出来，便要求人们积极适应。例如，庆典的情境要求应是喜气洋洋、氛围热烈，人们参加这样的活动，就要从服饰、仪容、语言、神情、环境视角到施礼程序等诸方面都符合它的情境要求。

（四）自律原则

安保礼仪规范由对待自身的要求和对待他人的做法两大部分组成。自律原则就是要求安保人员自身树立良好的道德信念和行为准则，自我要求、自我约束、自我控制、自我对照、自我反省，正所谓“己所不欲，勿施于人”，同时更提倡“严于律己，宽以待人”，提高自律、自觉性。

（五）适度原则

适度原则要求应用礼仪时必须注意技巧，合乎规范，掌握好社交中各种情况下的不同交往准则和彼此间的感情尺度，凡事当止即止，过犹不及。古语说“君子之交淡如水，小人之交甘如醴（音理）”，一旦交往尺度有误，很容易引出完全相反的结局。例如，一些地方不懂正常交往礼仪，盛情款待外国客商，反而招致对方疑虑：一个地方官员都如此大吃大喝，我们投资不放心。

适度原则在日常交往中包括感情适度，不宜过于热烈，也不应太内敛。第一，要做到谈吐适度。应根据谈话对象不同选择不同的节奏、音量及谈话内容与方式。第二，要举止适度。肢体语言要得当，表情与交际场合气氛相适应，动作应配合讲话内容，只有这样才能真正赢得对方的认同，达到沟通目的。

五、安保人员学习礼仪的方法

礼仪、礼节、礼貌内容丰富多样，需要不断学习、不断自我反省、自我约束，才可能塑造出彬彬有礼、落落大方的安保人员文明美好的形象。

（一）自尊自爱，自我约束

一个人只有自重，才能得到别人的尊重。待人接物不卑不亢，为人处世不随波逐流，遇到挫折不自暴自弃，遇事顺利不忘乎所以。自爱，就是要接纳自己，包括自己的优点和缺点。接纳优点是为了增添自信，进一步发展；承认缺点是为了使自己有自知之明，扬长避短，完善自我。同时应自我约束，就是在应当努力的时候学会坚持，在应当制止的时候学会放弃，不任性苛求，不固执己见。

（二）遵守规范，尊重他人

无以规矩，不成方圆。在安保服务组织的集体中，总会有这样那样的条例和要求，只有遵守相关规定，按公共礼仪去办事，才会被大家认可接受。只有尊重他人，才能赢得他人的尊重。

（三）顾全大局，求得和谐

人际交往，贵在和谐。群体相处，难免发生矛盾，遇到这种情况，只有着眼全局，从长远出发，才能取得双赢，构建真正的和谐环境。

（四）学习礼仪，贵在实践

安保礼仪是安保人员的行为准则，其中诸如礼貌、礼节、仪式等都有许多具体规范和约定俗成的做法。只学而不做是永远不会养成良好习惯的。只有不断学习，不断实践，有意识培养、锻炼自己：从一声称谓到一次握手，从自己的一举一动中，严格按礼仪要求去做。久而久之，就会逐渐养成良好的礼仪习惯，并将它融入我们的个性之中，从而表现出安保人员独特的个性之美。

训练项目

根据本章内容准备小品片断。通过安保岗位情景剧编排与表演（体现礼仪原则），进一步体会安保礼仪的重要性。

学习体会分享

1. 什么是礼仪？什么是安保礼仪？安保人员礼仪的特点有哪些？
2. 如何理解安保礼仪的原则？
3. 结合安保工作，说说安保礼仪的重要性。
4. 准备一则体现安保礼仪原则的案例或小故事，谈谈礼仪与个人成功的关系。
5. 说说安保人员学习礼仪的方法。

资料链接

培训参考资料（见附录A）：

1. 今天是谁替你扎好了降落伞。
2. 信守约定。
3. 齐景公更晏子宅。

学习训练随笔

第二章　安保人员礼仪规范

在开始本章学习之前，首先应该明确：礼仪的纲领是德。所有的礼仪，都是围绕着德展开的，都是为了弘扬和表彰德而设计的。违背了德的任何仪式，都不能称为礼仪。因此，抓住了德，就抓住了礼仪的根本。

安保人员礼仪植根于中华民族礼仪之中，彰显于现实社会公共道德之上，是中华礼仪在安保职业领域里的表现形式。同时，安保礼仪又是安保人员修身养性的手段，是安保人员立足于社会的人格教育。作为安保人员，应该不断提升自己的精神境界，不断地走向典雅，而要达到这个境界最好的途径就是学习礼。《礼记》说："礼者，理也。"作为安保人员，每天践行礼仪规范，不仅可以端正行为，而且可以促进内心的修养，使自己的德行内化，成为受他人尊重的安保人员。

一、见面礼仪规范

见面是人与人之间彼此交往的开始。在安保服务的各种场合，自我介绍和介绍他人都是常有的事。见面礼仪的总体要求是：举止庄重、大方、得体、充满自信。

（一）介绍

1．自我介绍

介绍自己的姓名、单位，如果对方对自己表现出结识的热情和兴趣，视具体情况，还可以介绍一下自己的身份、原籍、学籍以及简要的工作经历等。介绍时，可将右手放在自己的左胸上，不要慌慌张张，毛手毛脚，不要用手指指着自己。

自我介绍时，眼睛应看着对方或大家，要善于用眼神、微笑和自然亲切的面部表情来表达友谊，不要显得不知所措、面红耳赤，或吞吞吐吐、唯唯诺诺，更不要随随便便、满不在乎，或长篇大论，洋洋洒洒。

2．介绍他人

介绍朋友给其他人时，介绍之前要充分了解被介绍人的身份、地位等。如果对方在忙着与他人说话时，切不可随意打断对方的谈话，可以点头致意后在一旁等待。因为只有在合适的情形之下，你介绍的朋友才会被对方重视。介绍时要手心朝上，四指并拢，拇指张开，指向被介绍的一方，并向另一方点头微笑。必要时可以说明被介绍人与自己的关系，以便新结识的朋友之间相互了解和信任。

第一，将男士介绍给女士。在介绍过程中，要引导男士到女士面前做介绍。要注意女士的名字应先提到。"张小姐，我给你介绍一下，这位是刘先生。"

第二，将年轻者介绍给年长者。在同性的两个人中，要给他们做介绍，应先将年轻者介绍给年长者，表示对前辈、长者的尊敬。例如，“崔老，我给您介绍一下，这位是治安科的小张。”

第三，将职位低者介绍给职位高者。将职位低者介绍给职位高者，主要是遵从职位高者有优先了解对方的原则。例如，“陈局长，我给您介绍一下，这位是刚调来的贾处长。”

第四，将客人介绍给主人。通常将客人先介绍给主人，是为了使主人了解客人的身份、地位，以便更好地进行接待。

第五，将后到者介绍给先到者。因为先到者相互间已经被介绍，将晚到者介绍给临近的先到者，能够使气氛更加活跃。

3．集体介绍

把其中一方的个人介绍给另一方的集体时，介绍后，可让所有的来宾去结识这位被介绍者；把大家介绍给某个人时，可以从年长者或地位比较高的人开始逐一介绍；处于平等地位的集体需要相互介绍，可以按照座次或队次顺序介绍，或者以身份高低顺序进行。

（二）称呼

称呼是指当面招呼对方，以表明彼此关系的名称，称呼用语最基本的要求是确切、亲切、真切。一般来说，在我国主要有敬称、谦称、美称、婉称等称呼用语。

1．称呼的方式

第一，人称敬称。通常人称敬称有：您、您老、您老人家、君等词，多用于对尊长、同辈，而尊长对幼辈一般称“你”，表明说话者的客气与谦敬。

第二，亲属称谓。对非亲属的交际双方以亲属称谓之，通常在公共场合，如公园、商店、车船、码头等非正式交际场合使用。例如，称大哥、大姐、大伯、大妈、叔叔、爷爷、奶奶等。

第三，职业称谓。在比较正式的场合，习惯于用职业称谓，带有尊重对方职业和劳动之意，也暗示谈话与职业有关，通常有师傅、大夫、医生、老师等，且冠之以姓。

第四，职衔称谓。对国家工作人员，尤其是官员、专业技术人员，在各种交际场所都流行职务（职称）称谓。例如，厂长、主任、主席、工程师、教授等，在前面冠之以姓。

第五，姓名称谓。通常在正式场合称呼比较熟悉的同辈人为“老+姓”（老刘、老李等）；对官员、知识分子等老年男性称“姓+老”（王老等）；长者对小字辈称“小+姓”（小陈等）。

第六，家属称谓。对他人家属的敬称使用最广的是令、尊、贵、贤、台等敬辞。

第七，泛尊称。先生、女士，这是当今通常在正式场合的称呼习惯，不分职务、年龄、职业，都可称呼“先生、女士”。商务往来，以此称呼为佳。在部队，士兵之间互称“战友”；在学校，学生间互称“同学”等。

第八，外国人名的称呼。（见第九章涉外礼仪常识）

2．称呼的原则

在社会交往中，称呼非常有讲究，须慎重对待。因此，使用称呼语时要遵循下面三个原则：

第一，礼貌原则。称呼必须符合对方的年龄、性别、身份、职业等具体情况，并应当注意讲究礼貌。

第二，适度原则。称呼要符合交往的场合与当地的风俗习惯。例如，在正式场合对前来进行业务洽谈、开会的人都应以职务相称，以体现进行公务活动的严肃性；而在平时交往和在家庭中，则可较为随便。

第三，尊敬原则。在被介绍给他人需与多人同时打招呼时，称呼要注意有序性。一般来说，先长后幼，先上级后下级，先女后男，先疏后亲为宜。特别在涉外场合，称呼的次序更为重要。

（三）致意礼仪

致意礼仪主要是指除了使用握手礼外，还有举手、点头、脱帽、欠身等见面礼仪方式。在安保服务工作中，致意礼仪主要适用于已经相识的友人之间，在大庭广众中相互致意。由于致意主要是在不宜多谈时以动作去表达对人的问候，所以致意的动作不能马虎，一定要使对方看到、看清，表情也不可呆板，这样表达自己的友善之意才会被对方接受。致意时不可距离太远，以致对方对致意毫无反应，令人难堪。

1. 致意礼的基本规则

致意的基本规则同握手礼相仿，男士应先向女士致意，晚辈应先向长辈致意，未婚者应先向已婚者致意，职位低者应先向职位高者致意。

2. 致意礼的方式

致意可分为欠身致意、脱帽致意、举手致意、点头致意等多种方式。

第一，欠身致意。即全身或身体的上半部分在目视被致意者的同时，微微向前倾一下，意在表示对他人的恭敬，适用的范围比较广泛。欠身行礼时，双手不应拿着东西或插在裤袋里。

第二，脱帽致意。倘若戴帽男士在路上行走时与朋友相遇，可采用一言不发的脱帽礼。一般而言，下列这些场合应行脱帽礼：男士进入室内时，或在路上行走遇到长辈或朋友时。

第三，举手致意。举手向朋友打招呼致意，不可在公众场合下大喊大叫，通常不必作声，只需将自己的右臂抬起，向前方伸直，轻轻摆摆手即可，不需反复地、大动作地摇动。以此作为见面礼，适用于同与自己距离较远的熟人相逢之际，如行进在人声嘈杂的街道上、会议和会谈正在进行当中或置身于影剧院或歌舞厅等之中。

第四，点头致意。点头致意也是一种不出声的问候，尤其适用于与对方不宜交谈场合下的见面礼。一般情形下，上级对部属、长辈对晚辈、师长对学生，可行点头礼。在正式的社交场所，遇到上级或长辈，则宜立正点头。与仅有一面之交者在社交场合相逢，或是与相识者在同一场合中多次见面，也可点头致意。在正式的外交场合中遇到身份比自己高的人，应有礼貌地点头致意，不可冲动地上前伸手问候，只有当上司主动伸手时，方可向前握手。微笑的要旨即真诚、自然、朴实无华，切忌做作、假相，使人难堪。

以上种种致意方式，对同一时间的同一个人，可以选用一种，也可以多种并用，这就看哪种动作语言最自然、最习惯及最能流畅地将自己对对方的友善之意表达出来。

（四）握手礼

1. 握手礼及其方式

握手礼是当今世界上最通行的相见礼节，也是人们日常交往最常使用的一种见面礼。它集欢迎、友好、祝贺、感谢、尊重、致歉、慰问、保重、惜别等多种复杂感情于一身。握手礼的根本精神虽然一样，但表现的方法如力量的大小、时间的长短、身体的俯仰、动作的主动与被动、面部的表情、视角的方位等，往往能表达握手人对对方的不同礼遇、态度和各国各民族的不同习惯。

单手握手，这是最为普通的握手方式，它是礼节性的，是为了表达友好合作的握手方式。一般适用于初次见面或交往不深的人握手。这样做，双方均不卑不亢，还可收到理想的交际效果，如图2-1所示。

手扣手式握手。这种方式的握手，一般是用右手握住对方的右手，再用其左手握住对方右手的手背。用这种方式握手，一般适宜于老朋友之间，使人感到热情、真挚、诚实可靠，如图2-2所示。

图 2-1

图 2-2

双握式握手。这种握手方式，一般适用于情投意合和感情极为密切的人之间，目的是向对方传递一种真挚、深厚的友好感情，如图2-3所示。

图 2-3

2．握手需要注意的事项

握手时，应专心致志，切忌左顾右盼，心不在焉。

第一，与上级或长辈握手。遇到上级或长辈时，不必忙着伸手，因为主动者属于对方，他们会作出该不该握手的决定。当对方伸出手时，再伸手也不迟。在跟上级或长辈握手时，应主动把另一只手也伸过去，双手握住对方的手，直到对方松开。

第二，与下级或晚辈握手。与下级或晚辈握手，应主动地把手伸过去，以示关心和平易近人。

第三，与女士握手。一般要等女士有意握手时方可伸出手，同时要轻握女士的手掌前部，且握手力度不可过重、过猛。

3．与朋友和平辈之间握手

朋友和平辈之间握手，谁先伸手不作计较，一般谁伸手早，谁更为有礼。

第一，与客人见面或告辞时。不能跨门槛握手，要么进屋，要么走出门外。

第二，穿军、警服装与人握手时。应先敬礼，然后再握手。

握手后，不要立即当着对方的面擦手，以免造成误会。

此外，还要注意与人握手的时间控制，可根据握手双方的亲密程度灵活掌握。初次见面者，握一两下即可，一般控制在三秒钟之内，切忌握住异性的手久久不松开。握住同性的手也不宜时间过长，以免对方欲罢不能。

（五）拥抱礼

在欧美各国，人们在见面或告别之时，经常使用拥抱礼。拥抱不但是人们日常交际的重要礼节，也是各国官员在外交场合中的见面礼节，它是通过身体的某一部分的接触来表示尊敬、亲密和重逢的喜悦。

在正式的场合和仪式中，礼节性的拥抱是两人相对面立，伸开双手，上身稍前倾，各自抬起右臂，将右手搭放在对方左肩上方，左手向对方右肋往背后轻轻环抱，然后按自己的方位，双方均向各自的左侧拥抱对方一次，然后向右侧拥抱一次，最后再次向左侧拥抱。西方人在商务往来中并不使用拥抱礼。

（六）鞠躬礼

东亚国家多行鞠躬礼，在朝鲜、韩国，特别是日本，人们以弯身行礼方式表达自己的尊重与敬佩。当今鞠躬已成为一种交际的礼仪，宾主之间、同事之间、初识朋友之间、下级对上级、晚辈对长辈，为表示对对方的尊敬都可行此礼。行鞠躬礼时，必须注目，不得斜视。以示一心不二，受礼者也同样，而且行礼时不可戴帽。行礼时口中不能含着食物等。上级或长者还礼时，可以欠身点头或同时伸出右手以答之，不鞠躬亦可。

（七）抱拳拱手礼

在我国传统礼节中，十分重视抱拳拱手礼，即作揖。亲朋好友会面、聚餐、喜事祝贺、登门拜访、开会发言等，见面时互相行此礼。这种礼仪具有浓厚的东方气息，一般用于非正式场合且气氛比较融洽之时，如我国传统的春节拜会、宴会、晚会等。

（八）合十礼

在东南亚和南亚信奉佛教的国家里，尤其在泰国，人们见面常常以施合十礼表示敬意。通常合十礼的双手举得越高越好，表示对对方的尊敬程度也就越高。向一般人行合十礼，掌尖与胸部持平即可（一般以衬衫由上往下数第二粒纽扣为准），若是掌尖高至鼻尖，那就意味着行礼者给予对方特别的礼遇，唯有面对尊长者时，行礼者的掌尖才允许高至前额。地位高和年纪大的人还礼时，手不应高过前胸。

由于信仰的不同，不同国家或地区的风俗也稍有区别。尽管形式稍有变化，但当对方向我们施合十礼时，要尊重对方习俗，以同样方式的礼节还礼。见面礼虽然多种多样，且各自的讲究也不尽相同，但最重要的是还礼者要做到心中有数、诚心诚意、恭敬、文雅，就一定会给人留下一个良好的印象。

（九）名片的使用

名片是一种经过精心设计、能表示自己身份、便于交往和开展工作的卡片。运用名片来开展各种活动越来越普遍。“好记性不如烂笔头”，更何况需要了解的信息如此之多，一张名片则可清清楚楚、简明扼要地记录下对方的基本情况，同时，名片能便于双方保持联系，对于扩大社交面有促进作用。

一般说来要事先把名片准备好，放在容易拿出的地方，如上衣口袋里或专用名片夹里。

1．递名片

第一，面带微笑。

目光正视对方，面带微笑，并说一些诸如“×经理，这是我的名片，以后多多联系”、“请多多关照”之类的寒暄话，如图2-4所示。大方谦逊的姿态，可加深对方对你的印象。

图 2-4

第二，恭恭敬敬。

在递送自己的名片时，采用双手递、双手接的方式。千万不要用食指和中指夹着名片给人。名片上的字体应正面朝向对方，目的是让对方能够直接读出来。

第三，中外有别。

必须强调的是，中国人同外国友人交换名片，要留意一下对方用什么方式与人交换名片，然后可跟着模仿。西方人、印度人等习惯用一只手与人交换名片；日本人则喜欢在一只手接过他人名片的同时，用另一只手递上自己的名片。

第四，遵循顺序。

通常情况下，应当是地位低的先把名片双手递给地位高的，年轻的先把名片递给年长的，客人先把名片递给主人。但是，如果对方在你之前先拿出名片来，那也不必谦让，大方收下即可，然后再拿出自己的名片来回报。当与多人交换名片时，应依照职位高低的顺序或由远及近，依次进行。

2．接受名片

第一，立即道谢。

接受他人名片应毕恭毕敬，马上说一声“谢谢”。

第二，认真阅读。

一定要用半分钟左右时间，从头至尾默读一遍对方名片上的内容，还可以有意识地读出声来，重复对方名片上的职务或单位，以示仰慕。

第三，随即返还（自己的名片）。

如接受对方递过来的名片时，要立即放下手中的事，双手接过来，同时把自己的名片递与对方。

如果自己暂时没有名片交换或不愿意将名片给对方，可以说：“对不起，我的名片刚刚用完。”或者说：“对不起，我没带名片。”

第四，概要记录（条件允许时）。

与客人会面结束后，可以在名片背面做一些资料记录，如在何地、何时相识，对方的外貌特征、爱好习惯等，在下次见面时，便可脱口而出地说出对方的姓名及其他相关信息，会一下子缩短与对方的距离。

3．交换名片的禁忌

第一，不要胡乱散发或逢人便要。

第二，不要随意放置。

第三，不要攥在手中揉搓。

第四，不要在名片上面乱写乱画。

第五，不要让其他人替自己收放刚刚接手的名片。

二、位次礼仪规范

安保人员学习排位礼仪最显著的意义在于，可以帮助自己正确判断护卫目标，是在特定环境下完成护卫任务的必要条件。目前在排位方法（礼仪）上有些说法不一，但大体上有五项基本规则可以遵循：一是以右为上（遵循国际惯例）；二是居中为上（中央高于两侧）；三是前排为上（适用所有场合）；四是以远为上（远离房门为上）；五是面门为上（良好视野为上）。

（一）中式宴会桌次与席次

1．桌次

在桌次安排上有如下原则：

第一，以右为上。当餐桌分为左右时，应以居右之桌为上。此时的左右，是在室内根据“面门为上”的规则所确定的，如图2-5所示。

第二，以远为上。当餐桌距离餐厅正门有远近之分时，通常以距门远者为上，如图2-6所示。

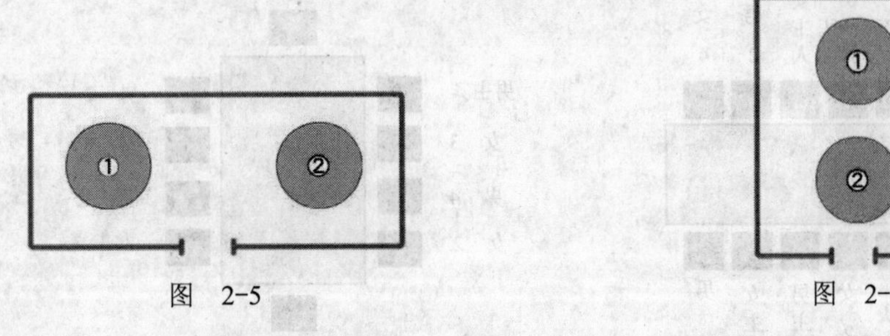

图 2-5　　图 2-6

第三，居中为上。需要多张餐桌时，一般居中央者为上，如图2-7、图2-8所示。

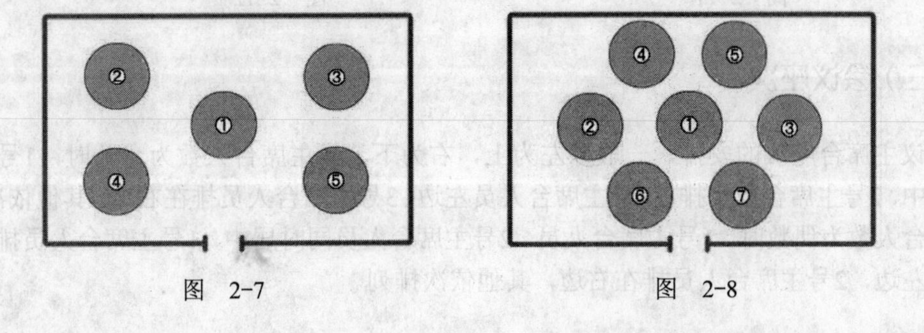

图 2-7　　图 2-8

2．席次的安排

在宴会上，席次是指同一张餐桌上席位的尊卑（高低）位置。在席次的安排上应注意：

第一，主人面对餐厅正门。有两位主人时，双方则可对面而坐，一人面门，一人背门，如图2-9所示。

第二，以右为上，按照中国传统，主宾在主人右侧就座，如图2-10所示。

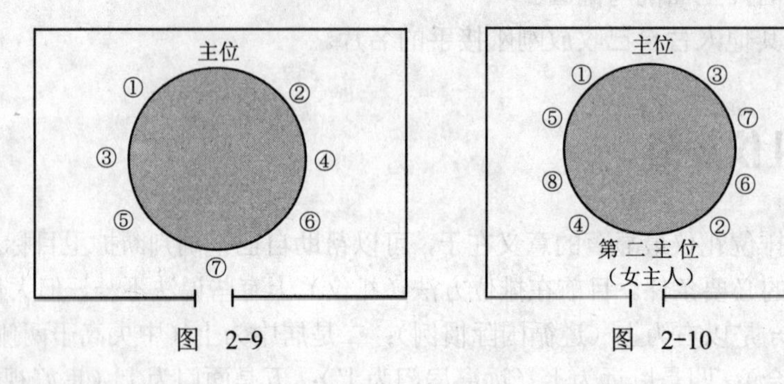

图 2-9　　图 2-10

（二）西式宴会席次

西式宴会席次如图2-11、图2-12所示。在席次的安排上应注意：

1）座位有尊卑。一般而言，背对门的位置是最低的，由主人自己坐，而面对门的位子则是上位，由最重要的客人坐。

2）长形桌排列时，男女主人分坐两头，门边男主人，另一端女主人，男主人右手边是女主宾，女主人右手边是男主宾，其余依序排列。

3）西餐排座位，通常男女间隔而坐，用意是男士可以随时为身边的女士服务。

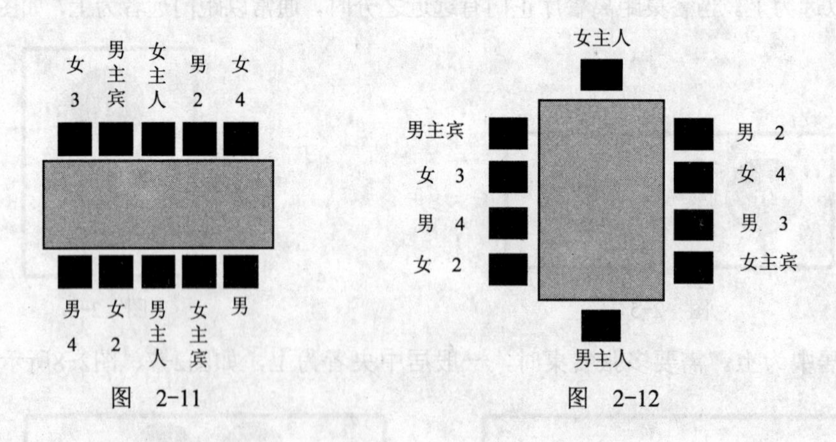

图 2-11　　图 2-12

（三）会议座次

会议主席台座次的安排，一般以左为上，右为下。当主席台人数为奇数时，1号主席台人员居中，2号主席台人员排在1号主席台人员左边，3号主席台人员排在右边，其他依次排列；当主席台人数为偶数时，1号主席台人员、2号主席台人员同时居中，1号主席台人员排在居中座位的左边，2号主席台人员排在右边，其他依次排列。

（四）行进位次

1．多人并排行进时

多人并排行进时，中央高于两侧，对于纵向来讲，前方高于后方；两人横向行进，内侧高于外侧。与客人同行的最佳距离是：左（右）前方1～1.5米处，换句话说，是一步之遥。

2．与客人同乘电梯时

标准做法是：陪同客人进电梯时，安保人员需要先入后出。这里主要考虑的是安全和方便。电梯门口有控制按钮，一般15秒左右就会关闭，不先进后出，就可能带来尴尬，或夹住客人，或把客人关在外边等。在有电梯驾驶员时，安保人员要后进先出。

（五）乘车位次

1．小轿车

小轿车乘车位次安排应注意：

第一，有司机驾驶时，以后排右侧为首位，左侧次之，前座右侧为末席，如图2-13所示。

第二，主人亲自驾驶，以驾驶座右侧为首位，后排右侧次之，左侧再次之，而后排中间座为末席。主人亲自驾车，客人只有一人时，应坐在主人旁边。若同坐多人，中途坐前座的客人下车后，在后面坐的客人应改坐前座，此项礼节最易被疏忽，如图2-14所示。

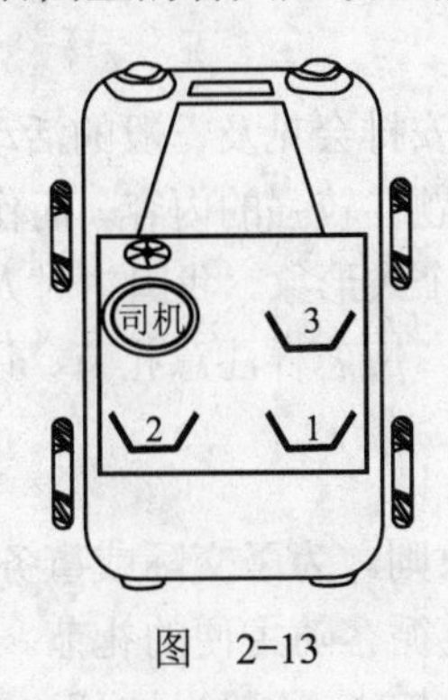

图 2-13

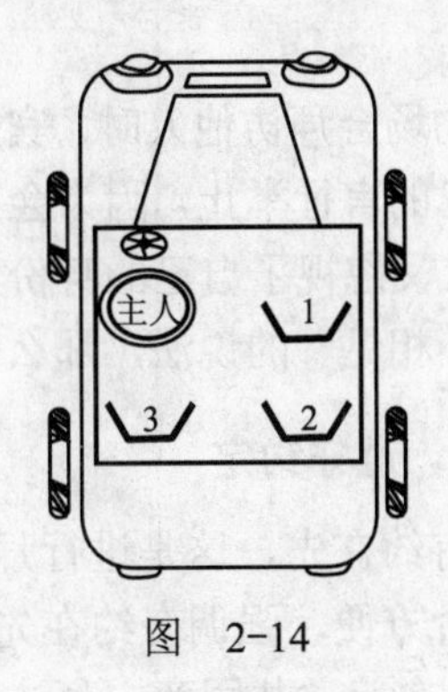

图 2-14

2．越野车

越野车无论是主人驾驶还是司机驾驶，都应以前排右座为尊，后排右侧次之，后排左侧为末席。上车时，后排位低者先上车，前排尊者后上。下车时前排客人先下，后排客人再下车，如图2-15所示。

3．旅行车

在接待团体客人时，多采用旅行车接送客人。旅行车以司机座后第一排即前排为尊，后排依次为小。其座位的尊卑，依每排右侧往左侧递减，如图2-16所示。

女士登车不要一只脚先踏入车内，也不要爬进车里。需要先站在座位边上，把身体降低，让臀部坐到位子上，再将双腿一起收进车里，双膝一定保持并拢的姿势。

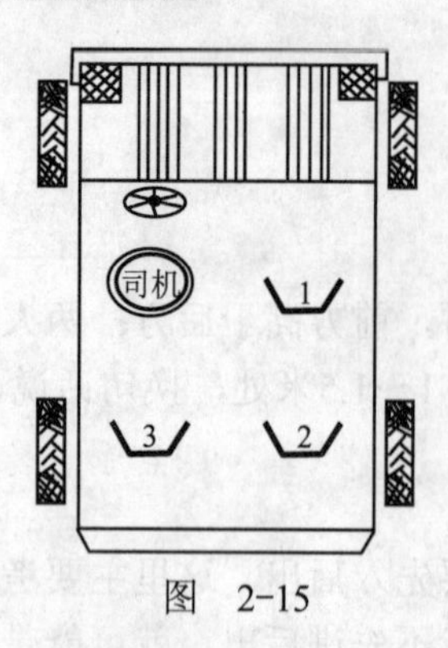

图 2-15

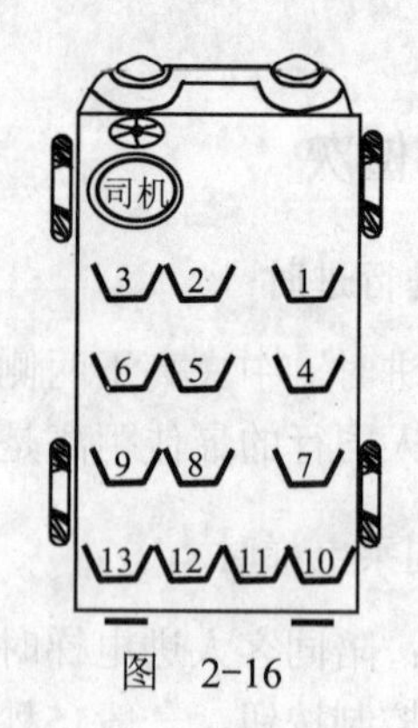

图 2-16

三、访送礼仪规范

日常的社交形式是多种多样的，安保服务内容也要与之配合。为表示欢迎、答谢、祝贺，为融洽气氛、联络感情，前往某处拜访、做客，或因商务、公务活动到有关业务单位去拜见、访问等，均是人际交往中不可缺少的形式。因此，安保人员了解访送礼仪知识是不可或缺的，如图2-17所示。

图 2-17

（一）拜访

在较为正式的场合拜访他人时，宾主双方都会组织安排会见及一般的活动。此时，大多数人都能较重视自己的言行举止，因为会谈会涉及业务专题性较强的内容。而作为私人性、礼节性的拜访，很多人又忽视了自己的身份，影响了自身的个人形象。我国古时人们素来就有“无辞不相接，无礼不相见”的说法，那么作为现代社会人，应怎样注意礼节、讲究礼节呢？

1．有约在先，遵守约定

拜访友人应有约在先，这是进行拜访活动的首要原则。为了交际或事务去拜访他人，首先应考虑主人是否方便。强调有约在先的原则，还应遵循客随主便的礼节。由于拜访活动是双方共同的活动，在双方共同商定拜访做客的时间与地点时，一般以被拜访者感到方便为佳。如果被拜访者客气地请拜访者决定拜访时间，宜安排在晚餐之后这段时间为佳。一定要准时赴约，千万不可迟到，以免失礼。

2．彬彬有礼，谦谦君子

第一，按照事先约定的时间来到被拜访者的居所后，可先按门铃或轻轻叩门。在查看主人家没有门铃时，不可重重地敲门。主人逐一介绍其家人时，都要认真热情地握手问好或向对方点头致意，不可厚此薄彼。

第二，如遇到主人有其他客人时，应主动上前打招呼。在主人介绍大家相互认识后，更要适当寒暄几句，不必故作清高。对后来的客人应起身相迎，如感到后来的客人与主人有要事相商，且自己又不宜在场旁听时，应主动提前告辞。

第三，正式的社交访问，通常以不超过二三十分钟为宜。切忌随意延长拜访时间，给主人造成不便。

第四，俗话说："站有站相，坐有坐姿。"无论是何种姿态，都应彬彬有礼、落落大方。当主人递上茶水或水果点心时，应微微起身，双手接过，点头致谢。糖纸、果皮、果核应放在茶几上或果皮盒内，不要弃之于地。

第五，对于吸烟者来说，应细心观察，如果客厅里没有放置烟灰缸一类的器具时不要吸烟。点烟也是吸烟者之间常见的礼貌，但切记，一根火柴不可一连点燃三支香烟，所以到第三个人的时候，就要重新换一根新的（打火机点烟也如此）。同时，要注意禁止烟灰随意掸抹、乱扔烟头，以及叼着烟说话等有失文雅的行为。

3．服饰仪容，锦上添花

人们希望自己在交际活动中能给人留下一个美好的印象。朴素、大方、整洁、合乎时令的服装不仅是精神面貌的体现，同时也是对主人或宾客的礼貌和尊重。穿着得体、整洁，容光焕发，会给人留下一种生气勃勃、奋发向上的美好印象。值得注意的是，服饰应根据被拜访者的身份、双方的关系以及拜访的场所等进行选择，选择那些既非很正统又非很随便的、高雅亲切、庄重中透露着几分随和的服饰比较适宜。男士要适时理发，胡须要刮净，指甲要修剪整齐，夏天切忌穿背心短裤和拖鞋。女士要适当梳理打扮，保持外貌整洁美观，夏天忌穿过于薄透的服装，视具体情况可佩戴首饰及略施粉黛。首饰不可过多，化妆也不可过浓，以免加大彼此之间的距离。

4．谈吐文雅，亲切得体

在交际活动中，人们经常通过交谈来交换思想，表达感情。（详见第三、四章）

（二）迎访

在日常交往中，迎访包括迎客、待客及送客三个方面。热情、周到、礼貌，并尽最大努力接待好客人，客人自会有宾至如归的感觉，从而促使宾主双方的关系得到进一步的发展。

1．做好迎客准备

住宅是私人生活领地，也是朋友拜访的目的地。由于是先约后访，主人一般应和家人做好准备。例如，搞好室内外卫生和布置；备好待客的简单用品，如糖、水果、香烟、饮料和点心等，如果预先约好客人吃饭，还要准备一定的酒菜。

2．为客人引路

在客人来访时，经常会需要引路。为客人引路，最好的行进位置应该是走在客人右前方或左前方，一般应与客人保持二三步的距离，一面交谈，一面配合客人的脚步。切忌独自在前，臀部朝着客人。

陪客人乘电梯时，应让对方先进先出，自己最后离开。如果客人人数较多，则宜自己首先进去按住电梯开关，以便客人从容而进。电梯进门左侧为上，要主动留给客人。

上楼梯时，陪同人员应在扶手一边，让客人走在前；下楼梯时可走在客人的前面。

3．热情相迎待客

客人来了，无论是熟悉的还是头次来访的，不论是长辈、师长、有地位的，还是一般人员，都要热情相迎。如果是有约而来者，应根据双方事先约好的时间、地点去迎候客人。开门迎客时，主人要先同客人握手，并说一些“欢迎，欢迎”、“稀客，稀客”、“一路辛苦啦”等欢迎词和问候语，然后将客人介绍给配偶或朋友，尤其是对初次来访的客人。客人落座后，应热情敬茶或摆上水果、糖、点心、饮料等。

4．敬茶

有人来拜访，待之以茶，以茶会友，这是我国传统的待客方式。作为安保人员，特别是随身护卫工作者，了解这些看似虽小的生活细节，也是非常必要的。

敬茶的茶具应清洁，茶杯最好是带柄的或用一次性纸杯，敬茶时双手端杯，一手执耳，一手托底；在给客人沏茶之前，一定不要忘记洗手，也不要忘记洗净茶杯或茶碗。最好当面洁具，使客人喝起来放心；如果来的不仅是一位客人，敬茶时最好用托盘，没有托盘时，要避免手接触碗面；敬茶要按先主宾后主人、先女宾后男宾、先主要客人后其他客人的礼节顺序进行；陪伴客人品茶要随时注意客人杯中的茶水，随时续水。每杯茶水不宜斟得过满，以免溢出，洒在桌子上或客人衣服上。一般每杯应斟到七成满。同时要注意壶嘴不要冲着客人。如果是在会议室，许多客人需要招待敬茶，要在客人入座后，还没有正式谈工作时，就把茶端上来；同时，敬茶时不要从正面端来，因为这样既妨碍宾主思考，又容易遮住他人的视线。得体的做法是从每人的右手侧递送，落杯时不要发出碰撞的响声。

我国旧时有以再三请茶作为提醒客人应当告辞的做法，所以，招待老年人或海外华人时要注意，不要一而再、再而三地劝其饮茶。

总之，无论是招待客人还是送别好友，都要使对方感到主人热情、诚恳、有礼貌、有修养，使客人感到温暖、融洽，并给客人留下良好印象。

5．送别

客人告辞时，主人应婉言相留。如客人执意要走，也要等客人起身告辞时，主人和在场的人再起身道别相送。主人送客人，一般应送到门外或楼下，待客人伸出手来道别时，方可与之握手，切不可送客时先“起身”或先“出手”，免得有厌客之嫌，也不要客人前脚刚走出门，后脚就把门“砰”地关上，这是非常失礼的。如果给远道的朋友送行时，要送到火车站、飞机场或轮船码头、长途客运站，送人时一定要等火车、飞机或轮船开动后再离开。如果有事不能等候很长时间，应向客人解释原因，以表歉意。

四、宴请礼仪规范

许多情况下，特别是在护卫活动中，雇主会要求安保人员共同进餐。因此，安保人员也要懂得中西餐礼仪的相关知识。

（一）中餐基本礼仪

1．入座

主人或者长者主动安排众人入座；来宾在长者或女士坐定后，方可入座；入座时，男士应为身边（尤其是右边）的女士拉开座椅并协助其入座。

2．座次

安排座次时，基本上按照以右为尊的原则，将主宾安排在主人的右侧，次主宾安排在主人的左侧。参加人数较多的宴会，主人应安排桌签以供客人确认自己的位置。（具体见第二章“排位礼仪”）

3．体态

入座后姿势要端正，脚踏在本人座位下，不跷腿，不抖动腿脚，腿也不可任意伸直；胳膊肘不放在桌面上，也不要向两边伸展而影响他人。

4．交流

宴请是一种社交场合，在餐桌上要关心他人，尤其要招呼两侧的女宾；口内有食物，应避免说话，也不要敬酒；宴会上应营造和谐温馨的氛围，避免涉及死亡、疾病等影响用餐气氛的话题。

5．布菜

主人可为身边的客人布菜。布菜应使用公勺或公筷。布菜时要照顾到客人的饮食偏好，如果客人不喜欢或者已经吃饱，不要再为客人夹送。

6．敬酒

主人先为主宾斟酒，若有长辈或者贵客在座，主人也应先为他们斟酒。主人为客人斟酒时，客人应以手扶杯，表示恭敬和致谢。首次敬酒由主人提议，客人不宜抢先；敬酒以礼到为止，各自随意，不应劝酒。

7．散席

一般由主人表示结束宴会，主人、主宾离座后，其他宾客方可离开。

筷子不能一横一竖交叉摆放，不能插在饭碗里，也不能搁在碗上。

用餐时，自用餐具不可伸入公用餐盘取菜舀汤，应使用公筷公匙；要尊重民族风俗与宗教等习惯，不可随意为他人夹菜等；在品尝菜肴后再决定是否添加佐料，未尝之前就添加佐料被视为对烹调者的不尊重；夹菜时应看准后再下筷，不宜随意翻拣；小口进食，避免大口嚼咽；切忌用手指剔牙，可以使用牙签并以手或手帕遮掩，牙签使用后折断放在接碟中。

若不慎将酒水、汤汁溅到他人衣物上，应表示歉意，如对方是异性，不必亲自为其擦拭，请服务员帮助即可；如吃到不洁或有异味的食物，不要大呼小叫，应取用餐巾纸吐出包好后处理掉。结账时，避免几个人同时争抢付账；未征得主人同意，不宜代为付账。

（二）西餐基本礼仪

当被邀请参加早餐、午餐、晚宴、自助餐、鸡尾酒会或茶会时，通常只有两种情况，一种是正式的，一种是随意的。如果去的是高档餐厅，男士要穿着整洁的上衣和皮鞋，女士要穿套装和有跟的鞋子。如果指定要求穿正式服装，男士必须打领带。下面介绍几种最具代表性的场合及注意事项。

1．自助餐

自助餐（也是招待会上常见的一种形式）可以是早餐、中餐、晚餐，甚至是茶点，有冷菜也有热菜，连同餐具放在餐桌上，供客人食用。一般在室内或院子、花园里举行，来宴请不同人数的宾客。如果场地太小或是没有服务人员，招待比较多的客人，自助餐就是最好的选择。

自助餐开始的时候，应该排队等候取用食品。取食物前，自己先拿一个放食物用的盘子。要坚持“少吃多跑”的原则，不要一次拿得太多吃不完，可以多拿几次。用完餐后，再将餐具放到指定的地方。不允许“吃不了兜着走”。如果在饭店里吃自助餐，一般是按就餐的人数计价，有些还规定就餐的时间长短，而且要求必须吃完，如果没有吃完的话，需要自己掏腰包“买”你没吃完的东西。

自助餐有两种类型，一种是坐式的，可以享受部分服务。它将优雅的环境和轻松的气氛融为一体，这样的聚会需要一定的服务，同时也需要足够的空间容纳餐桌。另一种是不需要餐桌的，也没有服务或者提供很少的服务，客人们自娱自乐，可以自带碟子、餐具和餐巾到一个自己觉得最舒适的地方，而且随时可以讨论问题。

自助餐，除了解决由于额外服务产生的问题，也解决了女主人安排桌位的问题。当客人们自由选择地点时，先后次序和是否适合等并不是主人的责任。自助餐往往提供多种菜肴，客人有足够的选择余地，主人也不必担心菜单是否符合他们的胃口。

2．鸡尾酒会

鸡尾酒会的形式活泼、简便，便于人们交谈。招待品以酒水为重，略备一些小食品，如点心、面包、香肠等，放在桌子、茶几上或者由服务生拿着托盘，把饮料和点心端给客人，客人可以随意走动。举办的时间一般是下午5点到晚上7点。近年来，国际上各种大型活动前后往往都要举办鸡尾酒会。

在这种场合下，最好手里拿一张餐巾，以便随时擦手。用左手拿着杯子，好随时准备伸出右手和他人握手。吃完后不要忘了用纸巾擦嘴、擦手。用完的纸巾应扔到指定位置。

3．晚宴

晚宴分为隆重的晚宴和便宴两种。按西方的习惯，隆重的晚宴也就是正式宴会，基本上都安排在晚上8点以后举行，我国一般在晚上6～7点开始。举行这种宴会，说明主人对宴会的主题很重视，或为了某项庆祝活动等。正式晚宴一般要排好座次，并在请柬上注明对着装的要求。其间有祝词或祝酒，有时安排席间音乐，由小型乐队现场演奏。

便宴是一种简便的宴请形式。这种宴会气氛亲切友好，适用于亲朋好友之间，有的在家里举行。服装、席位、餐具、布置等不必太讲究，但仍然有别于一般家庭晚餐。

按西方的习惯，晚宴一般邀请夫妇同时出席。如果受到邀请，要仔细阅读邀请函，上面会说明是一个人去还是先生或夫人陪同，或者携带伴侣。在回复邀请时，最好能告诉主人他们的名字。

4．其他注意事项

西餐的一个特点就是餐具多：各种大小杯子、盘子、银器具等。

餐具是根据一道道不同菜的上菜顺序精心排列起来的。座位最前面放食盘（或汤盘），左手放叉，右手放刀。汤匙也放在食盘右边。食盘上方放吃甜食用的匙和叉、咖啡匙，再往前略靠右放酒杯。右起依次是：葡萄酒杯、香槟酒杯、啤酒杯（水杯）。餐巾叠放在啤酒杯（水杯）里或放在食盘里。面包盘放在左手，上面的黄油刀横摆在盘里，刀刃一面要朝向自己。正餐的刀叉数目要和菜的道数相等，按上菜顺序由外到里排列，刀口向内，用餐时按顺序由外向中间依次使用，分别是吃开胃菜用的、吃鱼用的、吃肉用的。在比较正式的餐会中，餐巾是布做的。高档的餐厅餐巾往往叠得很漂亮，有的还系上小缎带。注意，别拿餐巾擦鼻子或擦脸。

小瓶装盐和胡椒，可以在每一套餐具中间的前面摆放一份，也可以每两套餐具之间摆放一个，甚至只在餐桌的中心位置摆放一个，这样就可以共用一套小瓶了。

餐具摆放整齐以后，不要忘记餐桌的装饰物，如蜡烛台或用茶壶做的小花瓶等，都可以增添浪漫的气氛。

招待客人时不要把热水倒在玻璃杯里，这样既不科学，又不安全，因为玻璃杯容易烫手。所以，热水、热茶等，应该倒在瓷杯里，玻璃杯是用来装冰块或是冷水的。

西方喝茶的方式和我国也不一样。在我国，喝茶的方法一般都是把茶叶直接放在茶杯里用开水冲着喝，茶叶仍在杯子里。西方是用袋泡茶或把茶叶先放在茶壶里泡，然后把茶水倒出来喝，茶杯里不留茶叶。

就座时，身体要端正，手肘不要放在桌面上，不要跷腿，和餐桌的距离以便于使用餐具为佳。餐台上摆好的餐具不要随意摆弄。女主人拿起餐巾时（没有女主人就看男主人），表示开始用餐，把餐巾铺在双腿上。

五、电话礼仪规范

电话作为现代通信工具，已成为人们联络感情、沟通信息、业务联系的重要方式。因此，安保人员讲究电话礼节是十分重要的，如图2-18所示。

图 2-18

（一）固定电话的拨打与接听

1．时间要适宜

除非有急事，一般早上7点以前，晚上10点以后，或者用餐时间打电话给他人，都是不礼貌的。给同学、朋友、同事家里打电话最好在早上8点以后、晚上10点以前。给海外人士打电话，先要了解一下时差，不要不分昼夜，骚扰他人。

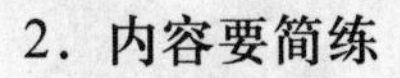

2．内容要简练

交谈的语言应简短、清楚。在通话时，最忌讳发话人讲话吞吞吐吐，含糊不清，东拉西扯。

3．言行要得体

发话人在通话的过程中，自始至终都要待人以礼，表现得文明大度，尊重自己的通话对象。

4．接听要及时

在电话礼仪中，有一条“铃响不过三声”的原则。意思是说本人受话时应注意：接听电话时，以铃响三次以内拿起话筒最为适当。

5．**接听要专注**

不要在接听电话时，与他人交谈、看文件，或者看电视、听广播、吃东西。当通话终止时，不要忘记向发话人道再见。当通话因故暂时中断后，要等候对方再次拨进来。既不要扬长而去，也不要为此而责怪对方。

（二）移动电话礼仪

1．**使用移动电话应注意场合**

在某些特定的公共场所，如剧场、音乐厅、阅览室、法庭、会议室、课堂等严肃、安静的场合应关闭手机和寻呼机，或转换至振动模式。使用手机时，还要注意公共安全，如在飞机上应关闭手机，以免干扰通信，影响飞行安全。同样，在医院、加油站，也应关闭手机。在开启手机时，还应注意周围有无禁止无线电发射的标志。

2．**移动电话应注意通话方式**

在人员较多的场合使用手机，应侧身通话，或找个僻静的场所交谈，这样既可以使话音清晰，也不会影响他人交谈。在大街上或其他公共场所使用手机通话时，最好不要边走边谈，更不要旁若无人地大声说话。使用手机通话时，时间不宜过长，力求简单、明了。

3．**使用移动电话应注意文明携带**

许多人喜欢将手机别在腰间，其实，将手机别在腰间或放在衣袋里并不十分合适。较好的办法是将手机放在随身携带的包内，这样既方便又雅观。

（三）公共电话礼仪

打公共电话时，说话要力求简练、简洁。如果需要打数个电话，后面又有人等着打电话，周到的做法是先问一问他们是否有什么紧急的、短的电话需要打，如果这样，可以让他们先用。

在等待使用公共电话时，在通话人的前后徘徊是非常不礼貌的。应当站在一定距离之外，保证不能听到其谈话声。如果实在无法保持距离，也要努力不听他人通话。如果确实有急事，而前面打电话的人一直聊个不停，可以向他示意，说明自己有急事。如果他愿意把电话让给自己，应当在通话完后，立即把电话还给对方，并表示谢意。公共电话通话完毕，一定要把话筒挂好。

（四）接、打电话常用礼貌用语

1）您好！这里是×××公司×××部（室），请问您找谁？

2）就是，请问您是哪一位……请讲。

3）您有什么事？（有什么能帮您？）

4）您放心，我会尽力办好这件事。

5）不用谢，这是我们应该做的。

6）×××先生（女士）不在，我可以替您转告吗？（请您稍后再来电话好吗？）

7）对不起，这类业务请您向×××部（室）咨询，他们的号码是……（×××先生不是这个电话号码，他（她）的电话号码是……）

8）打错号码了，我是×××公司×××部（室）……没关系。

9）再见！（与以下各项通用）

10）您好！请问您是×××单位吗？

11）是×××公司×××部（室）×××，请问怎样称呼您？

12）请帮我找×××先生（女士）。

13）对不起，我打错电话了。

14）对不起，这个问题……请留下您的联系电话，我们会尽快给您答复好吗？

六、网络礼仪规范

网络礼仪是指人们利用电子计算机所组成的互联网络与交往对象进行信息沟通时，应共同遵守的、约定俗成的一些规则。

（一）使用E-mail

E-mail即电子邮件，它是一种介于电话和信件之间的通信方式。使用电子邮件时，应该注意书写的语气，要谦虚、委婉；每天检查新邮件并尽快回复。当把信件发往多个邮件地址时，最好分别发送；不要随意发送广告邮件；禁止在网上传播不健康的内容或随意修改别人的程序或网页，充当黑客。具体应注意以下几点。

1．电子信件“主题”一定要明确，且具有描述性

电子邮件一定要注明“主题（Subject）”，因为有许多邮件的使用者是以“主题内容”来决定是否继续详读该邮件。此外，邮件主题应尽量写得具有描述性，且与信件内容的主旨大意紧密相关，让人一看即知，便于快速了解、查找与记忆。

如果想给某人发送邮件进行沟通，不要随便找到这个人以前的一封信以“回复邮件”的方式开始写新的邮件。不管主题是否与内容有关，就发送出去，这不利于收信人对邮件进行识别与管理，也是极不礼貌的行为。

2．要让收信的人不需要查看信件的具体内容，就能知道发件人姓名

每个邮件客户端软件，都有填写发信人姓名的地方，一定要在此填写自己的真实姓名，不要写一些莫名其妙的昵称（如像QQ中的昵称），除非不想让其他人知道你是谁。

例如，在收信窗口中看到“cskyskcjqa”，任何一个人也不会猜出这个发件人是谁。

3．尽量掌握“一个信息、一个主题”的原则

在正式的工作信件沟通时，尽量不要在一个邮件中叙述多件不相关的事情。

4．在邮件中注明收信者及寄件者的姓名是必需的礼节

在信件开头尊称收信者的姓名，在信尾添加祝福用语，并注明寄件者的姓名、日期以及通信地址、电话，以方便收信者与自己联系。越是在大型的安保组织，越要注意在自己的邮件地址中写上自己的姓名，同时在邮件的结尾添加个人签名栏。

（二）实时通信

实时通信是指通过键盘或其他设备与他人进行立即、实时的沟通交流，也就是人们通常所说的“上网聊天”。在实时通信中，应注意：要礼貌、友好地加入到交谈中；在交谈过程中，不要过多地重复信息；应主动多与前来的人沟通，不要因一两次对方没有回应，就立刻走掉；交谈中语言应力求简洁，尽量避免容易引起争议的话题；同时不得使用粗俗、下流的语言对网友进行人身攻击，更不能采取欺诈手段。

七、办公室礼仪规范

有人认为：安保组织只要能揽到大活，不必拘泥于这些小事情。办公室大多数职员并不是直接面对客户的。随着安保行业的市场竞争，安保工作对丁从业人员的职业素质要求不断提高。员工的整体形象也是安保组织形象的重要标志。如果你是一名安保公司内部职员，为了维护自身形象和公司形象，要特别注意礼仪细节问题，办公室礼仪是诸多礼仪细节之一。办公室礼仪包括办公室仪表和办公室日常礼仪等。

（一）办公室仪表

在进入办公室工作之前，要对自己的仪表进行修饰，这不仅是个人形象问题，也是组织形象的问题。工作时的形象应当传统、庄重、正规，切不可标新立异、奇装异服，更不可华丽妖艳。无论男女安保人员，上班时都要着职业装。有些安保组织要求着统一的工装，没有统一工装的，男职员应穿深色西服套装，白衬衫，打素色领带，配深色皮鞋。服装必须平整、干净，衬衫下摆扎到裤腰里。不能穿花衬衫、拖鞋、运动服上班。不留胡须，不留长发，头发梳理得美观大方，可以衬托出良好的精神状态和工作责任感。女职员上班应着西服套裙，颜色应素雅，做工要精细。不能穿太露、太透、太紧身的衣服或超短裙上班，也不要穿奇装异服、流行时装、休闲装、运动装、牛仔装上班。应穿长筒丝袜和深色皮鞋。袜口不能露在裙口外面，袜子不能有脱丝和破洞。不宜穿凉鞋、旅游鞋上班。佩戴首饰要适当，不可满身珠光宝气，发型要整齐规范，不可太新潮。应当化妆，但妆色一定要淡雅，不露妆痕。不要在办公室化妆，不要在鞋跟上钉铁钉，以免在办公室走动时发出扰人的声响。

作为较高层次的职员，着装更应注意细节。在没有外人在场时，可将西装脱下，上身穿长袖衬衫办公。脱下的西装应整齐地挂在衣帽架上，或平整地搭在自己的坐椅背上。但只穿衬衫外出公干是不合适的。在办公室不要打领结，领结只适合社交、娱乐场合。也不要在穿西装时围上一条丝巾，这会被认为是很轻浮的。穿吊带裤时，不要轻易脱掉外衣。吊带与腰带是不可以同时使用的。（更详细内容请参看第四章）

（二）办公室日常礼仪

1．使用办公桌的礼貌

凌乱的办公桌，也会令人对这个桌子的主人形象打折扣。保持办公桌的清洁是一种礼貌。如果在办公室里用餐，使用一次性餐具，最好吃完立刻扔掉，不要长时间摆在桌子或茶几上。如果突然有事情了，也要记得礼貌地请同事代劳；容易被忽略的是饮料罐，只要是开了口的，长时间摆在桌上总有损办公室雅观；如果茶水想等会儿再喝，最好把它放在不被人注意的地方；吃起来乱溅以及声音很响的食物最好不吃，会影响他人；食物掉在地上，最好马上捡起扔掉。

2．办公室用餐的礼貌

如果在办公室吃饭，时间不要太长。他人可能按时进入工作，也可能有性急的客人来访，到时候双方都不好意思；准备好餐巾纸，不要用手擦拭油腻的嘴，应该及时擦拭。嘴里含有食物时，不要贸然讲话。他人嘴含食物时，最好等他吃完再跟他讲话。餐后将桌面和地面打扫一下，是必须做的事情；有强烈味道的食品，尽量不要带到办公室，即使你喜欢，也会有人不习惯的，而且其气味会弥散在办公室里，损害办公环境和公司形象。在一个注重效率的公司，员工会自然形成一种良好的午餐习惯。

3．电梯间里的礼貌

电梯很小，但是里面的学问并不小。伴随客人或长辈来到电梯厅门前时，先按电梯按钮；电梯到达门打开时，可先行进入电梯，一手按开门按钮，另一手按住电梯侧门，请客人们先进；进入电梯后，按下客人要去的楼层按钮；行进中有其他人员进入，可主动询问要去几楼，帮忙按下；电梯内尽可能不寒暄。电梯内尽量侧身面对客人；到达目的楼层，一手按住开门按钮，另一手作出请出的动作，可说："到了，您先请！"客人走出电梯后，自己立刻步出电梯，并热诚地引导行进的方向。

4．有借有还的礼貌

假如同事顺道替自己买外卖，请先付所需费用，在他回来后及时把钱交还对方。若自己刚好钱不够，也要在次日还清，因为没有人喜欢厚着脸皮向人追债。同样，虽然公司内的用具并非私人物品，但也要有借有还，否则可能妨碍他人的工作。此外，就是严守条规，无论公司的环境如何宽松，也不要过分从中取利。可能没有人会因为你早下班15分钟而斥责你，但是，大模大样地离开只会令人觉得你对这份工作不投入、不专一。此外，千万不要滥用公司的电话长时间聊天，或打私人长途电话。

5．洗手间的礼貌

在洗手间遇到同事不要刻意回避，尽量先和对方搭话。千万不要装作没看见把头低下，给人不爱理人的印象。避免与上司在同一时间上洗手间，特别是洗手间较小的情况下。有的洗手间采用封闭的门扉，在有人敲门时，应回答：我在里面。

6．其他注意事项

在公司中，礼貌、体贴地对待他人会提高员工的士气，使人们能够集中精力进行工作，而不是把注意力放在互相斗气上。下面这些建议可以有助于更加愉快地在办公室中工作。

第一，在用完复印机后，把使用过的纸取出来，换上干净的白纸。

第二，不要霸占传真机。

第三，不要在黄金时段连发太多的传真。

第四，偶然改变复印机的调色剂后，要及时改回去。

第五，重视给其他同事发来的传真，收到之后立刻交给指定的接收人。

第六，不要向同事发送一连串的电子邮件，以免骚扰对方。

第七，如果工作时间可以听音乐，要把音量放低。

第八，尊重他人的空间和隐私。

（三）办公室接待礼仪

外单位客人到本单位来访，无论是办事、求助，还是取经、调研等，一般都是在办公室进行。在办公室里接待客人，有如下规范。

1．环境准备

客人来访，一般是会早打招呼、早有约定的。得知客人来访的消息后，应告知有关部门早做准备，把办公室收拾得干净利落。窗户要明亮，桌椅要整洁，东西要整齐有序，空气要清新。冬季要温暖，夏季要凉爽。茶水早备好，还可备些水果等。如果来客较多，或客人规格较高，来访的目的又比较严肃，也可以在专门的会议室（会客室）接待。

2．材料准备

客人来访前的准备工作，除了接待场合（办公室或会议室、会客室）精心布置外，还有一项重要任务就是材料的准备。客人来访，是参观本单位某某部门，还是了解、考察某项工作？是商洽某方面的问题，还是研究相互合作事宜？一定要心中有数。有关客人来访的目的，一般对方早已提前告知，应根据双方商定的会谈事宜，或客人的请求，让有关人员早做准备。需要什么数字、情况、资料，事先提供出来，该打印的打印，该论证的论证，应该拿出初步意见的先统一内部口径。以免客人来后现找现查，或无法表态，显得被动。

3．工作人员礼貌接待

客人到来，要抽调若干工作人员进行接待。接待的工作人员，有的是服务、礼仪接待，如引导、倒茶倒水、留饭宴请的热情招待等；有的是工作需要接待，如参加会谈、介绍情况、参与商讨等。无论负责哪方面的工作人员，都应衣着整洁，仪态大方，待人彬彬有礼。风风火火，莽莽撞撞，衣帽不整，言谈粗俗，是对客人的不礼貌，也会使本单位大失体面。在与客人会谈过程中，无关人员应自动退避。至于礼仪、服务人员，应定时敲门而进，倒茶续水，进行热情服务；但服务不应影响主客双方会谈，要保持现场的安静，服务完毕应轻轻退出。

4．礼貌送客

若客人办事已毕，准备告辞，一定要礼貌送别。办公室相关人员也要随之送行。

客人若自备车辆，工作人员可提早通知司机（或由客人方工作人员自行通知）。若需本单位送回，需要早做车辆安排，不要让客人久等。可视情况，决定送至办公室门口或单位大门口。送别时应说些客气话，如“欢迎再来”、“欢迎常联系”等。

总之，办公室是本单位的门面，反映出接待人员的精神面貌和工作作风，代表着单位形象，应该认真对待。

八、使人不安的习惯禁忌

人无完人。人们不会以一个不当的细节去判定一个人的人品、性格与能力，但是，每个人都希望有一个完美的自己。所以，要努力去克服自己的一些不良习惯或毛病。

（一）不要过度地吹嘘对方

恭维与夸奖，似乎是很难分清楚的。如果你到了一个老总的办公室，说一句“A总，您的办公室真的很有品位”，八成可能是恭维，是吹嘘。相反，如果你对他/她办公室的一幅字画或一盆花，以自己的鉴赏眼光具体地肯定对方，那么这就是真心的夸奖。很多时候，作为乙方，面对自己的客户时，总是少不了要恭维对方，但实在不能过分，否则就让人感觉你是在客套，而且也留不下什么良好的印象。

（二）不能留长指甲

一般人士留长指甲是美容的一部分。安保人员不能留长指甲。特别是男安保人员十指全部都留长指甲，即使能够保持干净与整洁，也很显女性化，而且在和别人握手时，也非常容易伤到对方。而如果指甲里满是污垢，那留给人的印象就更不用说了。

（三）肩膀上不要出现头皮屑

一个人很可能各方面都很得体，但当头皮屑爬满肩膀时，一下子就让人对其的感觉打了折扣。头皮屑除了个人的发质及洗头习惯外，还与看电视过多、睡眠质量等有直接关系。建议有头皮屑的人勤洗发，在选好洗发水的同时，也要注意自己的生活习惯。

（四）不要在他人面前漱口后吞咽

有的人习惯于就餐时用茶水漱口后吞咽，有此习惯的人不在少数。有人在就餐中间或就餐完毕，为了自己的口腔卫生，总喜欢喝半口茶水，伴随着“咕噜咕噜”的声音来漱口，然后再吞咽到肚子里，这样会给在座的人特别是邻座的人带来不安。

（五）不要用自己的筷子或勺子直接取公共食物

不要用自己的筷子或勺子直接取公共的“汤羹”或者“煲品”。绝大多数情况下，这类公共菜都应该分小碗食用。可是，也确实有很多人在已经分碗的情况下，依然会把自己的筷子或勺子伸进去。

（六）不要在盘子里挑挑拣拣

尤其吃中餐时最易出现这种情况，有时候上来一道菜，不可能每个人都能吃到自己最喜欢的那个部位。于是，总有先生或女士喜欢用自己的筷子在盘子里面挑挑拣拣，甚至是翻来翻去，想找出自己最喜欢吃的某种东西。这样做不礼貌，也不卫生，就餐也要讲究“和谐”之美。

训练项目

训练项目之一
——自我介绍

介绍自己的姓名、单位。如果对方对你表现出结识的热情和兴趣，视具体情况，还可以介绍一下自己的身份、原籍、学籍以及简要的工作经历等。介绍时，可将右手放在自己的左胸上，不要慌慌张张，毛手毛脚，不要用手指指着自己。

自我介绍时，眼睛应看着对方或大家，要用眼神、微笑和自然亲切的面部表情来表达友谊，不要显得不知所措、面红耳赤，或吞吞吐吐、唯唯诺诺，更不要随随便便、满不在乎，或长篇大论，洋洋洒洒。

时间不超过2分钟。

训练项目之二
——介绍他人

介绍朋友给另外的人。介绍时手心朝上，四指并拢，拇指张开，指向被介绍人一方，并向另一方点头微笑。

1）将男士介绍给女士。

2）将年轻者介绍给年长者。

3）将职位低者介绍给职位高者。

4）将客人介绍给主人。

5）将后到者介绍给先到者。

训练项目之三
——集体介绍

让所有的来宾去结识某位被介绍者。

1）从年长者或地位比较高的人开始逐一介绍。

2）处于平等地位的集体相互介绍，按照座次或队次顺序介绍，或者以身份高低顺序进行。表现出落落大方的姿态。

训练项目之四
——握手礼及其方式训练

1．单手握手训练

提　　示：按照握手礼仪原则，分别模拟训练与各种人士握手。例如，与上级或长辈握手；与下级或晚辈握手；与朋友和平辈之间握手；与客人见面或告辞；与穿军、警服装的人握手。

2．手扣手式握手训练

提　　示：右手握住对方的右手，再用左手握住对方右手的手背。用这种方式握手，一般适用于老朋友之间，使人感到热情、真挚、诚实可靠。

3．双握式握手

提　　示：一般适用于情投意合和感情极为密切的人之间，目的是向对方传递一种真挚、深厚的友好感情。

训练项目之五
——名片使用礼仪训练

索要名片、交换名片。

训练项目之六
——安保服务场景礼仪训练

拜访、迎访礼仪情景设计示范：根据以下情景编排小品片断，模拟拜访与迎访现场。

私人拜访、迎访情景训练

第一，按门铃或轻轻叩门→认真热情地握手问好、点头致意等→主人介绍大家相互认识→与主人家的其他客人主动打招呼、寒暄等→后来的客人到→起身相迎→后来的客人与主人可能有要事相商→主动提前告辞。

第二，主人递上茶水或水果点心→微微起身，双手接过，点头致谢。糖纸、果皮、果核放在茶几上或果皮盒内。

第三，客人告辞→主人婉言相留→客人执意要走→待客人起身告辞→主人起身道别相送→客人伸出手来道别→握手道别、目送→轻轻关门。

第四，请按照机关、单位、宾馆、饭店、私宅等不同场合设计不同的拜访、迎访礼仪规范。

训练项目之七
——岗位情景剧

2分钟小品演练。3～5人一组，演练见面礼仪。准备、练习10分钟后，抽签决定演练内容：①自我介绍与介绍他人；②称呼；③致意；④握手；⑤拥抱；⑥鞠躬；⑦递名片。

提　　示：要求设计一个有对话、有表演的“介绍礼仪的场景”。手势动作文雅，手心朝上，手背朝下，四指并拢，拇指张开，指向被介绍人一方，并向另一方点头微笑。（以被训练者感到放松、自然、大方、得体为标准）

训练项目之八
——宴请礼仪训练

提　　示：按本章内容设计宴请情景，根据宴请情景编排体现宴请规范的小品片断。

训练项目之九
——电话礼仪

1．拨打电话程序演练

准备→整理→拨打（注意姿态、态度、语调及语速）→简要词语→复述电话内容（重要数据、时间、人数、数量、注意事项、要求等）。

2．接听电话程序演练

两声铃响接听→自报家门→确认对方单位→问候→正题→告别。

3．转接电话演练

听清关键词语→笔纸记录→慎选理由（不在的原因）。

4．特殊事件应对

听不清时→对方错打时→接到投诉电话时。

训练项目之十
——办公场所礼仪（网络礼仪）训练

提　　示：按本章内容设计办公场所礼仪情景。例如，2分钟小品演练，3～5人一组，演练安保服务场所礼仪。准备、练习10分钟后，抽签决定演练内容。

学习体会分享

1. 作为安保人员，应该不断提升自己的精神境界，不断地走向典雅，而要达到这个境界的最好途径是什么？

2. 结合身边实例，说说见面礼仪的重要性。

3. 说说“有约在先，遵守约定”的友人拜访原则，自己与人相约时是否违反过这项原则？其后果又是怎样的？

4. 宴请的种类有哪些？程序分别是怎样的？接受宴请时（就餐时）有哪些注意事项？

资 料 链 接

培训参考资料（见附录A）：

4. 目光与人品。

5. 如此吃相。

6. 问路。

第三章　涉外安保礼仪常识

在世界经济一体化越来越发展的今天，涉外活动已经不再是新鲜的事情。在涉外安保工作中，安保人员个人的礼仪修养不仅影响着个人的形象，也涉及国家的尊严。因此在涉外活动中，安保人员不仅应做到尊重国际公众、礼貌待人，也应了解国外人们的种种习惯、习俗、忌讳等，避免不礼貌情况的发生，这也是涉外安保人员十分重要的礼仪内容。

一、涉外安保服务中的基本礼仪要求

（一）讲究仪表

1）讲究仪表与衣帽整洁。男安保人员的头发不宜过长，应修剪整齐，不宜染色。指甲要经常修剪，女安保人员指甲一般与指尖等长，不留污垢，保持手部清洁。若手部有疾症或疤痕，要戴手套。衣着要整洁笔挺，不能有褶皱，纽扣要扣整齐，裤扣不能在室外或公共场合整理。在安保服务中，衬衣一般为白色、硬领，衬衣袖与下摆不露出外套，并放入裤内。要按服务场所或服务需要着装，皮鞋应擦亮。

2）不要在人前做剔牙、抠鼻、掏耳、剪指甲、搔痒等不雅的小动作，也不要在人前打哈欠、伸懒腰、打喷嚏、擦鼻涕等，打喷嚏时应用手帕、餐巾纸捂住口鼻，面向一旁，避免发出大声响。

3）举止大方得体。说话时神情矜持和蔼，面带微笑。随便与人攀谈是失礼行为，萍水相逢，应在有人介绍后方可交谈。态度和蔼端庄，精神饱满自然，言行检点。站、坐、走都要符合安保人员礼仪规范，任何失礼或不合礼仪的言行者被视为有失安保人员的体面。

（二）讲究谈吐

在国际交往中，礼貌用语是礼仪的表现形式，能传达爱心与礼节，使说话人更被人敬重。“您好”、“请”、“谢谢”、“对不起”、“再见”，即人们常说的“文明五句话”，是经常使用的礼貌用语。

1）“您好”。这是涉外礼仪中使用频率最高的一句话。

2）“请”。几乎任何需要麻烦他人的事情，都应该说“请”。

3）“谢谢”。只要其他人为你做了什么，都应该说声“谢谢”，包括家人或关系密切的朋友。

4）“对不起”。凡是不小心妨碍或干扰了他人，都要说“对不起”。

5）“再见”。“再见”不仅是同事、朋友、家人之间相互告辞时的礼貌用语，也是陌生人之间接触后相互告辞时的礼貌用语。

（三）尊重隐私

1. 不能侵犯属于个人的空间与领域

如果不敲门，不经允许，不能突然闯入他人的房间。拜访他人家庭、前往他人家庭、前往他人办公室洽谈，都须预先约定。

2. 在交谈中应回避涉及个人隐私的任何话题

具体来说，就是要做到“五不问”：一不问年龄；二不问婚否；三不问去向；四不问收入；五不问住址。

（四）女士优先

“Ladies first”即女士第一或女士优先，这是国际礼仪中很重要的原则。女士优先的核心是要求男士在任何场合、任何情况下，都要在行动上从各个方面尊重、照顾、帮助、保护女士。在社交场合遵从女士第一的原则，可以显示男子气质与绅士风度。

1）男女同行时，男子应走在靠外的一侧。不能并行时，男士应让女士先行一步。在开门、下车、上楼或进入无人领路的场所、遇到障碍和危险时，男士应走在女士前面。乘坐计程车或其他轿车时，应让女士先上车；下车一般是男士先下，然后照顾女士下车。在门口、楼梯口、电梯口及通道走廊遇到女士，男士应侧身站立一旁，让其先行。在需要开门的场合，男士应为女士开门。

2）在社交聚会场合，男士看到女士进门，应起身以示礼貌；当客人见到男女主人时，应先与女主人打招呼。

3）就餐时，进入餐厅入座的顺序是：侍者引道，女士随后，男士“压阵”。一旦坐下，女士就不必再起身与他人打招呼，而男士则需起身与他人打招呼。点菜时，应先把菜单递给女士。女士在接受男士的礼让时，不能过分腼腆与羞怯，应面带笑容道谢。

（五）不卑不亢

国际交往中人与人、国与国之间应是平等的关系。国际礼仪中的不卑不亢原则，最重要的是保持人格平等，因为“卑”和“亢”都是置对方或置自身于不平等位置上的交往态度。“卑”有损自身人格甚至国格；“亢”则显得虚张声势，也有伤对方的自尊。要做到“不卑不亢”，应注意以下几点：

1）不能对对方有金钱与物质利益上的希望和企图。“心底无私天地宽”，双方的人格就平等互利了。我方无所企求而心地坦然，对对方无需戒备则轻松自如，这样的交往自然分不出尊卑。如果一味希望对方担保子女出国或获得其他物质上的好处等，就很难坚持此项原则。

2）实事求是，不过谦，不说过头话。以宴请为例，中国人请客，即使是相当丰盛的一桌饭菜，主人也会对客人说：“今天没什么好菜，请随便吃点。”西方人则相反，不管饭菜质量如何，主人都要自我夸赞：“这是本地最好的饭店”，“这是我的拿手好菜”，目的在于表示诚意。

3）内外有别。中国人到别人家里做客，经常客气有余，主人问客人是否再添饭，客人说不用不用，实际上也许并未吃饱。西方人作为宾客赴宴，说不吃不喝时则是真的，绝不是客气。

（六）入乡随俗

1. 出国或在国内接触外宾，都要尊重对方的风俗习惯与礼节

由于不同国家的社会制度差异，文化习俗有别，思维方式与理解角度也往往差别较大。因此，每到一个国家或接待来自某一国的客人，都要事先了解该国的礼俗，即使相当熟悉的友人，也应注意基本礼仪。

2. 在交往中相互尊重，谨慎从事，不能不拘小节或超过限度

例如，美国人有三大忌：一是忌有人问他年龄；二是忌问他所买东西的价钱；三是忌在见面时说“你长胖了”。这是因为：前两忌是个人私事，不喜欢他人干涉，后一忌是美国有“瘦富胖穷”的观念。

二、涉外礼仪中的手势语言

（一）英语国家的手势语言

1）付账（Cash）。右手拇指、食指和中指在空中捏在一起，或在另一只手上作出写字的样子，这是表示在饭店要付账的手势。

2）动脑筋（Use Your Brain）、“机敏一点”（Being Clever）。用手指点点自己的太阳穴。

3）讲的不是真话（Lying）。讲话时，无意识地将食指放在鼻子下面或鼻子边时，表示其他人一定会理解为讲话人“讲的不是真话”，难以置信。

4）自以为是（Complacentassertion）。用食指往上顶鼻子，还可以表示“不可一世”（Overbearing）。

5）别作声（Stopping-talking）。嘴唇合拢，将食指贴着嘴唇，同时发出“Hush”（嘘嘘）声。

6）赞同（Agreement）。向上翘起拇指。

7）祝贺（Congratulation）。双手在身前嘴部高度处做相搓的动作。

8）威胁（Menace）。由于生气，挥动一只拳头的动作似乎无处不有。此外，还有因受挫折而双手握着拳使劲摇动的动作。

9）绝对不行（Absolutely Not）。掌心向外，两只手臂在胸前交叉，然后再张开至相距1米左右。

10）完了（That’s All）。两臂在腰部交叉，然后再向下，向身体两侧伸出。

11）害羞（Shame）。双臂伸直，向下交叉，两掌反握，同时脸转向一侧。

12）打招呼（Greeting）。英语国家人在路上打招呼，常常要拿帽子表示致意。现在一般已转化为抬一下帽子，甚至只是摸一下帽檐。

13）高兴激动（Happiness and Excitement）。双手握拳向上举起，前后频频用力摇动。

14）愤怒、急躁（Anger and Anxiousness）。两手臂在身体两侧张开，双手握拳，怒目而视。也常常头一扬，嘴里咂咂有声，同时还可能眨眨眼睛或者眼珠向上和向一侧转动，也表示愤怒、厌烦、急躁。

15）怜悯、同情（Pity）。头摇来摇去，同时嘴里发出咂咂之声，嘴里还说“That’s too bad”或“Sorry to hear it”。

16）太古怪了（Too Queer）。在太阳穴处用食指划一个圆圈。

（二）中国手势语言与他国手势语言比较

1）中国人用来表示“2”的手势，在欧美地区手背朝内，表示“胜利”、“成功”；手背朝外，则暗示伤风败俗的意思。

2）中国人用来表示“6”的手势，在夏威夷成了问好的打招呼动作（要伴以晃动）。

3）中国人用来表示“9”的手势，日本人用来表示“偷窃”。

4）中国人用来表示“10”的手势，在英美国家表示“祝好运”，或表示与某人的关系密切。

5）在中国用来表示“O”的手势，只注意圆圈儿部分，至于其他三指或蜷或伸并不重要；在英美国家伸开时的手势表示OK，意思为“好”、“行”、“对”、“是”（有时还要同时眯上一只眼睛）；在法国，表示此意时常伴随着微笑，一般情况下只表示“微不足道”或“无价值”；在日本，这一手势表示“金钱”；斯里兰卡的佛教徒用右手做同样的手势，放在颔下胸前，同时微微欠身颔首，用以表示希望对方“多多保重”。

三、对外国人的称呼

1）在涉外交往中，一般对男子均称某某先生，对女子均称某某夫人、女士或小姐；对已婚女子称夫人、女士，未婚女子称小姐；对不了解其婚姻情况的女子也可称小姐或女士。对地位较高、年龄稍长的已婚女子称夫人。近年来，女士已逐渐成为对女性最常用的称呼。

特别提示：夫人专指已婚女性。夫人称呼之前可以加丈夫的头衔和姓名，而不是夫人自己的姓。

2）对于有学位、军衔、技术职称的人士，可以称呼其头衔。

3）对于地位较高的官方人士（一般指政府部长以上的高级官员），按其国家情况可称“阁下”，如某某“总统阁下”、“主席阁下”、“部长阁下”等；对君主制的国家，按习惯对其国王、皇后可称为“陛下”；对其王子、公主或亲王可称为“殿下”；对其公、侯、伯、子、男等有爵位的人士，既可称呼其爵位，也可称呼“阁下”或者“先生”。但是美国、德国等国却没有称呼“阁下”的习惯，因此对这些国家的贵宾可称先生。

四、出入境礼仪常识

随着国际交往和国际合作的不断发展和加深，安保人员随行出访所占的比重越来越多，了解和掌握一些出国在外的礼节是非常必要的。

（一）出境准备礼仪

出国前，必须办理护照和有关国家的签证。按照我国现行规定，我国的护照分为外交护照（红色）、公务护照（绿色）和普通护照（棕色）。普通护照又分为因公和因私两种。一般情况下，要出国时，如果不是代表政府官方身份，办理一本普通护照即可。因公普通护照到外交部授权的机关办理；因私普通护照，在公安机关办理。护照上一般均写明其有效期。过期、失效的护照不得使用，护照期满，应到发照机关或本国驻外使馆申请延期。除了边境出入需要查验护照外，在国外住旅馆、办理居留手续、订机票以及银行取款都需要使用护照，因此，一定要把护照保管好。

出国前，除办妥护照签证外，尚需视情况办理预防接种证书，即所谓的黄皮书。如所去的地区没有疫情，则不必办理。有的国家入境时要出示不带艾滋病毒的检查证明，所以，也应当办理这项证明。

出国前要预订机票和托运行李，乘飞机一般可免费托运行李20公斤，头等舱30公斤，超重要付超重费。

出国服装的选择要因人而异，但式样不要标新立异，要注意合乎时代潮流。不要以奇特古怪的行为惹人注目。头发要梳理成型，发型要得体。皮箱要擦拭干净。

（二）出入境检查礼仪

在上下飞机、出入国境时，一般要进行三项检查：一是入出境检查。主要是查验护照、签证。一般在飞机上将“入出境登记卡”填好保留，下飞机后通过边防检查站时，出示护照和入出境登记卡，经核查没有问题即可。二是海关检查。海关检查主要是检查是否带有违禁品和走私物品。三是安全检查。安全检查一般很严格。检查方法有通过安全门、用X光探测器检查手提包以及近身检查等，主要是禁止携带武器、凶器、爆炸物、剧毒物等。

交验黄皮书时，对未进行必要接种的旅客，有些国家会采取隔离、强制接种等措施。

（三）怎样对待“付小费”

世界上许多国家都有给小费的习惯，有时也称服务费，出国安保人员要“入乡随俗”。

付小费的方式可根据当地习惯灵活运用，如不要找零钱，可将小费放置在桌上适当处。有的地方，账单上已有小费这一项，但实际上，开关车门、存取衣物、搬运行李以及在饭店吃饭等，仍需付小费。如果住在大型国家宾馆，接待人员不肯收小费，则可酌情赠送一些小纪念品。

五、涉外活动禁忌

（一）一般禁忌

1. 数字的忌讳

西方人认为13是不吉利的，应当尽量避开，甚至每个月的13日，有些人也会感到忐忑不安。人们还认为星期五也是不吉利的，尤其是逢到13日又是星期五时，最好不举办任何活动。在日常生活中的编号，如门牌号、旅馆房号、楼层号、宴会桌等编号、汽车编号也尽量避开13这个数字。“四”字在中文和日文中的发音与“死”相近，所以在日本与朝鲜等东方国家将它视为不吉利的数字，因此这些国家的医院里没有四号病房和病床。在我国也是如此，如遇到“四”，且非说不可时，忌讳的人往往说：“两双”或“两个二”来代替；另外，在日语中“九”发音与“苦”相近似，因而也属忌讳之列。

2. 言行禁忌

第一，举止禁忌。严忌姿势歪斜，手舞足蹈，以手指人，拉拉扯扯，相距过近，左顾右盼，目视远处，频频看表，舒伸懒腰，玩弄东西，抓耳挠腮。

第二，谈话禁忌。严忌荒唐淫秽的话题，以及与他人履历、子女私事、工资收入、私人财产、衣饰价值等相关的话题，忌批评尊长、非议宗教、嘲弄异俗、寻根问底。

第三，语气禁忌。严忌大声辩论，高谈阔论，恶言恶语，争吵辱骂，出言不逊。

第四，礼遇禁忌。严忌冷落他人，独谈到底，轻易表态，打断异议，纠缠不止，随意插话，随意辞别。

3. 拍照禁忌

在涉外活动中，人们在拍照时，不能违犯特定国家、地区、民族的禁忌。凡在边境口岸、机场、博物馆、住宅私室、新产品与新科技展览会、珍贵文物展览馆等处，应严忌随意拍照。

在被允许的情况下，对古画及其他古文物进行拍照时，严忌使用闪光灯。凡在有“禁止拍照”标志的地方或地区，应自觉避免拍照。在通常情况下，应忌讳给不相识的人（特别是女子）拍照。

4. 海外法律禁忌

埃及开罗市的法律规定：男子不准在任何女子面前口出粗言秽语，违者将被监禁一周。

秘鲁政府法律规定：严禁丈夫虐待妻子。凡谩骂妻子者，可监禁5～10天；殴打妻子者，可处服劳役1个月；打伤妻子者，可判刑1～2年。

厄瓜多尔安第斯山区的地方法规规定：首次离婚的女子，须单身5年才允许再婚；第二次离婚的女子，须单身8年才允许再嫁；凡三次离婚的女子，终身不准再嫁。

5. 一些国家的忌邮品

烟灰缸与通心粉，严忌寄往阿富汗；旧而脏的针织品，严忌寄往阿根廷；避孕药物及工具，严忌寄往法国；可可粉、家禽及“对国家安宁有害的”文字作品，属于德国的禁邮品；凡不贴标志的蜂蜜，属于津巴布韦的禁邮物；古玩、墨镜、复写纸、粉笔、贺年片，属于斯里兰卡的禁邮品。

（二）其他忌讳

在使用筷子进食的国家，不可用筷子垂直插在米饭中；在日本不能穿白色鞋子进入房间，这些均被认为是不吉利之举；佛教国家不能随便摸小孩的头，尤其在泰国，认为人的头是神圣不可侵犯的，头部被人触摸是一种极大的侮辱；住宅门口上也忌悬挂衣物，特别是内衣裤；脚被认为是低下的，忌用脚示意东西给人看，或把脚伸到他人跟前，更不能把东西踢给他人，这些均是失礼的行为；在欧洲国家，新娘在婚礼前是不试穿结婚用的礼服的，因为害怕幸福婚姻破裂；还有些西方人将打破镜子视做运气变坏的预兆；另外，西方人不会随便用手折断柳枝，他们认为这是要承受失恋的痛苦的；在匈牙利，打破玻璃器皿，就会被认为是厄运的预兆；中东人不用左手递东西给他人，认为这是不礼貌的；英、美两国人认为在大庭广众中节哀是知礼，而印度人则相反。

训练项目

训练项目之一
——涉外礼仪中的手势语言训练

1．英语国家的手势语言演练

付账（Cash）→动脑筋（Use Your Brain）→讲的不是真话（Lying）→自以为是（Complacentassertion）→别作声（Stopping-talking）→赞同（Agreement）→祝贺（Congratulation）→威胁（Menace）→绝对不行（Absolutely Not）→完了（That's All）→害羞（Shame）→打招呼（Greeting）→高兴激动（Happiness and Excitement）→愤怒、急躁（Anger and Anxiousness）→怜悯、同情（Pity）→太古怪了（Too Queer）。

2．中国手势语言与他国手势语言比较演练

1）中国人用来表示“2”的手势，在欧美国家的含义及其展示方法是什么？

2）中国人用来表示“6”的手势，在夏威夷的含义及其展示方法是什么？

3）中国人用来表示“9”的手势，在日本的含义及其展示方法是什么？

4）中国人用来表示“10”的手势，在英美表示什么？

5）在中国用来表示“O”的手势，在英美的含义及其展示方法是什么？

训练项目之二
——对外国人的称呼演练

1. 某某先生→某某夫人→女士或小姐→夫人→女士。

2. 对有学位、军衔、技术职称人士称呼的演练。

3. 对于地位较高的官方人士（一般指政府部长以上的高级官员），按不同国家情况分别演练。（“阁下”→“陛下”→“先生”等）

训练项目之三
——出入境检查礼仪演练

模拟场景：上下飞机、出入国境时的三项检查演练。

1. 入出境检查。主要是查验护照、签证。在飞机上，将“入出境登记卡”填好保留，下机后通过边防检查站时出示护照和入出境登记卡，经核查没有问题即可。

2. 海关检查。海关检查主要是检查是否带有违禁品和走私物品。

3. 安全检查。一般很严格。通过安全门并用X光探测器检查手提包以及近身检查等。主要是禁止携带武器、凶器、爆炸物、剧毒物等。

4. 交验黄皮书时，对未进行必要接种的旅客，有些国家会采取隔离、强制接种等措施。

学习体会分享

1. 涉外安保服务中的基本礼仪要求是什么？

2. 在涉外交谈中应回避哪些涉及个人隐私的话题？（提示：涉外交谈“五不问”）

3. 出入境安检的内容是什么？办理护照和签证有哪些要求？按照我国现行规定，我国的护照分为哪几种？分别是什么颜色？

4. 讲一讲西餐礼仪常识。

5. 举办涉外礼仪禁忌知识竞赛。

资料链接

培训参考资料（见附录A）：

7. 串起爱的链条。

8. 这里没师傅，只有大夫。

职业形象篇

Professional image article

培训目标与要求

本篇包括第四、五章内容。通过本篇学习，充分认识安保人员形象的重要性；学会表现安保人员既威严庄重又和蔼亲切的仪表、仪态；了解安保人员着装的基本要求，做到穿着得体；掌握安保人员正确的身体姿态；学会表现具有安保人员个性魅力的自我形象。

第四章 安保人员的仪表形象

在当今市场经济竞争十分激烈的情况下，形象力已经日益成为一种核心竞争力。安保人员塑造完美的职业形象，不仅能彰显安保人员个人的专业实力，也是提升安保组织整体形象的重要基础。形象力已经成为一种新的生产力资源，成为一种凝聚力、吸引力、感召力、诉求力和竞争力。

安保人员仪表形象，是指根据安保工作的职业要求和个体特征，运用科学方法和技术对安保人员仪表和职业仪态各要素进行系统的设计和开发并进行养成性训练的过程。每一位安保人员，每一个安保组织，都需要一个良好的形象，只要认真研究，精心设计，正确训练，都能形成一个美好的形象。

值得一提的是，本章涉及的一些内容，特别是“安保人员体形标准与要求”等，只是编者根据安保行业的正规化、专业化的未来趋势要求而提出的。从安保行业的现状来看，这些要求似乎过高了一些。但为了推动安保行业正规化、专业化的发展，我们提出了比较超前性的规范。

一、什么是安保人员的仪表形象

安保人员的仪表形象是指安保人员在从事各类安保管理和安保服务工作中的体形、风度、容貌、服饰等所留给他人的总体印象，以及由此而使他人对其所形成的总体评价和总体看法，是安保人员综合素质与外在美好形象的体现。安保人员的仪表形象由五个要素组成：一是体形要素；二是气质风度要素；三是服装款式要素；四是饰品配件要素；五是仪容要素。以上五个要素是安保人员仪表形象得以彰显的必要条件。

（一）体形要素

体形是仪表形象中非常重要的一项，往往给人留下深刻的第一印象。安保组织的窗口行业性质，在某种程度上决定了安保从业人员相应的体形形象，特别是对中高级以上安保管理工作者、涉外安保、高级随卫等安保人员提出了更高的要求，体形要素是高级随卫等安保人员形象诸要素中最重要的要素之一。良好的体形会为公众留下美好的职业印象，树立职业威严感。完美的体形固然要靠先天的遗传，但更主要的是依赖后天的训练与修养。安保人员应该坚持长期健体护身、合理饮食，保持性情平和、宽容豁达，这将有利于长久地保持良好的形体。

（二）气质风度要素

安保人员的气质风度是一个人思想的深度、文化的积淀、修养的培养和内涵的体现，是工作时的人际沟通、处世能力、工作态度、工作姿态的整体表现。人与社会、人与环境、人与人之间是有着相互联系的，在社交中，气质、风度尤其重要。良好的仪表形象是建立在自身内在涵养的基础之上的，具备了良好的气质风度能使仪表形象更加羽翼丰满。在仪表形象中，如果将体形要素、服饰要素比为硬件的话，那么气质风度要素则是软件。硬件可以借助形象设计师来塑造和变化，而软件则需靠自身的不断学习和修养。“硬件”和“软件”合二为一时，才能达到仪表形象的最佳效果。

（三）服装款式要素

服装造型在人物形象中占据着很大的视觉空间，是安保人员仪表形象中的重头戏。服装在造型上有A字形、V字形、直线形、曲线形；在比例上有上紧下松或下紧上松型；在类型上有传统的含蓄典雅型、现代的外露奔放型。服装造型如果运用得当、设计合理，将会使人的体形扬长避短。安保人员的服装具有非常鲜明的职业特点，服装的搭配给公众以严肃认真、威武庄重的感觉。

（四）饰品配件要素

饰品、配件的种类很多，颈饰、头饰、手饰、胸饰、帽子、鞋子、包袋等都是人们在穿着服装时最常用的搭配。由于每一类配饰所选择的材质和色泽不同，设计出的造型也千姿百态，能恰到好处地点缀服饰和人物的整体造型。它能使灰暗变得亮丽，使平淡增添韵味。佩戴合适的服饰，能充分体现人的穿着品位和艺术修养。

（五）仪容要素

仪容要素是仪表形象的重要因素之一，安保人员严肃、平和、整洁的仪容能够给人带来赏心悦目的视觉快感。安保人员在日常工作中应该特别重视仪容的设计与维护，因为安保人员的形象小到代表企业、单位的形象，大到代表国家的形象，给人神圣不容侵犯的感觉。尤其是从事门卫勤务、公共场所安保勤务、涉外安保勤务和随身护卫勤务的工作人员，尤其要注意给公众留下的第一印象。整洁的仪容是对他人的尊重、对职业的重视，恰当得体的仪容修饰能够增进工作时的自信，促进人际沟通。同时，掌握仪容修饰技巧能够使人在短时间内迅速重塑形象，丰富个体风格，展现出优美的个人形象，达到人们公认的美的形象。

二、安保人员体形标准与要求

安保人员体形，是指根据安保人员的职业特点，遵循人体肌肉的结构、功能、特性和合理的运动规律，对安保人员的身体形态结构、身体组成部分、健康水平等有关的个体类型进行科学合理的训练，使之获得健康优美而符合职业特点的身体形态。体形会随着年龄、营养、发育和身体状态的不同而改变。不同年龄、不同健康状态的安保人员要根据身体的实际情况来进行科学、有效的训练。

安保人员体形标准的总体要求为强健、灵活，但是根据所从事岗位的不同，体形标准要求的档次也不尽相同，以下是安保人员完美体形的标准，不同岗位的安保人员可以参照以下标准进行对比，涉外保安、高级护卫尤其要注重塑造良好的标准体形，有助于工作的顺利开展。

（一）体形标准参考

安保人员完美体形的标准应该是：

1）五官端正，眼光有神，颈部挺直而灵活。

2）双肩对称，男宽女窄。

3）两臂修长，两臂平伸之长与身高相等。

4）胸部宽厚，比例协调，男性胸肌圆隆，女性丰满。

5）腰部是连接上下体的主柱，呈现圆柱形，细而有力。

6）腹部应扁平。

7）臀部圆满，微显上翘，不下坠，男性鼓实，女性健而隆起。

8）大腿修长，小腿长而腓肠肌位置高，并稍突出。

9）人体骨骼发育正常，无畸形，身体各部位比例匀称。

10）男子形体强调上肢力量及肌肉发达，整个体形呈倒梯形；女子形体强调身体比例匀称，线条流畅，整个体形呈曲线形。

均匀的体形与正确的姿态能塑造形体美。

（二）体形测量

1．评定形体的标准

目前，应用较多的是希思·卡特体形分类法。希思·卡特体形分类法是根据人体脂肪、肌肉、骨骼的比例将人的体形分为三种类型：内胚叶型、中胚叶型和外胚叶型。这种测量标准可以衡量安保人员是否符合了安保职业从业的体形标准。

内胚叶型的形体特征是：中等身高，圆柱形身体，头大，面色红润，颈短肩宽，胸宽腹大，四肢短粗，臀厚腿短，肌肉无力，脂肪成分占优势。

中胚叶型的形体特征是：身材细小，头小面白，胸部扁平，四肢细长，肌肉纤细，皮下脂肪沉积不多，皮肤和神经组织占相对优势。

外胚叶型的形体特征是：身高超过平均身高，全身发育匀称，颈长而粗，肩部丰满，胸部发育良好，四肢健壮，骨骼粗大，肌肉发达，运动成绩良好，骨骼和肌肉占相对优势。

显然，一名出色的高级安保人员应该属于外胚叶型的形体特征，给人以健美的感觉。

2．评定体重的标准

体重是反映和衡量安保人员健康状况的重要标志之一。安保人员担负着我国社会安全保障的重任，工作中处理突发事件时需要急跑、追捕、格斗、擒拿等，都要求安保人员身体健壮、敏捷，过胖和过瘦都不利于工作的需要，同时也不利于人体健康，不会给人以健美感。

男性安保人员的身高一般不低于170厘米，体重不低于50千克；女性身高一般不低于160厘米，体重不低于45千克（南方部分地区，经录用单位同意，男性身高可放宽至168厘米，体重可放宽至48千克；女性身高可放宽至158厘米，体重可放宽至43千克）。过于肥胖或瘦弱者，不能录用。目前判定安保人员过于肥胖或瘦弱的计算方法是：实际体重超过标准体重25%以上者为过于肥胖；实际体重低于标准体重15%以上者为过于瘦弱。

3．标准体重计算方法

标准体重计算方法为

标准体重（千克）=身高（厘米）–110

超出和低于标准体重的百分数计算方法为

[实际体重（千克）–标准体重（千克）]÷标准体重（千克）×100%

安保人员还可以参考目前国际上较为通用的其他体重计算方法，来及时监测、评定自己的体重。目前测量标准体重的方法有三种：一是身高体重关系计算法；二是世界卫生组织计算法；三是标准体重BMI计算法。具体的计算方法和标准体重对照表，请查阅相关资料。

总之，体形是安保人员整体形象中非常重要的因素，它和安保人员职业形象的其他诸要素共同作用，统一和谐，展现安保人员完美形象。（参阅附录B安保人员的体形训练参考）

三、安保人员的气质与风度

（一）安保人员的气质美

所谓气质，是指人相对稳定的个性特点，是表现在人的情感、认识、语言和行为中比较典型、稳定的心理特征。气质具有恒常性和稳定性的特点，以不同的方式作用于人的心理，支配着人的各种行为。安保人员的气质美是指安保人员的日常修养、文化积累、品行道德等日积月累的良好内涵外化于工作时，给被服务者带来的综合印象。良好的气质是一个人的真正魅力所在。根据安保职业特点，安保人员的气质美应该体现在以下五个方面。

1．充实的内心世界

安保人员的气质美首先表现在他们充实的内心世界。理想是内心世界充实的一个重要方面，因为理想是人生的动力和目标，没有理想与追求，内心空虚贫乏，就根本谈不上气质美。品德是气质美的另一个重要方面，为人诚恳、心地善良是安保服务工作不可缺少的，宽容忍让、正直无私、乐于助人都是安保人员具有良好品质和充实的内心世界的重要表现。

2．优美的举止仪态

安保人员的举手投足、走路的步态、说话的表情、待人接物的风格等，都能彰显出职业的气质。例如，安保服务工作中热情诚恳、不造作，会给人留下深刻而美好的印象，会使对方感觉到安保人员的气质美。

3．良好的性格

安保人员要具有良好的气质，应注重教养、涵养、修养，要忌怒、忌狂、忌暴，要宽容、忍让，理解人、同情人、体贴人。温柔并非软弱，宽容并非无原则，更不是逆来顺受、毫无主见。

4．高雅的兴趣

兴趣是指人们积极探索某个领域或进行某种活动的心理行为倾向。爱好文学并有一定的表达、写作能力，欣赏音乐并有较好的乐感，喜欢美术且有基本的色彩感等，都是气质美的具体体现。

5．较高的文化素养和语言修辞能力

安保人员的气质美还表现在语言修养高，文化知识丰富而广泛，对古今中外、天南海北、历史典故、风土人情都有所了解，说起话来生动有趣，富有韵味。另外，工作的认真、执著、聪慧、洒脱、精明、干练，所有这些和谐统一的美，都会彰显出安保人员真正的气质美。

（二）安保人员的风度美

风度是指人的言谈、举止、神情、姿态、仪表等方面总的表现和风貌，即人的思想、文化、修养、性格、气质等的外在表现。安保人员的风度美是一个综合性的概念。它是指安保人员在安保服务工作中表现出来的仪表、神情、姿态等，是安保人员的全部工作姿态所提供给被服务者的综合印象。安保人员的风度美应包括以下几方面。

1．饱满的精神状态

安保人员从事的是一种服务性工作。工作时神采奕奕，精力充沛，会显得自信和富有活力，能激发与客户的交往，活跃交往气氛，使对方对安保人员产生信赖感。如若神态上委靡不振，无精打采，对方也会感到提不起精神来，交往的前景无法乐观。

2．诚恳的待人态度

真诚无欺，是做人的根基；人贵诚，艺贵真。不论对谁，都应以诚恳的态度平等相待，不哄不骗。切忌吞吞吐吐，含糊其辞，言语与表情动作自相矛盾。交往中要做到端庄而不矜持冷漠，谦逊而不矫揉造作。

3．威严肃穆的神情

安保人员从事的是一份严肃庄重、细致认真的工作，工作场所、工作内容、工作对象的特定性，要求安保人员具有沉着冷静、庄严肃穆、目光犀利的风度美。语少但铿锵有力，语多而不粗俗，言谈文雅而不随便，含蓄而不猥琐，旁征博引而不芜杂。安保人员威严肃穆的神情能够使坏人有惧怕感，公众有安全感，镇压邪恶，维护社会稳定。

4．洒脱的仪表礼节

安保人员应具有风仪秀美、俊逸潇洒的仪表礼节，这能产生使人乐于接近的魅力。这种魅力不取决于长相和衣着，而在于安保人员的气质和仪态，这是职业的内在品格的自然流露。得体的礼仪能使安保人员的气质、风度变得宽厚、平和、善良、洒脱。

5．独特的个人魅力

风度是一个人内在实力的自然流露，是一种个人魅力。风度只可以锤炼，不可以模仿，是一个人独有的个性化的标志，因为有了实力才显得具有魅力。安保人员要培养独特的个人魅力，把自己培养成人格完善、气质脱俗的职业人。

风度是可以塑造的，一个人无法对自己的容貌作出选择，但在成长发展的过程中却可以对自己的风度负责，可以通过后天学习磨炼，塑造美的风度，建立良好的个人形象。风度是个大节，但必须从小节做起。要注意你的言行，因为这些可以成为你的习惯；要注意你的习惯，因为它们可以成为你的性格；要注意你的性格，因为它们可以成为你的气质与风度；要注意你的气质与风度，因为它们可以决定你的命运。安保人员要学会培养自己的气质、风度，使个人魅力由内而外地散发出来，形成特有的安保人员仪表形象美。

（三）安保人员气质美与风度美的养成训练

气质美与风度美是一种视觉上的标志。获得这种视觉标志，没有捷径，没有快速电梯。要想达到目的，必须按部就班，学习好必要的课程。安保人员的气质美与风度美的养成可以从以下几个方面进行训练。

1．培养良好的心理素质

良好的心理素质，能够使人勇于面对挫折，正视自身缺点，改进和提高自己，从而更快地取得成功。良好的心理素质能够使人沉着稳定、成熟老练，能够散发出强烈的个人魅力。高尚的品质、健康的心理、充分的自信，是安保人员迈向事业成功的第一步。要正确地认识社会、认识自我、认识他人，树立正确的人生观和世界观，找准生活的目标，定好位，并努力完善自我，克服自身存在的缺点和不足，向着人生的理想之巅迈进。要培养坚强的意志，保持积极乐观的情绪和积极向上的生活态度，做生活的主动掌控者。

2．将步伐加快1/4

心理学认为，懒散的姿态和缓慢的步态，与一个人的心理状态有极大关系，它表明了他对待自己、工作以及他人的一种消极的态度。心理学家也告诉我们：可以通过改变你的姿势，并加快你的前进频率而达到改变你的态度、心理的重要目的。身体动作是思维活动的结果，那些一蹶不振、意志消沉的人，连走路都是拖拖拉拉，跌跌撞撞的，他们完全缺乏自信心。

平常的人步态平常，他们的步伐频率适中。他们给人的印象是：“我确实没有什么值得自豪的。”

另一种人表现出超人的自信心，他们的步伐敏捷，看起来就像处在竞走中的冲刺阶段。他们走路的姿态好像向整个世界宣告；“我必须要到一个重要的地方去，去做非常重要的事；更重要的是，我将要做的事情会在短期内取得成功。”

用加快行走频率1/4的办法来建立自信心。挺胸、抬头，更快地往前走，会让人的自信心倍增。

3．放大自己最得意的照片

热爱自己是获得幸福生活的先决条件，而讨厌自己则会感到生活非常痛苦。热爱自己的方式多种多样，充分利用自己的照片就是其中之一。

在我们的影集里一定收藏了很多照片，我们可以从中找到许多不同的自我。当我们看到最不喜欢的表情时，会被一种低沉的情绪和随之而来的寂寞感所控制。那么，我们就该另辟蹊径，去把你最满意的照片找出来，认真注视它。我们可能立刻又会产生一种喜悦感，而且越看越兴高采烈。这时也许我们会情不自禁地自言自语道：“你看我有多帅，肯定是个有用之才。”

经常欣赏自己最喜欢的照片，会得到一些极有益的启示。把自己最得意的照片挑选出来，把它们放大后装入漂亮的镜框里，然后挂在屋中最显眼的地方。每当我们看到它时，心中就会反射出一个明快、健康的自我。从此，我们会觉得信心百倍、干劲冲天，敢于向一切困难挑战。

4．通过出色的工作塑造自己的形象

塑造安保人员气质美与风度美的最好方法是工作成绩突出。我们的杰出表现及其带来的声誉，将使人们知道我们是多么优秀，从我们昔日成功的记录，或仅仅通过目睹我们工作时的风采，就可认定这一点。

四、安保人员的服装款式及着装要求

得体的服装款式可以体现出安保人员整体的、和谐统一的视觉效果，安保人员的穿着打扮同样要考虑特定的时间、地点、场合等诸多因素。掌握安保人员一般着装与特殊着装的要求，才能在实际工作时根据具体情况游刃有余地进行服装搭配，才能更好地体现安保人员美好的仪表形象。

（一）要符合着装的 T P O 原则

T P O分别是英语中Time、Place、Occasion三个词的首字母，意思是时间、地点、场合。服饰的T P O原则，是指人们选配和穿着服装时必须考虑时间、地点和场合这三个基本因素。

着装的时间原则。一般包含三个含义；第一是指每天的早上、日间和晚上三段时间着装的变化；第二是指每年的春、夏、秋、冬四季的不同；第三是指时代的差异。

着装的地点原则。实际上是指环境原则，不同的环境需要与之相协调的服饰，最好的办法是遵从“入乡随俗”的原则。

着装的场合原则。是指服饰要与穿着场合的气氛相和谐。一般来说，应事先有针对性地了解活动的内容和参加人员的情况，或根据经验精心设计、挑选穿着合乎场合气氛的服饰。这里有一点必须要注意：永远穿得比自己周围的人稍微考究一点、精神一点、时尚一点，使自己的服饰与场合气氛的融洽和谐程度始终比周围的人更突出一些，但不能过分，如图4-1所示。

图 4-1

（二）安保人员的制式服装

一般来讲，安保人员的制式服装为黑色或深蓝色西装或企业制服。着装的总体要求是庄重、自然、大方、得体。一般企业制服没有统一标准，根据企业的不同而要求不同，下面着重介绍安保人员的西装。

1．关于西装的一般知识

第一，西装款式与场合。常穿的西装有两大类，一类是平驳领、圆角下摆的单排扣西装；另一类是枪驳领、方角下摆的双排扣西装。另外，西装还有套装（正装）和单件上装（简装）的区别。套装要求上下装的面料、色彩一致，这种两件套西装再加上同色同料的背心（马甲）就成为三件套西装。如根据工作需要，进入正式交际场合时，西装色调应比较深，最好用毛料制作。在半正式交际场合，如参加一般性的会见，可穿色调比较浅一些的西装。安保人员的西装一般为黑色，单排扣的西装。但在执行特殊任务时可在款式和色调上稍有调整。安保人员的西装整体感觉应庄重大方。

第二，西装穿着要领。穿双排扣的西装一般应将纽扣都扣上。穿单排扣的西装，如是两粒扣的只扣上面的一粒，三粒扣的则扣中间的一粒。在一些非正式场合，可以不扣纽扣。穿西装时衬衫袖口一定要扣上纽扣。西装的驳领上通常有一只扣眼，叫做插花眼，是参加婚礼、葬礼或出席盛大宴会、典礼时用来插鲜花用的，在我国人们一般无此习惯。西装的衣袋和裤袋里，不宜放太多的东西，最好将东西放在西装左右两侧的内袋里。西装左胸外面的口袋是用来插手帕的。安保人员应该时刻保持西装的外观整洁，不宜将过多的物品放于西装的口袋中，影响整体形象。

第三，西装与衬衫。安保人员一般着白色衬衫，表现出干练、整洁的精神面貌。穿西装时，衬衫袖应比西装袖长出1～2厘米，衬衫领应高出西装领1厘米左右。衬衫下摆必须扎进裤内。若不系领带，衬衫的领口应敞开。

2．领带及其打法

安保人员着西装时，必须系领带。打领带时，应对领带的结法、领带的长度、领带的位置、领带的佩饰多加注意，才有可能将领带打得完美无缺。

图 4-2

领带扎得好不好看，关键在领带结打得如何，如图4-2所示。打领带结有三个技巧：其一，要把它打得端正、挺括，外观上呈倒三角形；其二，可以在收紧领结时，有意在其下压出一个窝或一条沟来，使其看起来美观、自然；其三，领带结的具体大小不可以完全自行其是，而应令其大体上与所穿的衬衫领子的大小成正比例。需要说明的是，穿立领衬衫时不宜打领带，穿翼领衬衫时适合扎蝴蝶结。

领带的长度。日常所用的领带，通常长约130～150厘米。领带打好之后，外侧应略长于内侧。其标准的长度，应当是下端正好触及腰带扣的上端。这样，当外穿的西装上衣系上扣子后，领带的下端便不会从衣襟下面“探头探脑”地显露出来，当然，领带也不能打得太短，不要让它动不动就从衣襟上面跳出来。出于这一考虑，不提倡在正式场合选用难以调节其长度的“一拉得”领带或“一套得”领带。

领带的位置。领带打好之后，应被置于合乎常规的既定位置。穿西装上衣系好衣扣后，领带应处于西装上衣与内穿的衬衫之间，穿西装背心、羊毛衫、羊毛背心时，领带应处于它们与衬衫之间。穿多件羊毛衫时应将领带置于最内侧的那件羊毛衫与衬衫之间，不要让领带逸出西装上衣之外，或是处于西装上衣与西装背心、羊毛衫、羊绒衫、羊毛背心之间，更不能让它夹在两件羊毛衫之间。

领带的佩饰。打领带时，在一般情况下，没有必要使用任何佩饰。在清风徐来、快步疾走之时，听任领带轻轻飘动，能为男士平添一些潇洒、帅气。有的时候，或为了减少领带在行动时任意飘动带来的不便，或为了不使其妨碍本人工作、行动，可酌情使用领带佩饰。领带佩饰的基本作用是固定领带，其次才是装饰。常见的领带佩饰有领带夹、领带针和领带棒。它们分别用于不同的位置，但不能同时登场，一次只能选用其中的一种。选择领带佩饰，应多考虑金属质地制品，并要求素色为佳，形状与图案要雅致、简洁。

领带夹。主要用于将领带固定于衬衫上，因此不能只用其夹着领带，或是将其夹在上衣的衣领上。使用领带夹的正确位置，是在衬衫从上向下数的第四粒和第五粒纽扣之间。最好不要让它在系上西装上衣扣子之后外露。若领带夹夹得过分往上，甚至被夹在鸡心领羊毛衫或西装背心领子开口处，是非常土气的。

下面介绍两款领带的打法：

（1）双环结　营造时尚感，更适合年轻安保人员选用，如图4-3所示。

图　4-3

（2）双交叉结　适用于素色丝质的领带，给人以高雅且隆重的感觉，适合大型正式高端活动场合（见图4-4）。

图　4-4

（三）安保制服

出于对安保员的管理需要，安保人员对安保制服的着装要求应该了如指掌。

保安制服着装要求

各级安保员要按规定着装。领章、领花、领带和帽徽，要严格按照规定缀钉、佩戴。安保员在工作或执勤时，除因执行特殊任务外，都应当着制服。非工作时期外出不得穿制服。炎热季节除了执勤、训练外，可以不着外套，但不得光背或穿背心。

安保员的制服明显有别于公安、武警和军队的服装。着装时必须按照有关规定，保持风纪严整。

第一，按照规定缀钉、佩戴徽章、标志、肩章和臂章。安保人员着装时，只准佩戴国家和安保服务组织颁发的奖章、勋章、证章，不得佩戴与安保人员身份和执行勤务无关的标志。着装时，必须随身携带安保服务组织制发的有效证件。

第二，制服要保持整齐、挺括、清洁；衣领、袖口要洗涤干净；戴大盖帽，系领带，戴白手套，穿黑皮鞋，佩戴帽徽、胸卡等。

第三，穿着制服时，要扣好领钩、衣扣，不得披衣、敞怀、挽袖、卷裤腿。内衣下摆不得外露。着夏装时，必须着制式衬衫，佩戴制式腰带。冬天时，不得在制服外罩便装，不准系围巾。

第四，严禁制服、便服混穿，严禁混穿不同制式的安保制服。

第五，内外衣口袋不准放过多东西，如香烟、打火机等，腰间皮带上不得悬挂钥匙及其他挂件。

（四）安保人员的饰品配饰

1．腰带

腰带是制服的重要组成部分。安保人员在工作中使用的腰带以黑色皮革制品为佳，宽度不超过3厘米。制服腰带分为内腰带和外腰带，外腰带扎在春装、秋装、冬装外面，内腰带扎在夏季制裤裤腰。参加执勤、操课、检阅或携带安保防范器材和器械时，要扎腰带，其他场合可以不扎腰带。特殊情况需扎腰带时，听从有关上司决定。

2．手套

在西方的传统服饰中，手套是必不可少的配饰。手套除了御寒以外，还能保持手臂的清洁和防止太阳暴晒。安保人员着制服时必须佩戴白色手套，给人以醒目、庄严、干练的职业感觉。戴手套和他人握手时，不论冬夏，都要摘掉手套；和女士握手，有时不用脱手套，但摘掉手套显得更加礼貌；进屋以后，一般要马上摘下手套；吃饭的时候，手套必须摘下。

3．对讲机

对讲机是安保人员工作中必不可少的配件（见图4-5），正确佩戴对讲机能够提高工作效率。对讲机应该佩戴在腰间皮带右后侧，耳机塞在右耳，话筒别在衬衫左领。

图 4-5

4．皮包

皮包的选购使用要考虑使用目的。在安保勤务工作中，安保人员应携带安保执勤用包，里面需装有安保勤务工作所必需的表格、文件、验查单及其他有关物品。执勤包体积应当适中，不可太大，也不可太小。对于用于救险、急救等专业用包，要选择体积较大而且比较结实的皮包。

着安保西装时一般携带公文包。公文包的面料应该是牛皮、羊皮制品，而且以黑色、棕色最正统。如果从色彩搭配的角度来说，公文包的色彩和皮鞋的色彩一致，看上去会显得完美而和谐。除商标外，公文包在外表上不要带有任何图案、文字，包括真皮标志，否则是有失身份的。手提式的长方形公文包是最标准的。

女性安保人员在上下班和工作时间应使用大而结实一些的包，以便存放文件等；在出席仪式、宴会时应选用小巧的手包，里面只放少量的化妆品、钥匙等。同时还要考虑到与衣服的色彩相搭配。

5．手表

手表，又叫腕表。即佩戴在手腕上的用以计时的工具。在社交场合，佩戴手表，通常意味着时间观念强、作风严谨；而不戴手表的人，或是动辄向他人询问时间的人，则会令人嗤之以鼻，因为表明其时间观念不强。从事涉外交往的安保人员，最好佩戴机械表。

6．笔

安保人员在工作或社交活动中应该携带一支钢笔。勤务工作安保人员在执勤包或制服上衣口袋内侧，可以携带一支笔。行政管理安保人员的笔应插在西装上衣内侧口袋中。

（五）安保人员的仪容修饰

仪容是体现安保人员美好形象的重要方面。仪容包括仪容的整洁与仪容的修饰，在日常工作中，安保人员要意识到仪容的重要性，一个美好的仪容能展现出自己良好的精神面貌，给公众留下美好的印象。

1．仪容的清洁

清洁是仪容美的关键，是与人交往、保证工作顺利进行的关键。

第一，面容清洁。要求每日早晚洗脸，清除附在面部的污垢、汗渍等不洁之物。男性安保人员要经常修面，不要留胡须。

第二，口腔清洁。保持牙齿洁净，坚持早晚刷牙。常规的牙齿保洁应做到“三个三”，即三顿饭后都要刷牙，每次刷牙时间不少于三分钟，每次刷牙时间在饭后三分钟内。安保工作是一种服务型工作，工作中需要直接与各类人群直面接触，因此安保人员在工作之前不能吃葱、姜、蒜、韭菜等有刺鼻气味的食物，以免引起他人的反感。口腔异味影响交际时，必要时可以用口香糖来减少口腔异味。但是，在正式场合嚼口香糖是不礼貌的，应尽量避免。平时多以淡茶水漱口。

第三，鼻子清洁。保持鼻腔的清洁，不要抠鼻子，尤其是工作期间在他人面前，这样既不文雅也不礼貌。经常注意检查鼻毛，防止鼻毛过长，如鼻毛过长应用小剪刀剪短，但不要去拔。

第四，头发清洁。应该养成经常洗头的习惯，一般隔天洗一次为宜。油性头发应该一天或两天洗一次，干性头发洗头间隔时间可稍微长一些。梳头时，一定要留意，上衣和肩背上不能落有头皮屑和脱落的头发。

第五，手的清洁。在交际活动中，手占有重要位置。通过观察手，可以判断出一个人的修养与卫生习惯，甚至生活态度。安保工作人员要经常洗手，修剪指甲，尤其是从事安保门卫型勤务、安保咨询型勤务和涉外安保勤务的工作人员，更要注重手的清洁。

第六，身体清洁。讲究个人卫生，养成良好的卫生习惯，要求身体勿带异味。安保工作人员要注意经常洗澡，有体臭的，要及时治疗。安保人员可以在适当场合使用香水，但是切忌使用香味浓厚的香水。

2．仪容的修饰方法

仪容的修饰，主要是借助外在的化妆美容、发型设计等技术手段来弥补个体的不足，或者是丰富个体的装扮风格。

人们为了使自己能够更加吸引人，往往对自己进行必要的妆饰。从古至今，世界上不同地域、不同民族的人，对人体的妆饰有各自不同的办法。但是每个人的妆饰要根据自己的性别、年龄、身材条件、职业、出席的场合和所处的环境等实际情况，有选择地修饰自己，达到人们认同的美的程度。

第一，工作妆。安保人员的工作妆要遵循大方整洁的原则，化妆可以减弱和掩盖容貌上的缺陷。安保人员每天接触的人员较多，清新自然的仪容有利于人际沟通和开展工作。在一些重要场合，男性安保人员稍事化妆是必要的。一般情况下，男性安保人员使用的化妆品不宜过多，不要把自己搞得油头粉面。女性安保人员在工作时可以化些淡妆，只需对面部稍加修饰，涂一些必要的润肤霜。适度的淡妆能够给人以整洁、大方、淡雅、舒畅的感觉。“浓妆淡抹总相宜”，淡妆高雅、随意。施以不同的化妆，与服饰、发式和谐统一，将能更好地展示自我、表现自我。化妆在职业形象中起着画龙点睛的作用。

第二，发型。随着科学的发展、美发工具的更新，各种染发剂、定型液、发胶层出不穷，塑造出了千姿百态的发型，也诠释了不同的年龄、职业和人物个性。发型的式样和风格将极大地体现出人物的性格、品质及精神面貌。

发型是仪容修饰的重要部分。美容学家说：“发式是人的第二面孔。”恰当的发型会使人容光焕发，风度翩翩。发型设计要与脸形、体形、季节、年龄、职业、气质等因素相适应，体现和谐的整体美。

安保人员应注意头发的整洁，经常定期理发，非特殊任务需要不得染彩发、烫发，更不得留任何怪异的发型。男性安保人员梳理后的头发两侧不宜超过两耳，不能遮住耳朵；后面的头发不能长到衣领；不留大鬓角；不留长发或蓬松的发式，不留卷发（自然卷除外），不能剃光头，如图4-6、图4-7所示。

女性勤务安保人员发辫不得过肩。发型选择要与脸形相配。长脸形的人不宜留太短的头发，下巴较方的人可以留些髫发。瘦高的人应留长一点的发型，矮胖瘦小的人头发不宜太长，如图4-8、图4-9所示。男士发型还应与服装相配，若穿着西装，发型则应该吹风定型，整齐精神。安保人员的发型总体要求应该遵循整洁、精神、干练的综合特征。

图 4-6

图 4-7

图 4-8

图 4-9

训练项目

训练项目之一
——自信心提升训练

1．把自己最得意的照片找出来，认真注视、欣赏，体验一种欣喜愉悦之感。

2．连续一周时间，按照下面的公式，随时进行自我暗示训练：

“……我能行！……难不倒我，我一定能做到……！”；试着把以上感受说出来，在学习小组或全班同学中交流分享。

3．通过当众自我介绍，提升自信心。用加快行走频率1/4的办法来建立自信心。挺胸、抬头，更快地往前走，体验自信心倍增的过程（从教室或某场所的最后方从容地走向讲台或最前方）。

目　　标：通过自我介绍，使自己表现出鲜明的个性。（不要重复其他人说过的话）

要　　求：积极、向上、热情、自信。时间不超过2分钟。

评价标准：能够给人留下深刻而美好的印象，如果听众是一个完全陌生的群体，要使能够记住自己名字的人越多越好。

训练项目之二
——美好形象提升训练

1．建立自己的色彩档案库，根据安保人员着装要求，合理搭配西装。

2．以修整统一、和谐自然为准则，根据自己的特点尝试安保人员工作妆。要求不露化妆痕迹，体现自然、质朴、典雅。

3．在穿衣镜前观察、欣赏自己，设计出自己最具有魅力的美好形象，并要求平时不断加以强化。

训练项目之三
——领带的结法

1．打得端正、挺括，外观上呈倒三角形。

2．可以在收紧领结时，有意在其下压出一个窝或一条沟来，使其看起来美观、自然。

3．领带结的大小大体上与所穿的衬衫领子的大小成正比例。

4．领带的位置，置于合乎常规的既定位置。

训练项目之四
——创造良好的第一印象（把握最初7秒钟）

1．准备——调理好自己的思绪，弄清自己明确的目标以及希望通过这次会面达到什么效果。

2．融入——一见面就要尽快融入当时的氛围中。

3．倾听——先注意对方和其他人说些什么，注意周围气氛是否有变化。

4．自然——要充满自信并积极放松。手势要优雅，避免剧烈的动作。

5. 表现——你的身体语言反映你的感觉，要让你的面部表情显得非常诚恳，特别眼睛要表现得专注而有神。

6. 声音——说话时，要注意音质、声调、节奏和音量。吐字要清晰、节奏要适中，句子尽可能短一些。（请参考本书“语言表达篇”的内容）

训练项目之五
——肌肉力量训练（塑造安保职业人员体形）

方案一：卧推→宽握推举→半蹲→俯身自由泳→控腰腹→直立弯举→举腿仰卧起坐→跑跳。

方案二：仰卧飞鸟→直立飞鸟→俯卧腿弯举→俯身划船→坐弓身→颈后臂屈伸→举腿仰卧起坐→跑跳。

方案三：仰卧屈臂上拉→斯科特举→半蹲弓身→俯身上拉→控腰腹→臂屈伸→举腿仰卧起坐→跑跳。

学习体会分享

1. 简述安保人员职业仪表形象的概念。
2. 简述安保人员职业仪表形象的要素及内容。
3. 什么是安保人员的气质美与风度美？
4. 怎样给人留下美好的第一印象？怎样把握与人初次相识的言行举止？
5. 穿着TPO的原则是什么？
6. 安保人员着装的要求是什么？
7. 分别阐述安保人员仪容清洁和仪容修饰的具体内容。

资料链接

培训参考资料（见附录A）：9. 首因效应。
10. 逆境中的胡萝卜鸡蛋咖啡豆。
11. 再试一次。

学习训练随笔

第五章 安保人员行为举止

潇洒的风度、优雅的举止常常能够赢得人们的赞赏，给人留下深刻的印象。安保人员从事的是服务性工作，其稳重大方的举止、标准规范的动作，树立了安保人员良好的职业形象，体现了安保人员的工作态度、品格内涵、学识能力等综合修养程度。安保人员在行为举止上要规范、得体而有风度。

安保人员行为举止，是指安保人员在安保服务或管理工作中，所留给他人的总体印象，以及他人对安保人员的总体评价和总体看法。

一、什么是安保人员的体态语言

安保人员的体态语言，是指安保人员在服务工作中的表情、动作，是安保人员感情流露和交流以及意识表示所借助人体的各种姿态，是一种无声的语言。恰当的体态可以传递给他人及时正确的信息，是安保人员礼貌礼节不可或缺的组成部分。安保人员的体态语言旨在协助有声语言更好地表达自己的思想感情，因而必须做到自然、简洁、适度、适宜、变化等要求。

自然是对体态语言的第一位要求。有的人说话时，动作生硬、刻板如木偶；有的人则刻意表演，动作和姿态总是那样做作，像在“背台词”，这都使人觉得别扭、不真实、缺乏诚意。简洁是指动作要大众化，举手投足要符合一般生活习惯，简洁明了，易于被人们看懂和接受。否则不仅会喧宾夺主，妨碍有声语言的正常表达，也会使听的人眼花缭乱，不知所云。要注意克服不良的习惯动作，无意义的、多余的手势务必去掉。适度是指动作要适量，以不影响听者对你说话的注意力为度，不要用得过多。有的人做的动作比说的话还多，那不是口才，而是表演。适宜是指动作必须与说话的内容、情绪、气氛协调一致，不要故作姿态、故弄玄虚，甚至手口不一。变化是指说话时，适当的重复动作是完全必要的，它往往能重现或强调原来的情绪。但不要老重复一种姿势，如果一种表情、一种手势用到底，则显得单调乏味。要善于随着内容、情绪的变化适当地变换动作和姿态，以期生动活泼、富有朝气和魅力。

二、安保人员的英姿

站如松、坐如钟、行如风是我国古人对一个人姿态美的总体要求。安保人员的工作姿态美要从以下几个方面进行严格训练。

（一）站姿

站如松——站立是生活中最基本的一种举止。站姿又称岗姿，是安保人员最常用的工作姿态。挺拔的站姿能够衬托出安保人员良好的气质和风度，正确的站姿能够给人以挺拔笔直、舒展俊美、精力充沛、积极进取、充满自信的感觉。

图 5-1

1．基本站姿

安保人员的基本站姿有以下两种情况：一是身体立直，头正，双目平视，两膝并严，脚跟靠紧，脚掌分开呈"V"字形，挺胸收腹，立腰，双肩放松，双臂自然下垂，如图5-1所示。二是身体立直，挺胸抬头，下颌微收，双目平视，两腿分开，两脚平行，比肩略窄，双手在背后交叉，右手搭在左手上，贴在臀部。

2．安保勤务中的站姿

安保勤务中的站姿，也称为"岗姿"。在对外勤安保人员的管理中，要明确提出下列要求

第一，侧放式：两腿并直，大腿不得留缝。脚跟并拢，脚掌分开呈"V"字形，双手自然垂放在腿两侧，手指稍弯曲，呈半握拳状。

第二，前腹式：两腿并直，脚跟并拢，脚掌分开呈"V"字形，双手相交放在小腹部。

第三，跨立式：两腿分开，两脚平行，与肩同宽，双手背后轻握，放在后腰处。（注意安保人员穿着西装时不可采用跨立式）

第四，丁字式：一脚在前，将脚跟靠在另一脚的内侧，两脚尖展开90°，呈斜向丁字形，双手轻握，放在腹前，身体重心在双脚。（此式仅限女性）

非敬礼状态时，站立姿势可以变换。但是不得将身体倚靠在物体上，不可双手抱胸或叉腰，不得席地坐卧。

3．站姿注意事项

第一，安保人员要符合标准的站立姿态，如果错误站立，从形态上看是不美的，影响安保人员的气质风度。

第二，站立时要注意肌肉张弛的协调性，强调挺胸立腰，肩部和手臂的肌肉要适当放松，呼吸自然。规范的站姿要与自然相结合，运用自如，分寸得当，使人感到既有教养又不做作。

第三，站立时要面带微笑，使规范的站立姿态与热情的微笑相结合。

第四，同一岗位当值人员，必须采用同一站姿。

4．站姿禁忌

站立时禁止探脖、斜肩、弓背、挺腰、撅臀以及双手叉腰，双臂抱在胸前，双手插入口袋，身体倚靠其他物体等，也不可晃腿，不可经常变换姿态，要根据具体工作情况自然选择站姿。

（二）坐姿

坐如钟——坐是日常仪态的主要内容之一。安保人员端庄的坐姿能传达出自信练达、积极热情、尊重他人的信息和良好风范，散发出安保人员的职业气质美。

安保人员坐姿的基本要求是"坐如钟"，如图5-2所示。入座时，应以轻盈和缓的步履，从容自如地走到座位前，然后转身轻而稳地落座，并将右脚与左脚并排自然摆放。坐定后，

身体重心垂直向下，腰部挺起，上体保持正直，头部保持平稳，两眼平视，下颌微收，双掌自然地放在膝头或者坐椅的扶手上。

图 5-2

1．安保人员基本坐姿

安保人员基本坐姿的要求是：平稳、端庄，做到头正、肩平、腰直、腿稳。其要领为：

第一，入座轻缓，在座位前面转身，右脚先后退半步，稳定身体，然后左脚跟上，轻轻坐下。

第二，入座后，上体挺直，下颌微收，双目平视。

第三，入座后，两腿自然弯曲，两腿分开不超肩宽，两脚平行平落地面，两手分别或搭手放在双膝上。

第四，坐在椅子上，应至少坐满椅子的2/3，脊背轻靠座椅。

第五，起立时，右脚向后收半步，而后站起。

第六，谈话时，可根据时间长短调整坐姿，缓解疲劳，但是基本要求不得丢失。

第七，女性安保人员入座后两腿并拢，两脚同时向左放或向右放，两手相叠后放在左腿或右腿上，也可以两腿并拢，两脚交叉，置于一侧。

2．坐姿注意事项

第一，入座后，要保持上身的挺拔。

第二，入座后要面带微笑，双目平视，嘴唇微闭，微收下颌。

第三，女士入座时，若着裙装，应轻拢裙摆然后轻轻入座。女士就座时，不可跷二郎腿，更不可将双腿叉开。男士可以交叠双腿，一般是右腿架在左腿上，但腿脚不能不停地晃动。

3．坐姿禁忌

第一，就座时禁止前倾后仰，或是歪歪扭扭，两腿不应过于岔开或长长地伸出去，入座后禁止随意挪动椅子，禁止跷二郎腿。

第二，不要为了表示谦虚，故意坐在椅子边上，身体萎缩前倾或以手支撑下巴，给人以阿谀奉承之感或欲离座之感。

第三，女性安保人员坐姿禁止将双膝分开，或大腿并拢而小腿分开。

第四，禁止脱鞋，不要腿脚不停地抖动，或脚尖相对、双脚交叉。

（三）行进姿态

行如风——协调稳健、轻松敏捷的行姿会给人动态之美，表现朝气蓬勃、积极向上的精神状态，如图5-3所示。行姿是站姿的延续动作，是在站姿的基础上展示人的动态美的极好手段。

无论是在日常生活中，还是在公共场合中，走路都是“有目共睹”的肢体语言，往往最能表现一个人的风度、风采和韵味。平稳的步态塑造了安保人员威严有序的感觉。

图 5-3

1．安保人员基本行进姿态

安保人员基本行姿的要求是平稳、轻松，具体要求为：

第一，抬头挺胸、两肩持平，两臂自然前后摆动。

第二，目光平视、下颌微收、面带微笑。

第三，手臂伸直放松，手指自然弯曲，摆动时，以肩关节为轴，上臂带动小臂，双臂自然摆动，摆幅以30°～35°为宜，肘关节略弯曲，小臂不要向上甩动。

第四，两腿步幅适中均匀，一般应该是前脚的脚跟与后脚的脚尖相距为一脚长，但因性别和身高不同会有一定差异。两脚步位正直朝前。行走线迹要成为一条直线。

第五，集体出行除紧急情况或执行巡察任务外，一般步速应在每分钟116步左右。步法不宜过快，尤其在客户面前，一般情况不走急步或跑步，求稳慢、自然。

第六，两名以上安保人员徒步巡逻、执勤时，应两人成行，三人成列，威严有序。

2．变向行姿

变向行姿是指在行走中，需转身改变方向时，注意身体先转，头随后转，并同时向他人告别、祝愿、提醒、寒暄等时的行走姿态。安保人员在工作时，除了基本行姿外，会随着具体情况的变化运用变向行姿。

第一，后退步。当与他人告别时，扭头就走是不礼貌的。应先向后退三步，再转体离去。退步时脚轻擦地面，不要高抬小腿，后退步幅要小。转体时要身体先转，头稍后一些转。

第二，侧行步。当走在前面引导来宾时，要尽量走在宾客的左前方。髋部朝着前行的方向，上身稍向右转体，左肩稍前，右肩稍后，侧身向着来宾。保持两三步的距离。遇到上下楼梯、拐弯儿、进门时，要伸出左手示意。当在路面较窄的走廊楼道中与人相遇时，也要采用侧身步，两肩一前一后，要将胸转向客人，而不是将后背转向客人。

第三，行转身步。在前行中要拐弯时，应在距所转方向远侧的一脚落地时，立即以该脚掌为轴，转过全身，然后迈出另一脚。向左拐时，要在右脚在前时转身；向右拐时，要在左脚在前时转身。

3．行姿注意事项

第一，后背保持平正，两脚立直，走路的步幅适中，手臂放松，伸直摆动。

第二，行姿时保持身体的平稳，脚步轻而稳，遵循右侧通行的原则。

第三，行走时，安保人员要注意抬头挺胸、步履稳健、自信。行走要迅速，但不得跑步。

4．行姿禁忌

第一，行走时，男士不要左右晃肩。女士髋部不要左右摆动，穿高跟鞋应注意保持身体平衡，以免摔跤。

第二，行走时，不要左顾右盼、大甩手，也不要弯腰驼背、步履蹒跚。双腿不要过于弯曲，走路不成直线，更不要走“内八字”或“外八字”。

第三，行走时禁止鞋和地板摩擦发出较大声响。

（四）蹲姿

蹲姿虽然不像站姿、坐姿、行姿那样使用频繁，但安保人员在工作中也时常使用，是安保职业体姿中的一部分，同样应当注重。

1. 安保人员基本蹲姿

安保人员基本蹲姿的要求是：平稳、规范。

蹲姿标准规范是：下蹲时，两腿合力支撑身体，避免滑倒或摔倒。头、胸、膝关节要在一个角度上，使蹲姿显得规范。蹲姿有两种基本形式：

第一，高低式蹲姿。安保人员在工作中采用高低式蹲姿，左脚在前，右脚在后向下蹲去，左小腿垂直于地面，全脚掌着地，大腿靠紧，右脚跟提起，前脚掌着地，左膝高于右膝，臀部向下，上身稍向前倾，以左脚为支撑身体的主要支点，如图5-4所示。

第二，交叉式蹲姿。女性安保人员在蹲下时，可采用交叉式蹲姿。下蹲时右脚在前，左脚在后，小腿垂直于地面，全脚着地，左腿在后与右腿交叉重叠，左膝向后面伸向右侧，左脚跟抬起，脚掌着地。两脚前后靠紧，合力支撑身体，如图5-5所示。

图 5-4

图 5-5

2. 蹲姿注意事项

第一，保持上身的挺拔，头、胸、膝在一条直线上。

第二，双腿支撑时用力，防止身体晃动或摔倒。

3. 蹲姿禁忌

第一，下蹲时两腿不得平行打开，不得弓背塌腰。

第二，下蹲时注意内衣“不可透、不可露”。

三、安保人员的手势语言

手势是安保人员工作中使用最多的肢体语言，是具有表现力的“体态语言”。它可以加重语气，增加感染力，掌握正确的手势，就等于学会了一种语言。手势不同，所代表的意义也不同。安保人员在服务工作过程中，必须掌握规范准确的手势动作，坚决杜绝出现手臂僵直、动作不协调、手势不明确、寓意含混等现象，如图5-6所示。手势运用不当会给人留下漫不经心、业务不熟练、对待工作不认真、素质不高等印象，严重影响服务质量。安保人员在与客人谈话时，手势不宜过多，动作不宜过大。在做手势的同时，要配合眼神、表情和其他姿态，才能显得大方。同时，运用手势还应考虑到不同地区、民族、国家的习惯。下面是安保人员在服务工作经常用到的几种手势。

图 5-6

（一）引导手势

1．横摆式

在表示“请进”、“请”时常用，五指伸直并拢，手掌自然伸直，手心向上，肘稍弯曲，腕低于肘。以肘关节为轴，手从腹前抬起向右摆动至身体右前方。同时，脚站成右丁字步。头部和上身微向伸出手的一侧倾斜，另一只手下垂或背在背后，目视宾客，面带微笑。

2．斜摆式

请客人就座时，手势应指向座位的地方，可使用斜摆式。手先从身体的一侧抬起，到高于腰部后，再向下摆去，使大小臂成一条斜线。

3．直臂式

给宾客指方向时，可采用直臂式，屈肘从身前抬起，向应到的方向摆去，肘关节基本伸直。手指并拢，掌伸直，摆到肩的高度时停下来。为客人指示行进的方向时，习惯上采用将左手或右手提至齐胸高度，朝指示方向伸出小臂。

4．介绍式

手心朝上，手背朝下，四指并拢，拇指张开，略带微笑，显得温文尔雅。

（二）鼓掌

用右手掌轻击左手掌，表示喝彩或欢迎，如图5-7所示。

此外，掌心向上的手势表示诚意、尊重他人，掌心向下的手势有指点、教训、缺乏诚意等。总之，手势的运用要适当，符合规则。

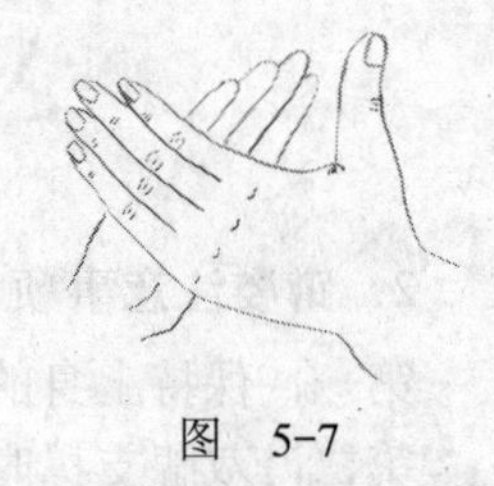

图 5-7

（三）行礼

安保人员在服务工作中会接触到不同年龄、不同地区、不同民族的客户，在与客户交往过程中，行礼是安保人员行为举止中重要的部分，规范正确、清晰明了的行礼，能够增加安保人员的职业形象，赢得大众的尊重与信赖。见面礼节有点头礼、鞠躬礼、握手礼、拥抱礼、亲吻礼、注目礼、脱帽礼、合掌礼等，下面就安保人员在服务工作中常用的几种礼节加以介绍。

1．致意礼

致意的基本规则为男士应先向女士致意，晚辈应先向长辈致意，未婚者应先向已婚者致意，职位低者应先向职位高者致意。安保人员常用的致意礼为举手礼、注目礼和立正礼。

第一，举手致意。举手礼是安保人员着职业装时，在规定情况下使用的礼节。要领为：制服整齐，立正姿势，右臂向外抬起，与身体成90°，肘部向内弯曲，腕部伸直，右手五指并拢、伸平，上举至头部右侧太阳穴，手心朝下偏前方。目光随受礼者移动，保持三秒钟。

第二，注目致意。注目礼是在规定不行举手礼的场合和情况下使用的礼节。

注目礼要求：立正姿势，目光随受礼者移动，时间视情况而定。

第三，立正致意。要求：原地起立，目光平视，不必注视受礼人。

2．握手礼

见第二章“见面礼仪规范”。

3．鞠躬与合十礼

见第二章“见面礼仪规范”。

在体态语言中，尤其要注意以下几点：一是不要当众瘙痒；二是要防止发自体内的各种声响，如咳嗽、喷嚏、哈欠、打嗝儿、响腹、放屁等；三是不要将烟蒂到处乱丢；四是不要随地吐痰。

四、安保人员的面部表情

表情，主要是指人的面部表情，由脸色的变化、肌肉的收展以及眉、鼻、嘴的动作所组成。在体态语言中，面部表情的寓意最为丰富，也最具有表现力，它能迅速、准确地表达人们的各种情感。表情语可以表现出喜悦、厌恶、惊异、悲惨、愤怒、惧怕等六种情绪。安保人员的表情要遵循严肃、平静、友善、温和、自然的特点，精神振奋、饱满，不卑不亢，亲切而不可侵犯。

（一）眉语

眉毛能表达人们丰富的情感。在服务工作中，安保人员的眼睛、眉毛要保持自然的舒展，说话一般不宜牵动眉毛，切忌挤眉、皱眉，要给人以庄重、自然、典雅之感。

（二）眼神

眼睛是心灵的窗户，人的内心活动，较多是以面部来表现的。安保人员在接待客人时，同客人交往一定要注意眼神的运用。

1．强调重点时

一般来说，双方在交谈中，特别是涉及重要内容时，应注视对方的眼睛或脸部，以示尊重他人。

2．对方尴尬时

当他人在交际场合说了错话或做了不自然的动作时，往往会表现出尴尬的表情，此时不要盯着对方的脸看，或看一眼之后马上转移视线。否则，会让对方产生被讽刺嘲笑的感觉。

3．双方缄默无语时

当双方缄默无语时，不要盯着对方的脸，而要将视线暂时转移到别处，以此缓解双方无话题时的冷漠、踌躇不安的感觉。

4．送客人时

送客人时，要等客人转过身并走出一段路后，不再回头张望自己时，才能转移目送客人的视线。

5．接待客人时

接待客人时绝不能采用“盯视”，也不能采取咄咄逼人的目光。要神色坦诚、轻松自然，给人以宽慰感。眼光不要忽上忽下，躲躲闪闪，或不敢正视客人，这样会给对方一种不大方的感觉。

这里需要特别提醒的是，安保人员在服务工作中应采用友善的目光，禁止对客人采用满不在乎、蔑视或敌视的眼神，以避免带来不应有的麻烦。

（三）嘴语

嘴传达信息的能力仅次于眼睛。紧闭的双唇表示严肃；撇嘴表示轻微的不高兴；努嘴表示怂恿或撺掇；撇嘴表示轻蔑或讨厌；咂咂嘴表示赞叹或惋惜。

安保人员在交谈过程中，要根据具体情况选择合适的嘴语。一般情况下，安保人员应该上下唇开合自然适当，嘴角微翘，让人看来觉得友善而神圣不可侵犯。站立或行握手礼节时，嘴微闭，不漏牙，形成微笑状。

（四）笑容

笑是眼、眉、嘴和颜面的动作集合，是面部表情的总体表现，它可以缩短人与人之间的心理距离，为深入沟通与交往创造温馨和谐的氛围。在笑容中，微笑最自然大方，最真诚友善。微笑是甜美的、含蓄的笑容。安保人员亲切的微笑会使人感到和蔼可亲，平易近人；而表情麻木，毫无笑容的安保人员会给人以冷酷的感觉。

安保人员在服务工作中保持微笑，有以下几个方面的作用：

（1）表现心境良好　面露平和欢愉的微笑，说明心情愉快，充实满足，乐观向上，善待人生，这样的人才会产生吸引他人的魅力。

（2）表现充满自信　面带微笑，表明对自己的能力有充分的信心，以不卑不亢的态度与人交往，使人产生信任感，容易被他人真正地接受。

（3）表现真诚友善　微笑反映自己心底坦荡，善良友好，待人真心实意，而非虚情假意，使人在与其交往中自然放松，不知不觉地缩短了彼此的心理距离。

（4）表现乐业敬业　在工作岗位上保持微笑，说明热爱本职工作，乐于恪尽职守。在安保服务岗位，微笑更是可以创造一种和谐融洽的气氛，让服务对象倍感愉快和温暖。

发自内心的轻松友善的微笑是来自安保人员的敬业精神。这种微笑不仅表现在脸上，甚至眼神和声音都饱含笑意。安保人员应该保持有分寸的微笑，再加以优雅得体的举止，使自己始终处于良好的心境状态，振奋精神、愉悦自信地投入于工作，给客户带来热情、友好、真诚的感觉，树立安保人员良好的职业形象。

训练项目之一
——表情梳理训练

体现祥和的面部表情。

悠扬而舒缓的音乐起→深呼吸→轻闭双眼→身体放松→舒展心情→舒展两眉→双唇微闭→上下牙齿微微张开一个极小的缝隙，使自己尽量表现出祥和的心态。

训练项目之二
——微笑训练

情绪诱导法：设法寻求外界的诱导、刺激，以求引起情绪的愉悦和兴奋，从而唤起微笑的方法。例如，打开自己最喜欢的书、翻看使自己开心的照片、回想过去幸福生活的片段，聆听使自己快乐的乐曲，以期在欣赏和回忆中引发快乐和微笑。有条件的话，用摄像机摄录下来，自己观看。

训练项目之三
——体姿训练

站姿、坐姿、行姿、蹲姿。按本书内容要求进行安保人员体姿训练。

学习体会分享

1. 安保人员行为举止的概念及要素是什么？
2. 请分别阐述安保人员的体姿内容。
3. 什么是体态语言？
4. 安保人员的体态语言都有哪些？
5. 怎样培养安保人员良好的行为举止？

资 料 链 接

培训参考资料：

安保人员的体形训练参考（见附录B）

学习训练随笔

人际沟通篇

Interpersonal communication article

培训目标与要求

本篇包括第六、七章内容。通过本篇培训，安保人员应该掌握并理解人际沟通的概念、如何促进人际沟通与人际关系发展、成功沟通的法则、人际沟通的技巧等基本知识；掌握安保人员与上司、同事、下属沟通的技巧，并且能够运用这些知识和技能进行适当的社会交往，从而促进安保人员的成功沟通。

第六章　安保人员人际沟通的基本理念

近年来，安保工作在我国发展势头迅猛，从业人员的队伍不断壮大；安保工作涉及守卫、巡逻、押运、技术防范、消防、安全咨询等诸多方面，内容繁多，但说到底是和人打交道，是对人的服务。人好，一切都好。在现实生活中，安保人员殴打业主、业主抵制物业公司等事件时有发生，这些都是安保工作中人际沟通失败的例子。人际沟通失败，容易导致人际冲突。实施积极有效的人际沟通，能够把优质的服务落到实处，减少安保工作中的冲突和纠纷，提高服务满意度，促进整个行业健康有序发展。

安保工作一再强调要体现人性化。人性化需要通过安保人员的每一句话、每一个眼神、每一个动作来体现。这样的细节，靠法律规章是难以穷尽的，尽管曾有些地方公安部门出台了“执法忌语”，但语言具有极强的变异性，具体的执法场景更是千差万别。这样的细节，靠法律规章是难以穷尽的，具体的服务场景更是千差万别。因此，安保人员要能否做到人性化，关键靠安保人员个人去把握。要做到人性化，具备沟通礼仪的相关知识是必要的。

一、什么是人际沟通

作为安保人员，良好的沟通是处理客户关系的关键武器；在生活中，父母同样需要和孩子进行有效的沟通，才能更有助于孩子的成长；夫妻之间也需要良好的沟通，才能增进彼此的感情；另外，婆媳关系、朋友关系等都需要良好的沟通。

人际沟通是一门学问、一门艺术，它不是简单的你+我=我+你，良好的沟通技巧能使双方产生良好的共情，增进双方的了解，让双方在心情舒畅中达到双赢。因此，了解一下人际沟通的概念是十分必要的。

（一）人际沟通的定义

“沟通”，原始含义是指开沟，以使两水相通。《左传》有“吴城邗[hán]，沟通江淮”。说的是周敬王三十四年（公元前486年），吴王夫差在平楚、服越之后，雄心勃勃，欲北上中原，一争霸主，遂在今扬州城北的蜀岗上修建邗城，并在城下向北开凿运河以沟通江、淮二水，名“邗沟”。

现在“沟通”一词的意思已经泛指彼此的相通。著名成功学大师卡内基认为：“所谓沟通就是同步。每个人都有他独特的地方，而与人交际则要求他与别人一致。”国外有些传播学研究人员把人际沟通定义为人与人“面对面的信息交流活动”。在这里，人际沟通专指个人与个人的信息沟通。这一定义排除了人们通过其他渠道——如写字、打电话等进行信息沟通的可能。而随着信息传播手段现代化，人际关系非面对面的互动越来越占重要的地位，因此，我们把人际沟通定义为：人与人面对面的和非面对面的两种信息交流活动。

（二）人际沟通的重要性

人际沟通对个人或组织形象的塑造，对个人或组织良好人际关系的形成都具有相当重要的作用。罗斯福说："成功的公式中，最重要的一项能力是与人相处的能力。"还有一位哲人也说过："没有交际能力的人，就像陆地上的船，永远到不了人生的大海。"可见，巧妙地进行人际沟通，在工作、生活中都非常重要。它对个人和单位发展所起的作用也是不言而喻的。

没有人际沟通，人与人之间的许多思想、心理、文化等障碍就无法排除，各种关系就无法彻底协调，因此也就很难出现同心同德、齐心协力为实现组织和个人的总目标而奋斗的局面。

没有人际沟通，就无法完善与各类相关人员的关系，就难以及时获得有关各种信息，就难以做到及时调整或矫正自己的行为，就不能根据对方的需要来办事，因而也就无法取得宽松和谐的人际环境。

可见，人际沟通就如同人的血脉一样重要。如果沟通不畅，就如同血管栓塞，其后果是可想而知的。沟通不只是语言，还包括动作、姿态、眼神、表情等。有时一个眼神、一句问候、一个微笑会有很大的作用，使生活开心、事业有成。因此，人际沟通无论是对组织和个人的生存与发展都具有不可低估的价值，任何组织和个人，都应该把它作为一种重要的资源来珍惜和对待。

（三）人际沟通的条件

人际沟通必须符合三个基本条件。

1．传递信息的多元性

信息的传者与受者不可以是一个人，也不可以同时涉及许多人。在大多数情况下，人际沟通活动是在两个人之间进行的。例如，A组织中的甲和乙之间的沟通，或A组织中的甲和B组织中的乙之间的沟通等。

2．传递信息的共享性

这也就是说，在传者与受者之间应该有共同的生活经验范围和能够理解的、共同的符号系统。

3．反馈信息的及时性

面对面的信息交流自始至终伴随着反馈。例如，甲对乙说话时，乙总是以眼神、表情等作出反应，即使是非面对面的交流，人们也会获得及时的信息反馈。

二、人际沟通的基本原理

人际关系的好坏，往往取决于人与人之间沟通状况的好坏。为了实现良好的人际沟通，这里介绍一些人际沟通与人际关系发展的基本原理与方法。

（一）沟通中的"自我暴露"

人际间的沟通深度，在很大程度上取决于沟通双方的"自我暴露"（这四字在此无贬义，故加上引号）。朋友中的莫逆之交，贵在相互无猜，都能将自己最深层的信息传给对方。恩爱夫妻的“恩”和“爱”，很大一部分来自各自相互的较为彻底的“自我暴露”。

1.“约哈里窗户”

在人际关系中，每一个人（自我）都存在四种不同的区域，即开放区域、盲目区域、秘密区域和未知区域（见图6-1）。

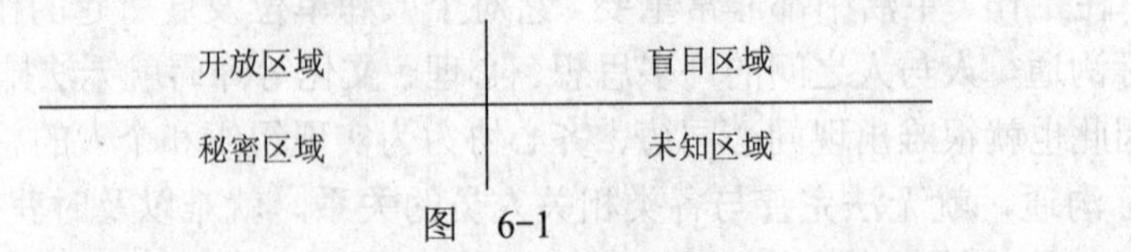

图 6-1

这就是由外国学者约瑟夫·勒夫特和哈里·莫厄姆提出的著名的“约哈里窗户”。它对研究人际沟通具有重要价值。

第一，开放区域。开放区域是“人知、我亦知”的区域；可以涉及行为、兴趣、嗜好、思想、观念、情趣、婚姻及家庭出身、籍贯、职业、年龄、脾气、秉性、外貌特征等各种各样的背景材料。

第二，盲目区域。盲目区域代表的是关于自我的“人知、自不知”信息。人常常会做有眼瞎子，看不到自己的缺点和优点，也常常会做自己不能意识到的事情。有句俗话：旁观者清，当局者迷。说的就是“人知、自不知”的道理。一般说，盲目区域越大，人们信息交流活动越是处于盲目的状态。

第三，秘密区域。秘密区域是指“自知、人不知”的区域。有些人做了好事不留名；有些人做了恶事，只愿天知地知和我知；更有许多人，出于自卫的本能，把自己想的、做的都埋在心底，希望永远不被人所知，这都是人的秘密区域所涉及的问题。

第四，未知区域。未知区域是指关于“自不知、人亦不知”的区域。这个区域的大小很难确定，但它的存在却是无疑的。人的潜意识，在很大程度上就是一个“自不知、人不知”的未知区域。但是，正如潜意识可以转化为意识一样，未知区域经过一定时间后，可能变成秘密区域、盲目区域或开放区域，那时，未知就成为已知了。

2.“自我暴露”

“自我暴露”是一种人际沟通中的行为技巧，是指人们自愿地、有意地把自己的真实情况暴露给他人，这种行为是自愿的、有意的、真实的。

良好的人际关系是在自我暴露逐渐增加的过程中发展起来的。随着信任程度和接纳程度的提高，交往双方会越来越多地暴露自己。自我暴露的程度，由浅到深大致可分为四个水平：一是情趣爱好方面，如饮食习惯、偏好等；二是态度，如对人对事对政府的看法和评价；三是自我概念与个人的人际关系状况，如自己的自卑情绪、和家人的关系等；四是隐私方面，如个体不为社会接受的一些想法和行为等。

生活中，自我暴露是非常必要的，但往往有些人受“面子”的驱使，或是为了使自己在他人面前的形象更加“完美”，很不愿意透露自己真实的信息，唯恐自己的弱点暴露给他人会有损自己的形象。

一次，有位记者采访世界垒球王史蒂夫·加夫时突然问道“你哭过吗？”众所周知，男子有泪不轻弹，何况是大名鼎鼎的体育明星呢？没想到，垒球王从容地说："哭过，我觉得在某种场合掉眼泪更像个男子汉，因为这表现了你是个实实在在的人。"如此坦率地将自知而人不知的信息暴露于众，结果，观众们更加喜欢这个实实在在的球王了。可见，恰如其分地暴露弱点不仅不会损害形象，还能使形象更加完美和动人。完美之人让人仰慕，而有缺点的普通人更被人喜欢和接受。

需要注意的是，"自我暴露"并非胡乱暴露自己，心理学家卡洛·塔维斯说："不仅应该认识坦白的必要，而且要知道什么时候才应该坦白，坦白到什么程度。"适时，适量，适度；切人，切事，切情，切景，切意，是对"自我暴露"的基本要求。

第一，应着眼于人际沟通，进行自觉的"自我暴露"活动。自觉的"自我暴露"包括向人坦诚地诉说自己内心深处的秘密，书面报告自己的成绩与缺点、经验和教训等。在"自我暴露"问题上，也有不自觉的"自我暴露"现象，如酒后失态，无意的手势、表情以及衣着、摆设等。

第二，"自我暴露"必须以他人理解为目的。不能说一些含混不清的话，作出不明不白的动作，令人迷惑不解。

第三，"自我暴露"也是为了进一步认识自己。通过"自我暴露"，人可以获得关于自己的反馈信息，从而加强或修正自己的行动与认识。

事实上，我们在决定与某人发展关系之前，总会去观察对方自我开放区域的大小，观察对方自我开放的愿望。也正因为如此，一个获得他人好感的策略就是有意识地让人感觉到"我"的自我开放区域是大的，自我开放的愿望是强烈的。在人际交往中，为了建立广泛的社会联系，显然就要进行积极的有条件的"自我暴露"，扩大自我的开放区域，让他人最大限度地了解自己。

为了最大限度地向他人暴露自己的可知区域，就必须把自己的秘密区域缩小到一定程度。一个什么也不愿对人说的人是不会讨人喜欢的，更不会有知心朋友。为了提高人际信息的互动效率，应鼓励扩大人的自我开放区域。自我开放的区域大小往往因人、因时、因事而异。对亲密程度高的人开放区域就大，反之，对心怀叵测的人，自我开放区域自然而然就缩小了。

此外，还要积极自觉地缩小自己的未知区域和盲目区域。缩小未知区域的最好办法是增加人际信息的互动；缩小盲目区域的办法是从他人那里获得关于自己的信息。

（二）自我认识和认识他人

自我认识和认识他人是人际沟通的必由之路，反过来，对自我和他人的认识可以促进或阻碍人际沟通的开展。能否有清醒的自我认识，直接涉及能否使工作顺利发展，达到预期的目标。

认识自我的主要途径是自我估价和他人评价。自我估价犹如自己照镜子，进行自我观察与评价。一般说来，一个有较多成功经验的人一般有较高的自我估价水平。

他人评价就是指他人对我们的认识与评价。

当自我估价与他人的评价相吻合时，那么自我估价（或他人评价）便成了"真实的自我"，反之，自我估价的自我，只能是一种"理想的自我"。与他人打交道，就要认识他人，否则，这种"交道"（沟通）就难以进行。一般来讲，认识他人受以下一些因素的影响。

1. 先入为主

人们经常用他人作为自己的镜子，同时也顽固地要用自我的镜子来照他人。例如，一个中国人周游各国，品尝世界各地名菜佳肴，得出结论，中国菜最好吃，于是就以此作为衡量外国人的标准。

先入为主即“第一印象”。当一个人第一次踏上民航飞机，漂亮的航空小姐对其嫣然一笑，说声“欢迎”，他就会感到航空小姐非常好，由此会产生晕轮效应：她的服务也一定非常棒。即使没有自己想象中好，也会由于“先入为主”的那一笑、那一声“欢迎”而释然。

2. 个人的经历影响对他人的认识

世界上每个人的经历千差万别。有人一生下来到处都铺满鲜花；有人一来到人世就是千辛万苦。在我们身边，有时会听到有人说：“世上没有一个好人”、“男人没一个是好东西”等，这都是他们对自己生活经历的总结。

3. 个人的需求影响对他人的认识

例如，在求知欲强而又虚心好学的青年人眼里，老师的形象是令人尊敬的；需要他人帮助的人，总是倾向于把那些乐于助人的人看成是心地善良的好人等。

4. 个人的情绪影响对他人的认识

一个大病初愈、弱不禁风的人，倾向于把周围的一切都看成软弱无力；一个体魄健壮、心情乐观的人，常常看到世界万物的盎然生机。

三、安保人员成功沟通的通用法则

在人际交往中，成功沟通的法则很多，这里介绍一下美国成人教育家戴尔·卡耐基提出的一些观点：

（一）真诚赞美

喜欢得到他人的赞美，这是人性的一个特点。我们很多人都喜欢他人赞美自己，但是自己对此却过于吝啬，没有意识到“赞美”二字的魔力，没有意识到这两个字不但让他人高兴，也让自己获得了无数的友谊和帮助。

其实，不仅成人需要赞美，小孩子也需要大人的赞美。如果对一位小女孩，称赞她长得漂亮可爱，或是她的洋娃娃很好看，她会非常高兴；对一位小男孩，说他长得很帅，说他的玩具手枪很厉害，他也会非常高兴。

成人看似心智成熟，其实需要赞美的心理并未消失，所以女孩子买了新衣服，总要问问女伴“好不好看”，如果对方说好看，她就高兴了。对男人呢？如果夸一位年轻人长得又帅又酷，他一定很高兴；对一位中年人，说他有性格、有阅历，他也一定很开怀。所以，在社会交往中，多使用赞美是大有益处的。

（二）避免争论

为什么要避免争论呢？原因在于我们无法在争论中获胜，而只能树立论敌。卡耐基说，十之八九争论的结果会使双方比以前更相信自己是绝对正确的。如果我们的胜利使对方的论点被驳斥得体无完肤，证明对方一无是处，就使他丢了面子，伤了他的自尊，他会怨恨我们的胜利，而且，一个人即使口服，也未必心服。既然这样，何必去争论呢？

（三）不要树敌

避免树敌的第一要领是，要承认自己也会弄错。承认自己错了，对方就会原谅，从而避免树敌。如果对方错了呢？那也不要正面反对对方的意见，而要尊重对方的意见，不要直截了当地指出对方错了。强词夺理的争辩总会把事情搞得更糟。

（四）多听少说

多数的人，要使他人同意自己的观点，总是喋喋不休地说太多的话。尤其是推销员，常犯这种得不偿失的错误。

卡耐基建议："尽量让对方说话吧，他对自己的事业和自己的问题了解得比你多，所以，向他提出问题吧，让他告诉你几件事。"

让对方多说话，也是为了避免自己显得比对方优越。卡耐基引用法国哲学家罗西法古的话说："如果你要得到仇人，就表现得比你的朋友优越吧；但如果你要得到朋友，就要让你的朋友表现得比你优越。"

（五）设身处地

卡耐基说："记住，别人也许完全错了，但他并不认为如此。因此，不要责备他，只有傻子才会那么去做。试着了解他，只有聪明伶俐、大度容忍、杰出的人才会这样去做。"其他人之所以有某种想法，一定是出于某种原因。不妨试着忠实地使自己置身于对方的处境。如果对自己说："如果我处在他的情况下，我会有什么感觉，有什么反应？"这样，就会节省不少时间，省去不少烦恼。

四、人际沟通的礼仪和技巧

关于沟通礼仪和交友技巧，众说纷纭，仁者见仁，智者见智。我们在博采众长的基础上，从礼仪的角度来简要介绍人际沟通的礼仪和技巧。

（一）沟通礼仪

进行良好沟通的秘密就是：知道怎样说比说什么要重要得多。因此，要产生最大的影响，必须在沟通时恰当地使用礼仪，通过自己的手势、语调和词汇，使用最为广泛的表达方式。研究表明，声音、语调和外表占全部印象的90%以上。很明显，为了使我们的信息传达给对方并使之完全被理解，传送信息时必须伴随有恰当的身势语、语音语调，并贴切地加强语气。要使我们的话语更加可信，使我们信心更足，进而更好地进行人际沟通，可做好如下几件事情。

1．使用眼睛

沟通时看着对方的眼睛，而不是前额或肩膀，表明我们很看重他。这样做能使听者深感满意，也能防止他走神，更重要的是树立了我们的可信度。如果某人与我们交谈时不看着我们的眼睛，我们就会有这么一个印象：这个人对我所说的话不感兴趣，或者根本就不喜欢我。

2．使用面部和双手

谈话的过程中，我们一直都在发出信号——尤其是用面部和双手。面部和双手如能随机应变，足智多谋，能大大改善影响他人的效果。

面部：延续时间少于0.4秒的细微面部表情也能显露一个人的情感，也能立即被他人所捕获。面带微笑使人们觉得和蔼可亲。我们脸上的微笑总是没有自己所想象的那么多。真心的微笑（与之相对的是刻板的微笑，根本没有在眼神里反映出来）能从本质上改变大脑的运作，使自己身心舒畅起来。这种情感能立即进行交流传达。

双手："能说会道"的双手能抓住听众，能帮助他们理解表达的意思。使用张开手势给人们以积极肯定的强调，表明我们非常热心，完全地专注于眼下所说的事。

视觉表达几乎是信息的全部内容。与他人交谈时，如果没有四目相投并采用适当的表情或使用开放式的手势，他人往往很难相信我们的话。

3．使用身体

视线的接触和表情构成了沟通效果的大部分，而使用身体其他部分也能有助于树立良好的印象。

利用身体来表明自信的方法有多种多样，它们都影响着我们在他人心目中的形象。

身体姿势：必要时，坐着或站立时挺直腰板，给人以威严之感。耷拉着双肩或跷着二郎腿，可能会使某个正式场合的庄严气氛荡然无存，但也可能使非正式场合更加轻松友善。不由自主地抖动或移动双腿，能泄露从漠不关心到焦虑担忧等一系列的情绪。无论面部和躯干是多么平静，只要叉着双臂，或抖动着双膝，都会明白无误地显露出内心的不安。

身体距离：站得离人太近，能给人以入侵或威胁之感。如果与人的距离不足5尺[㊀]，听者会本能地往后移，这就是当对方过分靠近时产生的那种局促不安的感觉。反之，如果距离达6尺或更远，听者就会觉得对方不在乎自己，并产生一种拒绝和冷漠的感觉。

不同的身体姿势和身体距离能使沟通的内容增色或减色。只要意识到上述事项，就能恰当地对我们的身体语言加以控制。

4．使用声音

声音是一种威力强大的媒介，通过它可以赢得他人的注意，创造有益的氛围，并鼓励对方聆听。使用声音时需注意下列各项。

音高与语调：低沉的声音庄重严肃，一般会让听众更加严肃、认真地对待。尖利或粗暴

㊀ 1尺=（1/3）m=0.033m

的声音给人的印象是反应过火，行为失控。但是，即使最高的音调也有高低之分，可以找到最低的音调并使用它，直至自然为止。

语速：急缓适度的语速能吸引听者的注意力，使人易于吸收信息。如果语速过快，人们就会无暇吸收说话的内容；如果过慢，声音听起来就非常阴郁悲哀，令人生厌，听者就会失去兴趣；如果说话吞吞吐吐，犹豫不决，听者就会不由自主地变得十分担忧、坐立不安了。自然的呼吸空间能使人尽可能多地吸收所说的内容。使用停顿能给人以片刻的时间进行思考，并在聆听下一则信息之前部分消化前一则信息。

强调：适时改变重音，能强调某些词语。如果没有足够的强调重音，人们就吃不准哪些内容很重要；另一方面，如果强调太多，听者就会晕头转向、不知所云。

电话交谈时不可能有视觉上的便利，但下面这两件事可以有助于人们最好地使用声音：站立，能使身体挺直，这样可以使呼吸轻松自然，声音更加清楚明亮；微笑，能提升声带周围的肌肉，使声音更加温和友善，替代缺失的视觉维度。

（二）交友技巧

1．做自己的朋友

一个人如果无法成为自己的朋友，那他就不可能成为他人的朋友。如果连自己都看不起自己，也将无法尊敬他人，而且会对他人充满嫉妒和敌意。如果其他人察觉到这一点，他们可能会同情我们，但怜悯并不是坚固友谊的基础，因此将不会回报给我们所需要的友谊。

做自己的朋友，一是不要将自己躲入一个自卫性的保护壳中，限制了任何自发行为，并对他人的行动大皱眉头；二是不要为提高自己的自尊，而对他人吹毛求疵，因而破坏改善关系的机会；三是不要时时想着要打败他人、超越他人；四是要学会接受自己的缺点，如果我们对自己期望太高，自我评价和形象将会变得很薄弱，将会很在意其他人是否在注意我们的缺点或错误；五是要努力使自己成为一个比较容易被人欣赏的人，这种欣赏包括对自己的容貌、风度、品质和修养的欣赏。

可能有些人一生中只结交很少的朋友，因为觉得没有人喜欢自己，因而也不敢去喜欢其他人。事实并非如此，我们每个人身上都有可爱之处，关键是要把它们找出来。

2．主动接近他人

当和某个相识的人在一起时，如果自己有意说话，不妨尽量表达出来，只要不失态，不漫无边际即可。努力去寻找具有积极个性的人，但不要吹毛求疵。吹毛求疵是友谊的敌人，必须克服。

和只接触过一两次的人在一起时，要注意以下几点：一是要记住对方的姓名，做不到这一点，表示自己对他人的关心不够；二是要自己愉快，这样他人跟自己相处时才不会有压力；三是不要自高自大，避免给人留下“万事通”的印象；四是培养幽默的特性，使人乐于与自己交往，并能获得友谊；五是练习喜欢他人。

3．接受他人个性

在现实生活中，每个人都有各自的特点，尤其是当两个人坦诚相处时，更能表现出自身固有的一些特点。不要试图改变这个事实。他人是他人，不是我们自己。如果接受他人的独特个性，他人也会尊重我们的个性。强迫他人接受自己先入为主的观念，这是一个十分严重的错误。如果采取这种霸道的做法，只会得到一个对立面，而不是一位朋友。

要想学会接受他人的独特个性，必须明白三点：一是大千世界，没有一个十全十美的人。大部分人的行为都有这样或那样的毛病，而且这些毛病五花八门，无奇不有。二是要容纳他人的做法。千万不要因为他人的习惯与我们不同，或他人的爱好与我们不同，就不喜欢对方。我们不见得赞成他人的做法，却也不必为了一件小事而伤害他人。三是不要处处想改变他人，要多多包涵他人的错误。生活中绝大多数人都不喜欢被人指责。我们可以坚持自己的意见，但不要坚持赢得100%。

4．尽力帮助他人

为他人办事情，帮他人的忙，是一件很辛苦的事情。在这个激烈竞争的世界里，人们往往只想到自己的需要，而想不到他人的需要，其结果只能使自己的路子越走越窄，最终身边没有一个真正的朋友，而自己也越来越感到孤独，越来越感到举步维艰。

帮助他人是一件好事，但有时好事也能办成坏事。例如，在帮忙的过程中，总是吃吃喝喝，或收受对方的金钱和重礼，这样是万万要不得的。

帮他人忙有两点需要注意：一是要实心实意。能帮则帮，不能帮要解释清楚，不可以嘴上答应，而行动上落实不了，让人觉得你是一个靠不住的人而疏远你；二是要掌握分寸，在情、理、法允许的情况下，可以尽力满足对方的需求。于情、于理、于法相悖的事情，决不可冒险去做。这样，我们就会成为一个受人尊重的人，大家都愿意跟我们成为好朋友。

5．真诚发展友谊

一个人假如只知道索要他人的真诚，而不知道用自己的真诚去回报对方，那么，无论两个人以前栽培起来的友谊之树多么枝叶繁茂，都会中途夭折或变得枯萎起来。这也正是人心换人心的道理。

对人真诚，不能只停留在口头上，而是要表现在实际行动上。当他人陷入困境时，要毫不犹豫地伸手帮助，坦率地提出自己的看法，因为怕得罪人而做好好先生，最终是得不到知己的。当朋友取得成绩时，要诚心诚意地赞美和鼓励。当朋友犯下错误时，要直言相劝，以诚恳的态度帮助他改正错误。除此之外，还要把握两点：一是不知道就是不知道；二是不能做就是不能做。不要把话吹得很大，事却做得很小，或只说不做。这就是人们平常所说的：一是一，二是二，真人面前不说假话。假若做不到这些，那就是一个虚伪的人，没有人再乐意为这种人做事情，没有人肯为这种人付出以心相许的友谊。

6．记住对方名字

“一个人的名字，对他来说，是任何语言中最甜蜜、最重要的声音。”记住对方的名字，并能把它叫出来，等于是给了对方一个很巧妙的赞美。而如果把他人的名字忘记了，或者称呼错了，就会处于非常不利的地位。美国总统罗斯福说，一个最单纯、最明显、最重要的得到他人好感的方法，就是记住他人的姓名，使他人觉得自己很重要。周恩来总理之所以有强大的人格魅力，其中一条原因就是，凡是和他有过一面之交的人，第二次见面时，他总能叫出对方的名字。因此，记住交往对象的名字就是社会交往的一笔巨大财富。

五、人际沟通中的情绪控制

人一旦受到情绪的控制，就会戴上有色眼镜，看不到真实的世界。尤其是安保工作这种服务性行业，如果把情绪带到工作中去，不仅会影响服务的质量，同时自身形象也将受损，容易把工作中的小事闹大。实际上，没有任何东西比情绪更能影响我们的生活，西方有句经典的谚语："上帝想要他灭亡，必先使其疯狂！"弱者任思绪控制行为，强者让行为控制情绪。只有积极主动地控制自己的情绪，才能掌握自己的命运。而一旦情绪失控，愤怒就像决堤的洪水那样淹没理智，让人作出不可思议的事情。

（一）不良情绪带来的危害

在美国西部草原上，有一种吸血蝙蝠，身体很小，却是野马的天敌。这种蝙蝠时常附在野马身上，用尖利的嘴刺破野马的皮肤，吸取鲜血。无论野马怎么乱蹦乱跳，狂奔乱逃，都对蝙蝠无可奈何。野马用蹄子踢，用身体撞，对蝙蝠一点作用也没有，蝙蝠仍然叮在野马身上、头上、腿上，终于，野马因为暴怒和失血，无奈地死去了。

其实小小的蝙蝠吸取野马的血液极其有限，真正导致野马死亡的，是它的暴怒。伟人伏尔泰曾经一针见血地指明：使人疲惫的，不是远方的高山，而是鞋里的一粒沙子。同样使人走向疯狂的，不是环境，而是他的情绪和心态所致。

从心理上讲，发怒之人一般气量狭小，虚荣心过强，或缺乏修养，自制能力差。暴怒狂怒，还会破坏人的健全思绪能力，瓦解人的自制力，使人作出失去理智的事情，伤害他人，最终给自己带来麻烦。"怒从心头起，恶向胆边生"说的就是这个道理。

从生理学的角度来看，发怒是情绪不健康的表现。人在发怒时，心跳会加快，呼吸急促，肌肉绷紧，毛发倒竖，鼻孔开大，双眼圆瞪，咬牙切齿，要消耗比平时大得多的能量。过度的发怒，还会造成神经紧张，脸色苍白，浑身发抖。发怒过多，心脏、大脑、肠胃都会受到损害，严重时则会夺人性命。聪明盖世的周瑜就是被诸葛亮气得吐血而死，白白送了自己的性命。

（二）不良情绪产生的原因

当一个人闷闷不乐或者忧心忡忡时，所要做的第一件事就是找出原因。29岁的张女士是一名安保公司部门经理，她一向心平气和，可有一阵子却像换了一个人似的，对同事和丈夫都没有好脸色，后来她发现扰乱她心境的原因是，担心自己会在一次重要的公司人事安排中失去职位。"尽管我已被告知不会受到影响，"她说，"但我心里仍对此隐隐不安。"张女士了解到自己真正害怕的是什么，似乎就觉得轻松了许多。她说："我将这些内心的焦虑明确地说出来，便发现事情并没有那么糟糕。"

找出问题症结后，张女士便集中精力对付它："我开始充实自己，工作上也更加卖力。"结果，她不仅消除了内心的焦虑，还由于工作出色而被委以更重要的职务。

（三）不良情绪的生理基础

美国加州大学心理学教授罗伯特·塞伊说："我们许多人都仅仅将自己的情绪变化归因于外部发生的事，却忽视了它们很可能也与身体内在的生物节奏有关。我们的饮食、健康水平及精力状况，甚至一天中的不同时段都能影响我们的情绪。"

塞伊教授所说的身体内在节奏就是我们通常所说的人体生物钟规律。生理学家和心理学家经过长期的实践和临床研究认为，人的大脑记忆力和情绪与时间有着极其密切的关系，而情绪的变化，是由人大脑里的一种激化酶的增减数量和活跃程度高低决定的。激化酶的数量越多越活跃，人的精力就越集中，情绪就越好。一般情况下，在每天的24小时内人体生物钟有三个明显的波动曲线，最佳的波峰值时间段为：上午9:00～10:30、下午3:00～4:15、晚上7:40～9:00。在一周内，最佳的生物钟周期是前两天，接着中间三天降到最低点，在最后一天出现最高值。所以，要尊重并善于利用生物钟规律，在情绪和心情最好的时间段做最重要的事情，如做计划、思考和讨论重要的问题、处理重大事务、会见重要客户等，而在生物钟的低潮时段则用来处理一些琐碎的工作事项，稍事休息，养精蓄锐。

弄清并利用生物钟现象不仅可以帮助自己调整情绪，而且还能够帮助自己认识与把握他人的情绪波动规律，在他人情绪高涨的时段进行沟通、合作，而在他人情绪不佳的时段尽量不去打搅对方。例如谈判，当谈判对手处在人体生物钟最低点的时段上，对于谈判来说可能就是最为糟糕的选择，这时谈判起来难度大，失败频率就高。再如，当我们准备向上司汇报自己的方案时，最好选择上司生物钟的最佳时段，这样你的建议或请示就可能容易通过。

另外，尊重生理规律，还要求我们保证充足的睡眠。长期睡眠不足会导致精神委靡不振，免疫力下降，精力不集中，记忆力减退，且容易莫名其妙地发火、烦躁等。所以，在平时工作中，偶尔加班熬夜，很快就会调整过来，如果频繁熬夜，就应该引起足够的重视了，熬夜带来的不良情绪可能会抵消加班带来的工作效果。

（四）情绪调节的九种技巧

学会及时调节自己的情绪，是每一个社会人必须具备的技能。作为安保人员，如何控制自己的情绪呢？这里介绍几种情绪调节的技巧。

1．转移技巧

一般情况下，能对自己的情绪产生强烈刺激的事情，通常都与自己的切身利益相关，要很快将它遗忘是很困难的事情。但是，可以采用转移技巧，用迂回办法，把自己的情感和精力转移到工作、学习或娱乐活动中去，使自己没有时间沉浸在这种情绪之中，从而将情绪转化；或者主动去帮助他人，或者找知心朋友谈心，或者阅读有益的图书。要使自己心有所系，不要处于精神空虚、心灵空旷的状态。凡是在不愉快的情绪产生时能很快将精力转移的人，不良情绪在他身上存留的时间就很短。

2．解脱技巧

解脱就是跳出原来的圈子，迅速从不良情绪的深坑中逃离出来，俗话说"退一步海阔天空"，就是这个意思。有一个销售经理因为年初公司给他下达了翻一番的销售指标，他知道这样的目标很难完成，几次找到总经理商量都被顶了回来。他越想越气，感到总经理在有意为难他，当天晚上一个人在酒吧喝闷酒，因为酒后失控砸了酒吧的设施还打伤了人，结果被派出所拘留了15天，又赔偿了酒吧2万元钱。当总经理得知其缘由后，哈哈大笑着说："你想想，你才找了我三次，我能给你调减指标吗？我本想在你第四次找我的时候再答应你的。"

案例中的这名销售经理就是缺乏解脱技巧。有的人遇到问题总是想不开，但又不由自主地总去想，结果越想越想不开，越想越郁闷，心中的疙瘩越想越大、越结越多，这样的人最后的结局往往是走入死胡同。其实，与其钻进牛角尖，于事于己无补，未何不把心思放在自己更为远大的目标与理想上，抛开眼前的琐碎细节，跳上更为宽阔的舞台？外面的世界很精彩，蜗居在自己阴暗潮湿的心理陋室而不能自拔，只能是庸人自扰。请记住：任何人都不能伤害我们，除非我们自己。

3．升华技巧

水珠在沸腾的竞争中而升腾万里长空，乌云在追逐太阳的光芒中而化做美丽的彩虹。事实上，每个人的一生只有两条道路，一条通往人生的天堂，一条通往人生的地狱。通往天堂的办法只有一个，就是转悲为喜，把自己的消极情绪引向积极的方向，化被动为主动，化悲痛为力量，化绝望为希望，化阻力为动力。

世界推销大师乔吉拉德的父亲从小就对他没有信心，从来都不支持他的理想，而且断定他将一事无成。乔吉拉德就是不信邪，每当遇到推销失败而万念俱灰的时候，他就想起了父亲那鄙视的目光，于是他一次次从挫折与失败中奋起，终于缔造了世界推销史上的神话与传奇。

4．利用技巧

利用，就是人们常说的"坏事也能变成好事"。一些外界的刺激和干扰，能够考验和磨炼我们的意志力与自制力，如果善加利用，就能够带给我们成功的喜悦。有一次，年轻的歌唱家帕瓦罗蒂在住旅馆时，隔壁的婴儿总是一直大哭不停，让他实在难以入睡，想到明天的演出他更是愤怒。当他准备起身找服务员调换房间时，一个灵感突然而至：婴儿的哭声与自己的歌唱不正是很相似吗？婴儿啼哭了一两个小时为什么声音还是这么洪亮？老师总是说自己的发声有问题，也许从婴儿哭喊中会学到一些东西。帕瓦罗蒂转怒为喜，于是他躺在床上，甚至走到室外开始认真地倾听、琢磨起来，等到天亮时，他终于从婴儿时断时续的啼哭声中悟出了发声的技巧。

5．发泄技巧

消除不良情绪，最好的方法莫过于使之得到"宣泄"。切记不要把不良情绪埋在心里。如果感到悲痛欲绝或委屈至极时，可以向至亲好友倾诉，也可以靠运动来发泄，或者拿起笔将自己的不满和苦恼写在纸上，将不良情绪的能量释放出去。例如，当我们发怒时，要么赶快去其他地方，要么找个体力活干一干，要么跑一圈，这样就能把因盛怒激发出来的能量释放出去，从而使心情平静下来。在过度痛苦时，不妨大哭一场，而笑也是释放积聚能量、调整机体平衡的一种方式。

6．自我激励技巧

自我激励是指用生活中的哲理或某些明智的思想来安慰自己，鼓励自己同痛苦和逆境进行斗争。自我激励是人们精神活动的动力源泉之一，一个人在痛苦、打击和逆境面前，只要能够有效地进行自我激励，就会感受到力量，就能在痛苦中振作起来。

7．语言暗示技巧

语言是一个人情绪体验强有力的表现工具。通过语言可以引发或抑制情绪反应，即使不说出口也能起到调节作用。林则徐在墙上挂有“制怒”二字的条幅，这是用语言控制、调节情绪的好办法。例如，在发怒时，可以暗示自己“不要发怒”，“发怒会把事情搞砸”；陷入忧愁时，提醒自己“发愁没有用，于事无补，还是面对现实，想想办法吧”。在松弛平静、排除杂念、专心致志的情况下，进行这种自我暗示，对情绪的好转将大有益处。

8．环境调节技巧

环境对人的情绪、情感同样起着重要的影响和制约作用。素雅整洁、光线明亮、颜色柔和的环境，使人产生恬静、舒畅的心情。相反，阴暗、狭窄、肮脏的环境，会给人带来憋闷和不快的情绪。因此，改变环境也能起到调节情绪的作用，当情绪不佳时，去看看电影、打打球，或者漫步于林荫小径，或者游泳、划船等。改变一下环境，离开心情不快的地方，能改善我们的自我感觉，能重新整理一下思想情绪，消除不良的因素，从而释放自己。

9．幽默疗法

幽默与欢笑是情绪的调节剂，它能缓冲恶劣的情绪。幽默给人以快乐，使人发笑，而笑可以驱散心中的忧郁，也是衡量一个人能否对周围环境适应的尺度。

要真正做到遇事不怒，还得在平时加强自我道德修养，培养良好的性格，保持乐观向上的精神等，这样才能够防“怒”于未然。如果感到愤怒，那么就试着微笑吧。

训练项目之一
——换位思考

提示：人与人之间的很多矛盾都出自于看问题的出发点总是自己。从现在开始，试着在与人交往时，思考问题的出发点是对方，而不是自己，通过这种体验提升自己的修养、品格和境界。一周后做体验报告，与同学分享自己的体验过程。

训练项目之二
——真诚赞美训练

抽签选择一位同学作为训练目标，对他表示真诚的赞扬和欣赏，即使曾经有点成见，也不要随意批评、指责或是抱怨。

在学习和生活中，在一切可以运用的场合中运用这项训练，就运用的结果提交报告。

训练项目之三
——记住对方名字

提供邻班同学的花名册，看谁能尽快记住他人的名字，并能在下次见面时直接称呼对方。该项训练的目的在于培养自己真诚地对他人感兴趣。

训练项目之四
——眼神沟通

两人一组，抽签选择一个话题进行3分钟左右的交流。训练重点是沟通时看着对方的眼睛，而不是前额或肩膀，促进自信和有效沟通。

训练项目之五
——表情和手势训练

人在谈话的过程中一直都在发出信号——尤其是用面部和双手。面部和双手如能随机应变，足智多谋，能大大改善影响他人的效果。

1. 同桌互相问候，并辅以真心的微笑；问候时敷衍地笑一下；然后谈谈感想，比较两种笑的结果。

2. 准备一段喜欢的对白或一首喜欢的诗歌，分角色表演，注意手势的运用。该项训练在课后进行，下次课开始时让同学登台演示。

训练项目之六
——语音沟通

选择一个训练话题，同伴互相交流看法。重点是注意沟通时的音高与语调、语速、重音等，使声音更加清楚明亮、温和友善，提高沟通效果。

训练项目之七
——运用所学的“成功沟通的法则”来解决以下问题

如果你是一名地铁安保人员，在候车区执行公务过程中遇到以下乘客，你将如何与他们进行人际沟通？

1. 列车刚进站，有位乘客还没等到站的乘客下完就急于冲进车内。

2. 一位背着行李的妇女，一看到你就像见了亲人，焦急地对你说她的钱包丢了，没钱回四川老家。

3. 在箱包检查处，一位乘客拒不接受检查，声称侵犯个人隐私。

学习体会分享

1. 结合个人和身边的生活实际，说说人际沟通原则的重要性。同学间互相交流、切磋感想。

2. 人际沟通的概念是如何表述的？

3. “约哈里窗户”包括哪些内容？

4. 结合安保岗位实习和身边的生活实际，说说人际沟通中赢得友谊的法则的重要性。

5. 举例说明，自己在人际沟通中，有哪些信息分别属于“约哈里窗户”里的开放区域、盲目区域、秘密区域和未知区域？

资料链接

培训参考资料（见附录A）：

12. 出家。
13. 不喜欢的人。
14. 牢记他人的名字。

学习训练随笔

第七章　安保人员的和谐工作关系

“和谐”是时代的迫切要求，安保人员也不例外。本章将以安保人员个体发展为基本点，主要讨论安保人员个体在某个组织内部，如何与自己的上司、部署以及同事之间进行成功的沟通，从而建立良好的和谐的工作关系。当然，这里要特别强调的是，不论是与上司的关系、与下属的关系还是与同事的关系，都应该是一种光明磊落、真诚坦荡的关系，这是我们讨论此问题的基点。离开了这个基点，就可能误入歧途，使人际沟通陷入庸俗化。

一、与上司的成功沟通

在安保工作之中，安保人员与上司之间的关系，是工作关系网中一个重要的网结。保持好与上司的关系，对安保人员个人的成长与发展，有着比其他关系更直接、更重要的作用。

一些公司在管理上出现问题的原因就在于，很多人自以为是，觉得“我比上司强多了，他无非是来公司比我早点而已”。这种想法是要不得的。不管自己的上司怎样，他能做上司，总有一些比自己强的地方，应该抱着一种学习的心态去和上司沟通，再慢慢去超越。另外，千万不要因为怕上司会妒忌自己，怕成为“出头鸟”，就不敢超越，畏首畏尾，这样会连最基本的工作沟通也做不好。

诚然，上司主宰着下属的前途，但上司首先是人。人是有感情的，与上司沟通要想达到良好的效果，是要讲原则、讲策略的。这里主要介绍以下六个策略。

（一）积极主动：人生是一种表现

上司往往很忙，公司上上下下的业务要运转，业绩目标要达成，那么多下属需要管理……所以，上司总是忙忙碌碌的。不要等上司来找我们，要主动找上司去沟通，而且要随时随地沟通。

例如，和上司交流时，可以大大方方地问：“您看我最近工作怎么样？哪些地方做得不够好，还需要改进？”上司就会给我们一些指导，这些指导会使我们终身受益，同时我们积极主动的工作态度也会给上司留下深刻的印象，让我们从众多的同事中脱颖而出，获得更多的机会和赏识。

可是，有些人见到上司，像老鼠见到猫，要么躲躲藏藏，要么转身就走；还有的人，在上司面前唯唯诺诺、小心翼翼，不敢靠近，不敢说出自己的想法。这样的人，永远难有提升的机会。人生是一种表现，生命永远是一场有感染力的游戏。站在上司的角度来看，你有能力不在我面前表现，我怎么知道你有这个能力呢？

有这么一个案例，一位年轻人刚进公司时，只有中专文凭，也没有什么出色的技能。在人才济济的大公司里，他只能做一名普通文员。但他很机灵，很快就注意到上司的办公室里有一个大书柜，里面都是一些管理学方面的书，于是就向上司借阅。上司注意到了这个好学的员工，发现他每天的工作时间都比其他人多半个小时。上司加班时，他也主动留下来帮忙，虽然他所能够做的不过是打字、查资料、倒茶之类的琐事，但是的确大大提高了上司的工作效率。慢慢地，上司把他当成了自己的助手，也习惯把越来越多的事交给他去办。再加上他自学了管理学，很多事务已经完全能够应付自如了。不到三年，就被提升为部门的副经理。

再如，如果发现护卫区内安全设施不全，存在许多安全隐患，那么采取什么措施会对改善安保状况有帮助？要在合适的时机把这些好的建议说出来，上司会为你记一个大功，在心里面觉得你不错，也许他正在考验你，正在准备提拔你。

看看我们的周围，那些进步快、晋升快的人，往往是善于主动和上司沟通的人。可是，人们经常会听到一些抱怨："我的上司什么都不懂，干活比我少，凭什么职位比我高，工资比我高？"这种人常常把自己的不成功归罪于运气、环境，却从来不懂得反思：为什么他会成为自己的上司？如果我们连让上司赏识的能力都没有，如何去获取更大的成就？主动沟通、虚心学习，几乎是所有成功人士的共性，要学会主动、坦诚地找上司沟通。有什么好点子、好方法，一定要找上司说出来。

（二）了解上司：知己知彼，求同存异

有一对父子想把小牛赶进牛栏内，儿子在前拼命地拉，父亲在后用力推，小牛的态度是——只顾自己。它只是四脚落地，一动也不动。这时女仆看到这一情景，走过去把自己的指头放进小牛的口里，等小牛吸吮得正起劲时，轻拍一下，小牛就乖乖地走进牛栏了。

这个故事很有启发性：如果不了解对方的心理，只自顾自地讲话，讲得越多，越没有用。

某公司要招聘一名小车司机，经过层层筛选和考试之后，剩下三名技术比较好的。经理问他们："悬崖边有块金子，你们开着车去拿，觉得能距离悬崖多近而又不至于掉落呢？"第一位说两公尺；第二位很有把握地说是半公尺；第三位说，我会尽量远离悬崖，越远越好。最后公司录取了谁？第三位。这说明：一定要明白上司的意思，上司是让你开车，开车最要紧的是安全，不是玩刺激。

想要与上司沟通，先得去了解他的观点和意图，把焦点放在自己和上司的共同点上。俗话说"求同存异"。在向他人提意见时，永远都要先说他正确的地方，然后再说："我觉得完善一下会更好。"这样上司才更容易接受；如果一开口就是批评，甚至是没有理解透彻上司的意见就批评，这样的沟通往往会失败。

如何了解上司呢？关键在于两个字——问和听。一定要多问多听。在问与听当中，发现共同点。例如朋友们的聚会，在和他人谈话时，意外地发现，自己和对方原来是在同一个地方长大的。有了这样的发现，彼此间的差异就减少了，双方也就感到更加亲近。在心理学上，这就叫同化。

（三）忠诚第一：人无信则不立

电影《爱情呼叫转移》说明这样一个问题：没有男人可以接受自己的女人爱着其他的男人，女人也不可以接受自己的男人心里还想着其他的女人，要想爱得天长地久，首先得忠诚于自己的爱情。

工作和事业同样需要以绝对的忠诚来经营。中国鞋王奥康，招人的标准有四个：有德有才提拔重用、有德无才培养使用、有才无德限制使用、无德无才坚决不用。这个“德”包含了多重含义，但主要讲的是忠诚。

有个故事：宋朝时，有个年轻人偶然认识了微服出巡的皇帝。当时皇帝正在大街上卖字画，只可惜水准实在不佳。皇帝问青年：“你说我这画值多少钱啊？”青年告诉他，你的画只值一两银子。皇帝很生气，但不好发作。后来，这位青年在科举中高中，到朝廷面圣时才发现，这就是当年卖画的人。皇帝也认出了他，并拿出当年的那幅画，问道：“你认为这幅画值多少钱？”青年说道：“这幅画如果是您送给臣的，它就是无价之宝；可如果拿去卖，它就只值一两银子。”皇帝听了，哑然失笑，知道自己拥有了一位才学渊博、品行端正的忠心之士，从此对他重用有加。

“信”和“义”一直都是中华民族的传统道德标准。历来的统治者，在考核人才时，都把“忠诚”放在首位。

“股神”巴菲特也认为：一个人想在发展事业的圈子里受到他人的认同与器重，非常重要的首选“卖点”就是年轻和忠诚。而且，他挑选徒弟时提出的首要条件就是——年轻和忠诚。

所以，我们在与上司沟通时，在言行上切不可给上司留下“不忠诚、不可信赖”的感觉。况且，作为一名安保工作者，如果不忠于自己的公司、不忠于自己的事业，也不利于自己潜能的发挥。

一位年轻人在一家安保公司做副总经理时，当时有另一家公司来“挖人”，找到了他，什么目的呢？就是让他跳槽去他们公司，也就是所谓的“挖墙脚”。来挖人的公司代表说：“你怎么在这家公司做？你们公司的老总能力和长相都那么不起眼，你怎么就跟了他？”这位年轻人马上拒绝了，并坚持要求他向自己的老总道歉。那时，尽管公司刚刚起步，可他相信这个组织一定会成功。几年过去了，公司真的做大了。可以说，如果不是他们公司上上下下的忠诚和信念，是根本不会取得这样的成就的。

一个人如果对公司缺乏忠诚，实际上身体和灵魂是分开的，一个“身在曹营心在汉”的人，能把工作做好吗？如果自己想被上司重视和信任，就必须像美国海军陆战队那样坚守信条：永远忠诚。一个对公司、对上司不够忠心的下属，无论能力有多么出众，上司也会认为靠不住而不会重用。在日常的沟通中，如何体现自己的忠诚呢？以下五点值得借鉴。

1．说出肺腑之言

上司最终爱听的始终是真话。因为上司是需要对业绩负全责的人，他所追求的是结果。只要对提高团队业绩有好处，即使是反对意见，上司从心底也是接受的。

和上司之间的关系应该坦诚，不能只拣顺耳的话跟他说。这样表面上看起来不得罪上司，但实际上却很难让上司信任。作为一个下属，要让上司买账，就是要在关键的时候说出自己的判断。有些人怕惹上司不高兴，总是采取默不作声的态度。只有那些忠诚而有魄力的人，敢于与上司论理，这样对上司的决策会有帮助。通常这种下属也会有不同常人的前程。

2．敢于承认错误

有些人怕上司不满意，对自己的错误遮遮掩掩，这样的人是很难取得上司的信任的。长此以往，上司会认为他失职，并且觉得他是一个不能承担责任的人。只要这样做过一次，上司就会对他的诚实产生怀疑。

3．及时汇报问题

有坏消息时，不要瞒着上司。如果发现问题的苗头，就要勇敢地提出来，不要采取事不关己的态度，可以将补救措施告诉上司，和他共同商讨解决问题的方法。

4．忠实贯彻决策

私下里可以给上司提建议，一旦上司制定了决策，无论是否满意，都要忠实地去贯彻落实，这是对上司忠诚的最直接的体现。

5．关注公司发展

应该随时关注竞争对手的动态，并将它汇报给上司。还要经常性地提出对公司以及对本部门的合理建议，即使最后没有被上司采纳，上司也会觉得很欣慰。

（四）维护权威：面子给你，里子给我

有一名小伙子，毕业之后就到一家安保公司工作，现在已经五年了，一直没有得到提升，而当时与他一起进入这家公司的人都当上了部门经理。这是什么原因呢？原来，三年前的一天，经理和公司董事长一起来检查工作，当来到他的办公室时，这位小伙子为了显示自己，对经理说："经理，我想提个意见，我发现公司的内部管理比较混乱，有时连值班记录都找不到。"董事长就在身边，经理的脸色立刻大变。从此以后，经理对这个小伙子采取不理不顾的态度。所以，尽管他很有才能，却一直没受到重用。

这个例子说明：上司是上级，他的尊严不容冒犯。如果我们不给上司面子，当众出他的丑，他又怎么会给我们里子呢？

试想，谁愿意当众出丑啊。即使上司肚量大，能做到不计前嫌，他心里也始终有一个疙瘩，令其耿耿于怀。因此，要维护上司的尊严。给他面子，他才会给我们里子。

（五）简明扼要：抓住重点，一语中的

有经验的园艺师都习惯于把许多能开花结果的枝条剪去，这好像很可惜。要使树木茁壮成长，要想果实结得更多，就必须将这些多余的枝条剪除。

说服上司的道理也是一样的。与其把精力分散到许多无关紧要的事情上，不如抓住关键点，长话短说，不讲空话，有的放矢，不重复他人已讲过的或众所周知的俗套话。冗长的说教，满嘴的陈词滥调，没有自己独特见解的发言，只会引起上司的心烦和厌倦。和上司沟通的目的是要共同把工作做到最好，不是搞辩论赛，不要长篇大论，最好直接跟他讲结果和方法；沟通之前要充分准备，不仅发现问题，还要设想出解决方案，因为上司往往会问"你认为怎么做比较好"。

这个道理和打高尔夫球差不多。打高尔夫球的人，目光通常都集中在球上。和上司的沟通也是这样的，说话简短有力，不拐弯抹角，一语中的。

（六）选择时机：耳聪目明，善于观察

与上司沟通有一个秘诀：去找上司前，先向秘书了解一下他今天的心情如何，这很重要。也就是说，要选择一个适当的时机与上司沟通。一位出色的下属，要耳聪目明，善于观察上司的动态。

和上司交谈要选择时机。如果上司当时对这个话题不感兴趣，我们偏要去找他谈，结果肯定是既起不到沟通的效果，也会让彼此不愉快。还有句老话叫"失意人前，千万别说得意事"。人在感情上都是追求共鸣的，如果上司正好遇到了挫折或打击，正处于沮丧之中，我们却跑去大谈特谈自己最近是多么好运，想想后果会怎样？

让我们看一个例子：小王是一家公司的职员，有一次，他在整理一个展览板的文案时，经理进来了，并且在片刻空闲时偶然看了看小王计算机上的文档，于是小王立即抓住机会问道："经理，您看看我写的这个行吗？我是这么想的……"就这样，小王和经理开始就这个问题展开讨论，使得经理了解了他的想法和思路，也看到了他的工作潜力。

所以，与上级沟通不可鲁莽，要把握好谈话的时机。安保人员的职业生涯是由种种不同场合的沟通谱写的，如果我们想谱写自己光辉的事业，以下三条建议有助于我们成为与上司沟通的高手。

1．选择恰当的时间

同样的话，在不同的时间对上司说，效果是不同的。当上司正在紧张工作时，不要说；当上司正在焦急时，也不要说；当上司正在盛怒或者情绪低落时，千万不要说。最佳的谈话时机是在上司心情舒畅、精神饱满时。人的心境不一样，对外界信息的接受程度也不一样，所以要选择上司心情好的时候去和他沟通。例如，上司取得了荣誉、大型项目有了进展等。

2．注意说话的场合

场合不同，人的心理和情绪往往不同。庄重的场合说话不能太随便，如果是喜庆的场合，说话就要欢快一些。当然，还要学会判断，判断自己和上级关系的亲密度。

3．充分利用说话的机会

很多时候上司会给我们机会发言，如每周例会、上司调查等，此时必须充分利用它。特别是在会议上，如果能提出新的见解，引起大家的兴趣，上司肯定会让我们多说的。

二、与下属的成功沟通

作为上司，只有和下属搞好关系，才能赢得下属的拥戴，才能调动起下属的积极性，从而促使下属尽职尽责地工作，竭尽所能地帮助上司。俗话说："将心比心。"想要他人怎样对待自己，那么自己就要先怎样对待他人，只有先付出关爱和真情，才能收到"一呼百应"的效果。

（一）以威信为本

威信，也就是上司在下属员工中的号召力、吸引力、影响力以及由此而产生的集体向心力，它是上司做好工作的保障，也是上司和下属愉快合作的基点。上司的威信既不是自封的，也不是他人捧起来的，而是经过长期的工作实践在下属心目中形成的一种力量。确立自己的威信基础，主要应从以下几个方面努力。

1．以品德取威

上司要做到以身作则、言行一致、表里如一、清正廉洁、不以权谋私等，如果在这些基本方面作出表率，就会成为下属的楷模，比任何东西都有说服力和影响力。古人云：“其身正，不令而行；其身不正，虽令不从。”说得真是又简明又透彻。具备了高尚的道德品质才会受到下属拥戴，否则其威信就会荡然无存。俗话说：“无私功自高。”一个品德高尚、大公无私的上司，肯定会得到下属的尊敬和佩服，威望也会越来越高。

2．以学识取威

也就是说，一个上司，必须具有一定的知识素养，在知识化、专业化方面达到较高的水平，成为本行业、本部门、本专业的内行，才能享有较高的威信。一个上司如果没有足够的知识和较高的业务水平，甚至不学无术，还要在有专业知识的下属面前指手画脚，很难设想会有多少人佩服他。例如，一个医院的院长对医术一窍不通，他的威信从何而来呢？相反，如果他具备必要的专业知识，就不仅能运用自己的知识做好本部门、本组织的工作，而且能与下属有更多的共同语言。这样的上司，还有谁不敬佩和信服呢？

3．以才干取威

这里的“才干”，集中体现在分析问题和处理问题的能力上，如预见能力、决策能力、组织能力、指挥能力、创新能力、交际能力等。一个才华横溢的上司可以使人产生一种信赖感和安全感，即使在非常困难的情况下，下属也会同心同德地跟着他去战胜困难。

4．以信用取威

古人云：言必信，行必果。言必信，就是说话一定要讲信用，不食言，不说空话、大话。具体地说有四点：

第一，信守诺言。说话一定要承担责任，说了就要算数，信守诺言。对做不到的事，决不要许诺；既已许诺，就一定要兑现。

第二，留有余地。对比较有把握的事情，也不要说绝话，而应留有余地，以防万一。

第三，表里如一。对下属、同级，甚至对任何人都要做到诚实、坦率，一是一，二是二，不当面一套，背后一套。

第四，坚毅果断。言必信，行必果，是指行动一定要善始善终，不能说了不算，定了不办，虎头蛇尾，半途而废。一个上司只有始终坚持“言必信，行必果”，才能获得下属的信任。

5．以情感取威

上司和下属之间的友好感情是在长期共事中逐步建立起来的，是上司与下属之间互相了解、互相尊重、互相信任、互相体贴的表现。有了这种感情，上司和下属就能同甘共苦，甚至生死与共。这种上下级之间的深厚感情，主要来自上司对下属的长期培育和关怀，来自对下属充满真挚的爱。当然也包括下属对上司的尊敬、信赖和爱戴。

心理学研究表明，人人都希望他人能理解和尊重自己。尤其是来自上司的理解、同情、尊重、信任和关心，更会使人受到鼓舞和振奋。哪怕是上司的一个主动的招呼，一句亲切的寒暄，一次温暖的询问，都会使下属感到这是上司对自己的关心，从而达到心理相融、感情相通，激发其“好好干”的决心，以不辜负上司的期望。

（二）以真心取胜

1.“士为知己者死”

战国初期名将吴起，很懂得真心关爱下属。有一次，军中一位士兵生了脓疮而痛苦不堪，吴起看到这种情况，俯下身去用嘴把脏乎乎的脓血吸干净，又撕下战袍把这个士兵的伤口仔细包扎好。在场的人无不为大将军的举动而衷心感动。这位士兵的老乡后来将这事告诉了士兵的母亲，老人听后大哭不已。别人以为是感动所至，老人的回答出乎意料。她说：“其实我不是为儿子的伤痛而哭，也不是为吴将军爱兵如子而哭。前年，吴将军用类似的做法，用嘴吸取过我丈夫的脓血。后来在战争中，我丈夫为报将军的恩德，奋勇作战，结果死在战场上。这次又轮到我儿子，我知道儿子命在旦夕了，我为此而哭。”

这位老妇人从自身以往的经历中，知道这种关心可以使人为他献出生命，因而对儿子的命运有不祥的预感。“士为知己者死”，这是我国古代最著名的一句话，从沟通术上说，成功的秘诀也就在此，要做到让“士”感到自己是“知己”，那在沟通术上就达到一种最高的境界了。这一点，对于当今的管理者提高与下属的沟通能力有着深刻的启示。

2.“唯一可依靠的财产就是你的下属”

在美国的历史上，有一位鞋匠的儿子后来成了美国伟大的总统，他就是林肯。在他当选为总统的那一刻，整个参议院的议员都感到尴尬。因为美国的参议员大部分都出身于名门贵族，自认为是上流、优越的人，从未料到要面对的总统是一个卑微的鞋匠的儿子。但是，他却从激烈的竞争中脱颖而出，赢得了广大人民的信赖，这除了他卓越的才能外，与他从平民中来，走平民路线，把自己融于广大百姓之中的平民意识是分不开的。

当林肯站在演讲台上时，有人问他有多少财产。人们期待的答案当然是多少万美元、多少亩田地，然而林肯却扳着手指这样回答：“我有一位妻子和一个儿子，都是无价之宝。此外，租了3个办公室，室内有一张桌子、三把椅子，墙角还有一个大书架，架上的书值得每人一读。我本人又高又瘦，脸蛋很长，不会发福。我实在没有什么依靠的，唯一可依靠的财产就是——你们。”

“唯一可依靠的财产就是你们”，这正是林肯取得民心的最有效的法宝。这句话也应该成为所有管理者调动下属力量、建树自己事业的武器。这是调动员工尽心竭力为自己工作的最好方法。

每个人都希望自己受到重视，都在乎其他人对自己的态度，都希望承认我们工作以及存在的价值。“我唯一可依靠的只有你们”，这句话能激发起下属的主人翁意识，能带给下属心理上的满足和精神上的激励，使下属感受到上司对自己的关注与重视，他们也会由此更加珍爱自己，工作热情会像火一样被激励而燃烧起来，工作潜力便可以发挥到最大限度。

有家工厂要倒闭了，几百个工人即将面临失业，不但拿不到遣散费，连工厂欠的工资也分不到几文。工人们聚集在厂长办公室的门口抗议，要工厂拿出解决的办法。

“工厂就在大家的眼前，”厂长说：“你们都看到了，也看到了过去两年的经营状况。现在工厂拍卖，只怕没人买。就算卖掉，先还银行贷款，大家也分不到几文。”怎么办？把厂长绑起来？把厂长的计算机、空调搬回家？把工厂烧了泄愤，然后被警方抓去坐牢？还是冷静善后？厂长用了最聪明的方法。他说：“工厂是大家的。工厂欠大家的钱，人人都是老板。现在我们组成专案委员会，把工厂按比例分给大家，大家都是股东，都是老板。少拿点薪水，努力工作，撑几个月看看。赚了是大家的，赔了再关门也不迟。”

工人们想想，现在把工厂砸了，什么也拿不到，不如自己当老板，继续做做看。半年下来，因为人人觉得是在为自己做事，特别卖命，居然让工厂起死回生，越来越兴旺，不但还清了债，还拿到了久违的奖金。

这就是“主人翁”激励法所产生的效应。孟子说，天时不如地利，地利不如人和。人和的作用可以扭转乾坤。而产生人和作用的最好方法就是这种“主人翁”激励法。但愿每一位有志有识的上司都能记住林肯的这句名言：“我唯一可依靠的财产就是——你们。”

（三）化干戈为玉帛

有人存在的地方就必然会有矛盾与冲突发生，而矛盾与冲突的结果，必然会对工作带来负面影响，而处理下属之间的矛盾冲突是一个上司常常要碰到的事情，甚至也可以说是上司日常工作事务的一部分。所以，处理下属之间的矛盾，协调他们之间的关系，是一个上司所必备的能力。那么，怎样才能很好地调节这些矛盾呢？这里提供两个重要原则。

1．不偏不倚

在具体处理矛盾时，作为上司必须要做到不偏不倚。上司是所有下属矛盾的最后仲裁者，这个仲裁者要想保持权威，就必须以公平的面目出现，必须是公正的化身、正义的代表。如果偏袒一方，被偏袒者自然会拥护自己，可是在另外一方的眼里将不再有权威，对裁决也会产生成见。所以，冷静公允，不偏不倚，一碗水端平，这是在处理下属矛盾时最起码的原则，尤其是在调节利益冲突时，更需要如此。

当然，一碗水端平并不意味着矛盾双方都打五十大板，衡量是非的标准还是存在的，这个标准就是组织的最高利益。一般来说，下属由于维护本部门的局部利益而发生矛盾，均不带有感情纠葛和个人恩怨，所以只要做到公平，晓以大义，双方矛盾不难调节。

但要注意的是，有些下属会自恃与组织上司的私人交往或特殊关系，如老同学、老同事、老战友、老邻居等，企图用这种感情来影响上司，使其作出有利于自己的裁决。在这种情况下，作为一个组织上司尤其要冷静，绝不能带有感情色彩去看问题，否则将会威信扫地，使自己的裁决永远失去权威。当矛盾一方到处炫耀他与自己的特殊关系时，要在公开场合予以批评或以适当方式向另一方澄清，消除不良影响。

2．折中调和

在处理下属间的矛盾中，常常有这样的情况，矛盾的双方均各有道理，但又失之偏颇，很难明确地判明谁是谁非。此时，折中调和、息事宁人是最好的解决办法。

孔子提倡的“中庸”，确有它的精辟之处。在某些制度改革问题上，组织内部会分为“激进派”和“稳健派”，激进派指责稳健派保守，稳健派指责激进派冒进，双方发生观点上的冲突。双方的观点都有道理，但又都各有偏颇。作为组织最高上司，既不能拉一派打一派，也不宜各打五十大板，聪明的办法是指出，无论激进的观点也好，保守的观点也好，在组织的发展中均有它们存在的价值和地位。因为组织前进的方向不是朝着任何一种思潮的方向运动，而是按照它们的合力的方向运动，这一运动的方向是一个妥协的产物，只要各种思潮的力量达到均衡，组织就能稳定地前进。

有这样一个故事，说大家都闷在一个黑屋子里，一部分人无法忍耐，扬言要揭掉房顶盖，而另一部分人反对，认为与其挨雨淋，还不如维持现状。于是大家最后妥协了，决定开一个窗户。

显然，要是没有激进派的叫嚷，大家会被憋死；而若没有保守派的反对和牵制，大家就要挨雨淋。所以结论是：各种观点和思潮均有它们的地位，它们的合力将导致中庸。用这种调和折中方式解决矛盾可谓一石三鸟：首先，既揭示出了双方观点的偏颇之处，又没有打击双方积极性；其次，使双方都看到了对方观点的合理之处和存在的合理性，造成一种百家争鸣、生动活泼的局面；再者，上司保持了自己的超然态度，同时也就保持了自己最高仲裁者的地位，并且可以从各种观点中取其精华，去其糟粕，汲取各家之长。

矛盾调解的结果是既无全是，也无全非，“各得其所”。这种调和折中的方法同样也可以用在利益冲突和感情冲突的调解上。

三、安保人员同事之间的和谐关系

同在一个单位，或者同在一个办公室，搞好同事间的关系是非常重要的。关系融洽，心情就舒畅，不但有利于做好工作，也有利于自己的身心健康。

（一）不被同事欢迎的细节原因

导致同事关系不够融洽的原因很多，除了重大问题上的矛盾和直接的利害冲突外，还有许多细节问题，直接影响着自己在工作环境中的人际关系，举例如下。

1．好事不通报

单位里发物品、领奖金等，如果自己事先知道了，或者已经领了，一声不响地坐在那里，像没事人似的，从不向大家通报；有些东西本来可以代领的，也从不帮人代领。这样几次下来，其他人自然会有想法，觉得你不太合群，缺乏共同意识和协作精神。以后他们有事先知道了，或有东西先领了，也就有可能不告诉你。如此下去，彼此的关系就不和谐了。

2．知而说不知

同事出差去了，或者临时出去一会儿，这时正好有人来找他，或者正好有电话找他，如果同事走时没告诉你，但是你知道，就不妨告诉对方；如果确实不知道，那不妨问问其他人，然后再告诉对方，以显示自己的热情。明明知道，却说不知道，一旦被人知晓，那彼此的关系就势必会受到影响。外人找同事，不管情况怎样，都要真诚和热情，这样做，即使没有起到实际作用，外人也会觉得你们的同事关系很好。

3．进出不相告

如果有事要外出一会儿，或者请假不上班，虽然批准请假的是上司，但最好要同办公室里的同事说一声。即使临时出去半个小时，也要与同事打个招呼。这样，倘若上司或熟人来找，也可以让同事有个交代。如果什么也不和同事说，进进出出神秘兮兮的，有时正好有要紧的事，人家就没法说了，有时也会懒得说，受到影响的恐怕还是自己。互相告知，既是共同工作的需要，也是联络感情的需要，它表明双方互有的尊重与信任。

4．私事不外漏

有些私事不能说，但有些私事说说也没有什么坏处。例如，男朋友或女朋友的工作单位、学历、年龄及性格脾气等；如果结了婚，有了孩子，就可以聊聊关于爱人和孩子方面的话题。在工作之余，可以顺便聊聊天，能够增进了解，加深感情。倘若连这些内容都保密，从来不肯与旁人说，又怎么能算同事呢？无话不说，通常表明感情之深；有话不说，自然表明人际关系的疏远。主动向他人说些私事，他人也会向我们倾诉，有时还可以互相帮帮忙。什么也不说，什么也不让人知道，人家怎么信任你？信任是建立在相互了解的基础之上的。

5．有事不求助

轻易不求人，这是对的。因为求人总会给他人带来麻烦。但任何事物都是辩证的，有时求助他人反而能表明对他人的信赖，能融洽关系，加深感情。例如，自己身体不好，同事的爱人是医生，可以通过同事的介绍去找同事的爱人，以便看病看得快点、看得细点。倘若不肯求助，同事知道了，反而会觉得不信任人家。自己不愿求人家，人家也就不好意思求我们；我们怕人家麻烦，人家就以为我们也很怕麻烦。良好的人际关系是以互相帮助为前提的。因此，求助他人，在一般情况下是可以的。当然，要讲究分寸，尽量不要使他人为难。

6．“小吃”不同吃

同事带点水果、瓜子、糖之类的零食到办公室，休息时分吃，就不要推让，不要觉得难为情而一概拒绝。有时，同事中有人获了奖，大家高兴，要他买点东西请客，这也是很正常的事，对此，要尽可能积极参与，不要冷冷地坐在旁边一声不吭，更不要同事请自己吃东西，却一口回绝，表现出一副不屑为伍或不稀罕的神态。同事热情分送，却遭到冷拒，时间一长，同事有理由说这人清高和傲慢，觉得难以相处。

7．亲疏有分别

同办公室往往有好几个人，对每一个人要尽量保持平衡，尽量始终处于不即不离的状态。也就是说，不要对其中某一个特别亲近或特别疏远。在平时，不要总是和同一个人说悄悄话，进进出出也不要总是和一个人做伴。否则，你们也许亲近了，但疏远的可能是更多的人。有些人还以为你们在搞小团体。如果经常和同一个人“咬耳朵”，其他人进来了又不说了，那么其他人不免会产生你们在说他人坏话的想法。

8．隐私探究竟

每个人都有自己的秘密。有时同事不留意把心中的秘密说漏了嘴，对此，不要去探听，不要去问个究竟。有些人热衷于探听他人的秘密，事事都想了解得明明白白，根根梢梢都想弄清楚，这种人是要被他人看轻的。喜欢探听，即使什么目的也没有，人家也会忌讳三分。从某种意义上说，爱探听他人私事，是一种不道德的行为。

9．嘴巴占便宜

在同事相处中，有些人总想在嘴巴上占便宜。有些人喜欢说他人的笑话，占他人的便宜，虽是玩笑，也绝不肯以自己吃亏而告终；有些人喜欢争辩，有理要争理，没理也要争三分；有些人不论国家大事，还是日常生活小事，一见对方有破绽，就死死抓住不放，非要让对方败下阵来不可；有些人对本来就争论不清的问题，也想要争个水落石出；有些人常常主动出击，人家不说他，他总是先说人家。

上述情况，是造成同事之间不和谐的主要原因，如果在工作环境中，心里总想和大家和睦相处，却总也处不好，不妨认真检讨一下，看看到底是哪一方面出了毛病，才使自己失去了基础，变得无助与无奈。问题找到了，千万不要灰心，不要放弃，从现在开始，按照下面的办法立即改变被动的局面，巧结人缘，将会成为一个同事喜欢的人。

（二）同事之间巧结人缘的方法

每一个人都是人际关系中的百万富翁。然而，很多人并不能发现这种财富。当来到新环境、面对新同事时，不妨把下列方法铭记在心，并且依此而行，那么，终有一天会感觉到，和谐融洽的同事关系就在身边。

1．大事清楚、小事糊涂

所谓小事糊涂，是指对待那些非原则性的问题，要求大同、存小异，表现出宽容的态度。所谓大事清楚，是指在大是大非问题上要旗帜鲜明，态度坚定，不被环境所左右。

2．大巧若拙，大辩若纳

“大巧若拙，大辩若纳”，是指虽然有才学，但表现“像个呆子”；虽然能言善辩，但好像不会讲话一样。这种生存方式会避免很多矛盾，实际上是一种最好的自我保护方法。

3．让人一步，海阔天空

在和同事的交往中，会遇到各种性格的人。有些人的性格带有攻击性，常常会无端生事，甚至当众羞辱他人。被人当众羞辱，自尊心受到伤害，无论对方是有意还是无意，对自己来说都是一件很难接受的事情。在这种情况下，有些人会丧失理智，尤其是那些性格急躁的人往往会勃然大怒，暴跳如雷。其实，要想挽回自己的尊严，最佳的应付方法是面对伤害时，首先戒急，要保持冷静的头脑；其次是忍让，这种忍让可以使许多事情得到适当的处理，可以摆脱许多纠缠和争吵。

古人说：“路径窄处，留一步与人行，此是涉世一极乐法。”就是说，与人相处，不要处处占先，在道路狭窄之处，不妨退让一步让人过去，这应该是为人处世最高明的做法。正所谓：忍让相安，忍成大事，忍避祸端，百忍成金。忍是一种美德，也是一个美好人格的标志。许多时候，尤其是大庭广众之下，忍让能帮我们恢复应有的尊严，得到公允的评价。

4．学会沉默，心知肚明

如果生活在一个矛盾丛生的组织，首先必须学会保持沉默。俗话说，沉默是金。沉默有两个方面的含义：一是不在任何人面前议论矛盾的双方孰是孰非，以免他人传话，引起不必要的麻烦；二是矛盾的任何一方议论他人时，只听不说，不打断他的话，只顺着他点头或不点头，但不明确态度。必须要有自己做人的原则，要有自己判断是非曲直的标准，决不可随波逐流。

5．尊重隐私，光明磊落

对于那些喜欢揭人隐私的人，要采取轻视的态度，及时制止。制止无效时，及早借故走开，因为这类人行为不磊落；同时，不再传播给任何人，做到守口如瓶。这样，不仅能成为一位具有说服力的人，而且是一位有道德的人，一个备受同事尊敬的人。

6．摆正关系，不卑不亢

第一，上下级关系。同在一个办公室，作为下级，要接受上级领导，要尊重他。不能因为上级平易近人，就可以嘻嘻哈哈。当然有的上级喜欢嘻嘻哈哈，不喜欢绷着脸工作。即使如此，作为下级也要有分寸。

第二，同事关系。平时与人为善，对人亲热。但对任何同事，都应有原则，不卑不亢，大方得体。

第三，事物关系。任何单位都有可能出现各样奇怪的事情，不能什么事都要过问。有的事过问，人家会领情，会很感谢；而有的事就不能过问，有时热心过问反而会出现令人尴尬的局面。

第四，界限关系。有的人敢于说真话，并不问对方能不能接受。有的人就像薛宝钗，见人说人话，见鬼说鬼话。说真话的，当时并不一定好；说鬼话的，也许能得人喜欢。对此，我们要有识别能力，分别对待。

第五，态度关系。不同场合应有不同的态度。如果始终用一种态度去对待不同场合的同一件事，肯定要将事情办糟。也许有人想不通："我并没错啊！怎么会这样呢？"这时，可以读读辩证法，场合变了，就是条件变了，处理问题的方法还不变，能不变糟吗？

当然，事物是变化的，处好同事关系，要适时而动、因人而异，不可千人一法、万事一方。

四、建立健康向上的人际关系网络

安保人员首先是社会人。社会是十分复杂的，每个人都处在盘根错节的关系网中，每件事都明里暗里交织在错综复杂的关系网中。不善于建立和利用关系的人，是不可能把一件事顺顺当当办成的。当然，本书所指的"建立健康的向上的人际关系网络"，是一种健康向上的人际关系网络。脱离这个基点的所谓"关系网络"，就会把人引向歧途，是极其有害的。那么，在社会交往中，要学会建立好以下各方面关系。

（一）亲戚关系

俗话说，是亲三分相。亲戚之间大都是血缘或亲缘关系，这种特定的关系决定了彼此之间关系的亲密性。这种亲属关系是提供精神、物质帮助的源头，是一种长期持续、永久性的关系，是一种客观存在。因此，人们都具有与亲属保持联系的必要。在平常保持好亲戚关系，在困难时期，求助亲戚才最有利。

亲戚"不走不新"，"常走常新"，这是中国人一贯的观点，只有经常的礼尚往来，才能沟通联系，深化感情，密切亲戚关系。

有人说："我不缺吃不少穿，亲戚间何必要常联系找麻烦呢？"此话不对，纯洁挚密的亲戚关系是一种人情味较浓的人际关系，不能蒙上庸俗的面纱。只有建立在亲近、真挚、常联系的基础上，才能建立真诚的关系，如果彼此间少了经常性的走动，那就可能会出现"远亲不如近邻"的局面了。

"常来常往"，首先表现在一个"往"字。这个意思就是说自身要发挥主观能动性，经常到亲戚家走走看看，聊聊家常，联络联络感情，这样做是非常有益的。

小李是一家公司的老板，经过几年的辛苦经营，现虽说没有千万，但至少也有百万家产了。到底是什么原因使他在短短几年内拥有数目可观的资产呢？在一家报纸记者采访他时，他说了这样一段话："……自身的努力与勤奋固然是我成功最关键的因素，但还有一点也是非常重要的。我的亲戚很多，在我未发迹时，经常拜访他们，关系特别好。后来，公司小有规模后，我仍经常与他们保持联系，正是因为这种密切来往，亲戚们对我非常不错。刚创业的时候，资金有一半是由他们筹借；办公司遇到困难时，也有他们的帮助与鼓励。他们中的一些人，现在也在我的公司里帮我的忙，是我得力的助手……总之，在各种人际关系中，我最注重的就是亲戚关系，也正因为我的经常性走动，我才有今天的成就……"

在小李的谈话中，可以很直接地看出，常"往"在亲戚关系中的重要性。但有一点，就是千万不可有贫富贵贱之分，也不要因为自己的地位较高而不常"往"亲戚家。这样下去，亲戚就会对你冷眼相待，那再想搞好亲戚关系，就难上加难了。

与亲戚来往，除了一个"往"字，还要一个"来"字。它的意思是除了经常到亲戚家走动外，自身也要经常性地邀请亲戚们到家里做客，利用自己的空间与亲戚联络感情，做一回主人，热情款待他们，让他们有一种家的感觉。时间一久，亲戚之间的关系会处得异常融洽。也许，就是如此平常的"常来常往"，才会在以后的关键时刻得到亲戚的一臂之力。所以，不要以为"常来常往"是没用的、不必要的，无论从哪个角度来说，于情、于理都要掌握、运用好这个技巧。

（二）同学关系

俗话说：一辈同学三辈亲，三辈同学辈辈亲。还说：十年寒窗半生缘。可见，同窗之情，如果处得好，在某种程度上要胜过手足之情、朋友之情。能为同窗，在这个世界中，算是一种缘分。这种缘分纯洁、朴实，有可能日后发展为长久、牢固的友谊。

现代社会里，人际交往更注重同学关系，同学之间互相帮忙、互相提拔的事情，经常可以见到。在一个单位里，同一个学校里毕业的同学或校友往往形成“某某学会”，如果其中有一个晋升到主要的工作岗位，那么对其他同学或校友便是一大资源，这就是同学关系的力量。

同学关系有时的确能在关键时刻帮大忙。但是要值得注意的是，平时一定要注意和同学培养、联络感情，只有平时经常联络，同学之情才不至于疏远，同学才会心甘情愿地帮助我们。如果与同学分开之后，从来没有联络过，我们去托他办事时就会比较尴尬。

与同学保持联系的方式有很多，有空给远在异地的同学们打打电话，通通信，询问一下对方近来的工作、学习情况，介绍一下自己的情况，互相交流一下，这是很有必要的，这点时间绝对不能节省。碰上同学们的人生大事，如果有空最好亲身参加，如果实在脱不开身，最好也得写信或托人带点什么，不然怎么算得上同窗情谊？

对方有困难的时候，更应加强联系，许多人总喜欢向同学汇报自己的喜事，而对一些困难却不好意思开口，应去掉这些顾虑。

当听到同学家有人生病或遇上不幸的事，应马上想办法去看看。平日尽管因工作忙、学习重没有很多时间来往，但朋友有困难时鼎力相助或问候一声，才显出彼此之间的深厚情谊来。“患难朋友才是真朋友”，关键时刻拉人一把，朋友会铭记在心。

现在，人们已经充分认识到同学之间交往的重要性，为了经常保持联络、加深合作，成立“同学会”已成为一种时髦，这也是一种十分有效的方法。一年一小会，五年一中会，十年一大会，关系越聚越坚，越聚越紧，彼此互相照应，“一方有难，八方支援”，这是一种特有的人际关系，它说明了同学关系已进入一个更高的层次，不受时间所限，不受空间所限，只要有“聚”，那份关系、那份感情，就永远存在。

（三）老乡关系

常言道：老乡见老乡，两眼泪汪汪。中国人对故乡有一种特殊的感情，那是相当执著的，如美酒般醇香，又如泥土般厚实。爱屋及乌，爱故乡，自然也爱那里的人，于是，同乡之间也就有着一种特殊的情感关系。如果都是背井离乡、外出谋生者，则同乡之间也必然会互相照应的。

在某种程度上来说，乡情本身便带有“亲情”性质或“亲情”意味，故谓之“乡亲”。正如费孝通先生在《乡土中国》中所言：“每一家以自己的地位做中心，周围画出一个‘圈子’。”这个“圈子”，可以说是街坊、邻里，还有亲属，扩大一点，就是“乡里”，再扩大一些，同一县，甚至同一省，都是“老乡”。“老乡见老乡，两眼泪汪汪”，感情自然非比寻常。

因此，中国的老乡关系是很特殊的，也是一种很重要的人际关系。既然是同乡，当涉及某种实际利益的时候，“肥水不流外人田”，只能让“圈子”内人“近水楼台先得月”。也就是说，必须按照“资源共享”的原则，给予适当的“照顾”。如此看来，如何搞好老乡关系是非常重要的，不仅可以多几个朋友，最重要的是可以获得许多有用的东西，也许一辈子都会受益无穷。

当今社会人口的流动性很大，许多人离开家乡到异地去求职谋生。身在陌生的环境里，拓展人际关系有一定的难度，那就不妨从同乡关系入手，打开局面。在外地的某一区域，能与众多老乡取得联系的最佳方式当然是“同乡会”。在同乡会中站稳了脚跟，跟其他老乡关系处得不错，那就等于交结了一个关系网络，也许有一天，就会发现这个关系网络的作用是多么巨大，不容有半点忽视。下面看一个例子：

小张是一个早年离开家乡出外闯荡的游子，现在异乡成家立业，家庭生活美满，但美中不足的是，小张一直为没回家乡而感到遗憾，哪怕在这里能碰上几个老乡也好，思乡之情可见一斑。恰在这时，同在这个城市的另几位老乡，深感有必要成立一个老乡会，定期聚会，加深感情，有什么事大家以后可多加照应。小张一接到邀请，毫不犹豫地加入到其中，积极筹划，联络老乡，把这个同乡会当成了自己的“家”，成为“家”中的主要人物之一。经过两年的时间，同乡会终于发展到了具有近500人的规模。同乡会是一种特有的人际关系网络，它说明了老乡关系也像同学关系一样进入了一个新的层次，不受时间所限，不受空间所限，只要有“聚”，那份关系、那份乡情就存在。

当然，无论是老乡关系也好，同学关系也好，这里郑重提醒的是，不可忘记，我们建立的是健康向上的人际关系网络，这是一个重要原则，即要光明磊落地做人、做事，不要搞歪门邪道，更不要搞成结党营私之类。

五、如何面对批评

古人云：“人非圣贤，孰能无过？”任何人都有可能犯错误，自觉或不自觉的。当我们初涉社会时，作为下级人员，工作中出现了差错而被上级批评，是一件经常发生的事情。虽然良药苦口利于病，忠言逆耳利于行，但多数人是很难以积极的态度对待批评的。可以说，闻过则喜者少。喜表扬，恶批评，是一种普遍存在的心理现象。

在日常生活中，尤其是当我们的行为发生改变时，周围的人更是会给予更多的“关注”和“评论”。当然，也有一些真正关心我们的人会提出善意的批评。能正确面对批评的人不多，喜欢被他人批评的人更是少见。尤其是缺少自信的人，对批评有着超常的敏感性，总是千方百计想避开它，久而久之就会油然而生恐惧感。这种恐惧感像癌细胞一样吞噬着一个人的自信，因此越是不自信就越害怕其他人批评自己。

克服批评所引起的恐惧感的唯一办法就是要能面对它，下面介绍一些具体措施。

（一）如何面对上司的批评

面对上司的批评，如何正确对待、如何采纳，是一门学问，更是一门艺术。针对上司的批评，作为下属要端正态度，学会承受批评、吸取教训。最重要的是，要保持一个良好的心态。应注意以下几点。

1．要有时刻接受批评的心态

“金无足赤、人无完人”。错误是人生的必修课，要正确地对待批评。把批评作为改进自己、完善自己的良机，而不要急于辩解和反驳，要有心悦诚服、真心实意地接受批评的宽容心态。有了这样的心态，才会从自身找原因，认真反思，及时吸取教训，避免重犯。

2．要注意维护上司的形象

面对批评，下属需要保持理性和清醒的头脑，即使蒙受委屈也要坦然处之、虚心聆听，在适当的时候才予以解释。作为下属，一定要懂得上司的这种良苦用心，用心去体会上司的批评，有错改之、无则加勉。

有了这些良好心态，最重要的就要知错就改，将修正后的正确做法落实到行动中去。在聆听和接受上司的批评以后，要快速、及时地将批评和压力化为动力，认真加以改进，确保今后不犯同样的错误。

3．要认识到上司是在履行职责

当下属出现与组织的统一运作相背离，或不协调、有误差的行为时，上司有责任对其进行批评指正，这是毋庸置疑的。如果任其而为，那就是上司的失职。他就会因此而受到更上一级上司的批评、惩处。所以说，上司是在履行职责，是对事不对人。作为下属应当具有这种起码的组织观念，被批评时不应有上司故意找自己的碴、跟自己过不去的想法。这种想法不但于改正错误无益，还会形成抵触情绪，影响与上下级的正常工作关系和同志感情。

4．要设身处地从上司的角度考虑问题

当上级批评自己时，如果感到难以接受，这时换个位置，设身处地地从上司的角度考虑一下：如果我是上司，会怎样对待犯了这种错误的下属？能够丧失原则、放任自流、姑息迁就吗？这样一来，往往就会心平气和了，就会正视自己的缺点、错误了。实际上，对于许多问题的思考，适时转换思维角度，会进入别有洞天、豁然开朗的境界。

5．理智地面对上司过激的批评

和风细雨式的批评好接受，而疾风骤雨式的批评就让人难以忍受。然而，作为下属，不可能去左右上司的态度和做法。应当认识到，只要上司的出发点是好的，是为了工作，为了大局，为了避免不良影响或以免造成更大的损失，为了帮助你、挽救你，哪怕是态度生硬一些、言辞过激一些、方式欠妥一些，作为下属也要适当给予理解和体谅。不去冷静反思、检讨自己的错误，而是一味纠缠于上司的批评方式是否对头，甚至当面顶撞，只会激化矛盾，更加有损于自己的形象。

（二）如何面对同事的批评

1．把焦点和注意力放在批评上

不要在乎批评我们的人情绪如何坏、态度如何差——很多情况下当面批评他人的人是不太懂得批评技巧的。批评是用来提高自己的一个机会，要正确面对批评，无视对方的情绪以及自己的情绪，也就是要战胜自己的情绪。

2．找出批评的价值

既然对方批评我们，肯定是有可取之处的，而对于那些不可取的批评就可以不用管了。但是要记住，批评是进步的机会，它给我们一个机会，让我们看到平时自己无法发现的一些自身缺点。

3．评估

同事的批评虽然使我们备感受挫，但是也会让我们发现一些有价值的东西。就像寻宝一样，认真评估一下这个批评带来的好处吧。

4. **记得说“谢谢你”**

真诚地感谢同事的批评，大部分同事会因此乐意帮助我们改正错误、提高自己的。那么，为什么要吝惜那几个字呢？

六、如何处理一些棘手的工作关系

（一）面对“不讲理”的上司

在工作中，难免会遇到一个脾气性格或者风格都不是太让自己称心的上司，而在当前竞争压力这么激烈、就业环境这么困难的社会中，又不敢轻易地放弃自己这份可能不算太差的工作，那么我们该怎么办呢？

每个人有每个人处理问题的方法。可能有些上司也知道自己的某些咆哮、愤怒、要求有点过分，甚至超出了工作范围，但他们很少主动去向一个下属承认错误的。面对这样的上司，首先，我们只有先力保自己的工作和业绩是最好的，有了这个底气，那么就算上司再咆哮、再无理，也不用过于担心自己的前途问题。其次，如果这位上司的要求和脾气触犯到了自己的原则问题（原则可大可小，小原则可以让步），那么该拒绝、该力争的时候还是要表达自己的意见，至于措辞方面则尽量保证一定的水准，不要让对方抓住语句的把柄。如果自己的性格较为内向，不敢直接表达自己的意见，怎么办？这时可以考虑书面表达的方式。例如，发一封邮件给上司，用书面的方式表达自己的意见。最后一点，除非对这个上司有充足的了解，不然新人不要妄自判断上司发怒的真实含义，有时上司的发怒可能单纯是因我们的错误造成的，千万不要牵扯个人恩怨，这样对于我们今后的职业生涯是没有什么好处的。

（二）面对“难缠”的同事

俗话说：一样米养百样人。在职场上，难免碰到不易相处的同事，有人喜欢不停地抱怨，有人会莫名其妙地发脾气；还有人喋喋不休，常说其他人的坏话……这样的行为，不仅会破坏他人的心情和工作状态，甚至还可能影响他人的身心健康和私人生活。美国斯坦福大学管理学教授萨顿在《不混蛋的规则》一书中指出，面对这些难缠的同事，关键在于保持心平气和，只要学会适当改变自己的行为，就能摆脱他们的影响，提高个人的生活品质。

1. **遇到情商差的人，要冷静**

王女士的邻座同事，脾气不好，情绪控制力很差，经常因为一点儿小事大发脾气，对其他人大吼大叫，毫不顾及他人的感受。每当这位同事发脾气，王女士就会情绪低落，觉得受到了伤害，认为她是冲着自己来的。

其实，面对这种情商差的“火药桶”，最好的处理方式就是冷静、冷静、再冷静，因为对方若能处理好自己的情绪，也不会表现出赤裸裸的愤怒和怨气了。

此时，不妨学学西方人，运用“暂时离开”的哲学，礼貌地说一句：“对不起，我想去趟洗手间，等一下我们再谈。”也可以说：“对不起，我现在跟人有约，可否待会再谈？”总之，及时离开现场，可以让我们远离风暴、平复心情。

尽管有些同事的脾气不像“火药桶”那样恐怖，但如果有位同事整天在我们耳边喋喋不休，不停抱怨，我们的心情也好不到哪去。有些人把这样的同事叫做“苦菜花”。据美国《华尔街日报》报道，那些爱抱怨的人，常常搅得同事们无法好好工作。

假使碰到那些喜欢抱怨或想法消极的“苦菜花”，可以先花几分钟听听他们的抱怨，真诚地对他们的境遇表示同情，然后再引导他们关注一些正面的事务；或是把焦点拉回到工作中来：“有些事就是不合理，可我们现在该怎么办？能怎么做？”引导他思考解决方案。

2．遇到兴风作浪的人，当面质问

那些喜欢讲是非、传八卦、中伤他人的同事，往往让人防不胜防。最好少和爱讲八卦新闻的同事在一起聊天、交换信息。一来不让自己成为八卦转运站，二来也不会让个人的隐私传播出去。如果有同事散布我们的是非，最好当面质问传话者，这样可以有效地扑灭流言和中伤：“听说，你说我什么……不知道这是不是一个误会？”一方面给对方解释的机会，另一方面，也为自己澄清事实。有时我们会遇到苛刻的同事或上司，此时不妨先考察一下，分析其背后的动机是什么。遇到要求高的上司，不妨欣然接受对方的批评和建议，视他为鞭策自己成长和进步的“贵人”。如果实在被对方逼得喘不过气来，也不妨适度表达一下自己的感受。例如，“你的标准真高，我们都达不到”。意思是提醒对方，不要总是一味追求完美。

但如果批评者“暗藏杀机”，也不要被他打倒了。

最后，要多增强自己的调适能力和工作上的自信心，在工作之外找到其他平衡的出口宣泄情绪，如选择固定的健身项目、培养自己的业余爱好等。此外，也可以积极建立工作上的支持系统，找积极乐观的同事为自己打打气。同时，还要注意加强自己的信念，培养对事对人的观察能力，养成不畏逆境的心态。

（三）面对昔日同事今成上司

在职场中，也许会碰到这样的情况：曾经是关系很好的同事，但有一天，他被公司晋升为自己的上司。面对这种突发情况，往往令人一时不知所措，自己也可能觉得很不公平，甚至产生离职的想法。是不是非得走上离职或对立这样的道路呢？是否存在其他的方式可以选择呢？答案是有其他的方式可以选择的。要成功地面对昔日同事今成上司的事实，至少要做到以下三个方面。

1．正确定位

应该认识到他已经是上级，而非昔日的同事，至少在上班时间要体现出上下级的关系，这是彼此关系的基本定位，同时这也是职业化员工应该具备的素质。

首先，要遵从正常的上下级汇报关系。过去，很多事情可能不需要跟他交流，但现在他成为我们的上司。作为下级就有义务和责任，就自己的工作结果定期或不定期地向上司进行汇报。必须尽快适应这种转变。

其次，要服从上司的指令和安排（当然，这并不意味着自己不能提出任何疑义）。对曾为昔日同事的上司所安排的工作内容，要尽自己最大的努力去完成，上司只是发出指令的一个机构，不管谁成为我们的上司，都不应该妨碍我们努力完成应做的工作。

最后，既然已经是上下级关系，沟通方式也要进行相应的改变，尤其是在上班时间更有这个必要。例如，原先作为同事，大家可能彼此直呼其名，但现在他作为自己的上司，可能在其姓氏后边会带“长”或“经理”等称谓。应该在称谓上作出这种改变，这也是体现出自己对他人的尊重。

2．心态调整

有些人很难面对自己昔日的同事如今成了自己的上司，因而会以消极或不合作心态面对这个事实，甚至采取暗中捣乱的行为，这是不可取的。

首先，应该认识到，不管谁成为自己的上司，都不应该成为消极怠工的理由，否则，只会给自己的职业生涯带来更大的危害，并不利于问题的解决。

其次，要正确看待他人的晋升。有些看问题偏激的人，认为他人得到晋升就是靠搞关系或拍马屁得来的，如果是自己晋升，才是凭真才实学。当然，不可否认，现实中也会存在凭关系而晋升的现象，但这毕竟不是主流，我们更需要去承认和分析被晋升人本身的优势和自己的不足。

3．分析改善

昔日为同事，但他得到晋升而我们却没有，可以多问自己几个为什么：我有哪些地方做得不够好？我的缺点在哪里？是我的能力、心态还是为人处世导致我没有获得晋升？对这些问题的回答将是自我提高的契机。遇到这样的情况，也应该通过多种途径去了解自己的缺点在哪里，被晋升的人有哪些地方值得自己学习，多加分析，取长补短，这样今后才会有机会得到晋升；否则，即使一时冲动离职了，下次仍可能面临同样的境况。

训练项目

训练项目之一
——向上级汇报工作的礼仪

训练重点：与上级沟通时应注意的礼仪。两人一组分别扮演上级和下级进行训练。

提　　示：下级向上级汇报工作时，应按约定的时间到达；到达上级的办公室后，应轻轻敲门，待听到上级招呼后再进门。汇报工作时要注意自己的举止，做到站有站相，坐有坐相，文雅大方，彬彬有礼。

训练项目之二
——与下级沟通的礼仪

让同学扮演上级，来听取下级的汇报。

训练重点：上级应注意：遵守约定时间，如有可能则应稍微提前一些，并做好准备。汇报人到达后，应及时招呼其进门入座，并泡茶招待；不可居高临下，盛气凌人，摆官架子。应与下级进行目光交流，配之以点头等表示自己认真倾听的体态动作，对汇报中不甚清楚的问题可及时要求汇报者重复、解释，也可以适当提问，但要注意所提的问题合乎逻辑，不至于打断对方汇报的思路。

训练项目之三
——陪同人员与上级的沟通礼仪

训练情境：两个同学分别扮演上级和陪同人员。上级视察工作时对该处环境并不熟悉，陪同人员应该怎么办？

提　　示：陪同人员应很好地起到引领的作用。引领时应稍侧身走在上司侧前方，与上司保持两三步距离，并适时以手示意（掌心向上），一面交谈，一面配合上级的脚步。切忌独自在前，背对着上级。

学习体会分享

1. 怎样与不同性格的上级融洽相处？怎样以人格的魅力赢得上级的信任？
2. 赞扬与奉承、欣赏与谄媚上级的根本区别是什么？
3. 同事之间发生矛盾的主要原因是什么？在同事中怎样赢得“好人缘”？
4. 分析自己的现状，规划一下自己未来的人际关系网络（强调健康向上的人际关系网络）。
5. 如何对待批评？

资料链接

培训参考资料（见附录A）：

15. 三个小金人。
16. 机会。
17. 小上司与大下属。
18. 辞职。
19. 永不嘲笑努力的人。

语言表达篇

Eloquence expressing article

培训目标与要求

本篇包括第八、九章内容。通过本篇学习，了解语言表达的一般理论；掌握常见的几种语言表达技巧，如交谈语言技巧、拒绝语言技巧、幽默语言技巧、谈判语言技巧、演讲语言技巧以及说服他人的语言技巧；掌握安保工作中语言技巧的运用；通过语言提升人际交往能力和工作效率。

第八章　安保人员语言表达的基本知识

语言，是社会上约定俗成的符号系统，是人们交流思想的工具。安保人员掌握一定的语言沟通技巧，将会在工作中如虎添翼，与服务对象打交道也会更加顺畅，遇到各种需要语言沟通的场合，也会收到事半功倍的效果。

说话是最容易的事，也是最难的事。说它最容易，因为三岁的孩子也会说话；说它最难，因为擅长辞令的外交家也会说错话，引来不必要的麻烦。同是一句话，有人说出口来，如莺声悦耳，让人容易接受；有人说出口来，则如蛙声噪耳，让人难以接受。

安全保卫工作中，大多数是与人打交道的工作，而且要与形形色色的各类人打交道，因此语言表达能力尤为重要。如果在工作中不能很好地处理好与他人的关系，如与上级的关系、与同事的关系、与服务对象的关系等，那么就会使工作陷入被动。而良好的人际关系依赖于好的语言表达能力。再如，在安保工作中常常需要执行一些限制他人自由的措施，这就需要安保人员有良好的语言表达能力，把握好工作中语言的分寸，既不放弃原则，又不显得过于生硬。因此，安保工作人员要非常重视语言表达能力的培养与自我修炼。

一、安保人员语言表达的基本原则与要求

安保人员在工作中经常要与各种人打交道，说服对方服从管理与安排，就需要具有很强的语言技巧。学会更好地说服对方，以便开展工作，是提高工作效率的关键。安保工作中的语言表达原则主要体现在以下几个方面。

（一）立诚

即说话必须遵循“诚”的原则。真实诚恳，让人可信，这是一种优秀的交际品质，有无这种品质，对于交际沟通效果来说往往有天壤之别。古今中外“诚”总是衡量交往行为好坏的标尺，几乎是立言的一个亘古不变的原则，“诚”成了一切有良知的人们在语言上所孜孜以求的目标。

（二）切境

就是要求语言运用与所处的特定语言环境相切合、相适应。只有在语言运用和环境相适应时，才能获得良好的交际效果。否则，即使话语的意思再好，也难达到预想的目标。例如，《北京日报》上曾经刊登过一篇题为“标语的位置”的文章，讲到文章作者到八宝山参加追悼会，在火葬场入口处见到这样一幅标语，“经济搞上去，人口降下来”，论内容，这标语并没有错。从语句本身来说，也没什么不妥，问题是在它与之相处的场合极不适应，人们来这儿都是为凭吊亲友、送葬亲人，心情是沉重的，他们需要的是安慰和友情。而这幅标语显然

起不到这个作用，反而还会引起误解，给沉重悲痛的人们再添不快。

（三）得体

得体是语言运用的基本原则之一，也是人们用以衡量语言运用好坏的一个标准。笼统地说，所谓得体，就是言语用得适当、恰到好处。包括实用基础上的平实语言风格，用语色彩的中性化倾向，话语表达上的恰如其分，互尊互益前提下的文明、庄重色彩等。例如，在语言表达上，一般要求是叙述实事求是，既不夸大，也不过分客气谦虚，忠实反映事物的本来面目。说话时要留有余地，不把话说绝。在修饰成分上，一是要避免一些带有武断性词语的运用。例如，“一切”、“所有”、“根本”、“完全”、“凡是”等。二是要适当选用一些模糊词语。例如，“可能”、“也许”、“一般”、“过些日子”、“考虑一下”等。三是要多用陈述句和一般疑问句，少用或不用祈使句和反问句，多用委婉的商量语气，少用或不用命令式语气。

（四）有效

任何语言运用都希望达到良好的效果，这种效果的追求是语言沟通的原则决定的。衡量语言有没有效果，一般依据信息、感情、态度、行为这四个层次的变化情况而定。

在这四个层次中，信息层次是语言运用效果的一个基础层次，有效说服首先要求信息的准确性，这是有效说服的大前提。情感层次是有效说服的第二层次，如说服某消费者购买某一产品，往往不一定都是从认识上先了解它的功能特性，而是使消费者从感情上对它有好感，看着顺眼，有愉快的体验。因而如果能从打动消费者的感情入手，往往能取得意想不到的效果。态度层次是有效说服的第三层次。态度是一种“理性”，态度的改变是有效说服的关键。如上，“从感情上对它有好感，看着顺眼，有愉快的体验”等。只是其采取行为的有利因素，而态度的最终改变，才能够真正说明消费者在“理性”思考后，将要采取的行动。行为层次是语言运用效果的第四层次，也是最高层次。如果说他人的感情、态度通过自己语言的作用发生了转变，特别是人们能够以行动来反映语言的含义时，说明语言沟通有效。如果这种行为按语义的正方向发展，就是“正效应”，反之就是“负效应”。效果的大小则由与之交往的人们行动的广度和深度而定。

以上是安保人员语言表达的基本原则，在各项安保服务工作中，这些原则是每一位安保人员必须遵守的。此外，在这些原则指导下还要做到以下具体要求，即“安保人员五不说”要求。

1. 不说脏话

任何人都希望得到他人的尊重。谁要是遭到他人言辞上的污蔑和攻击，都会不同程度地运用语言来还击和自卫。安保人员在日常工作中，之所以会造成一些不和谐，也大多与出言不逊有关。因此，要在言辞上注意，不说脏话。脏话最容易把人激怒，而人只要一发怒，谈话就难以进行。

2. 不说气话

无论在何种场合，无论是对任何人，你所说出的带有严重情绪的话，尤其是气话，都是让对方难以接受的。对方不是当即与你吵起来，就是拔脚就走或闭口不言。所以，在工作时，千万不要带有丝毫的不满情绪，更不能说气话。倘若对方正在生气，我们也应从和善的愿望出发，在语言上给以劝慰和忍让。

3．不说“官”话

这就是说，不要以为自己的职务比对方高，工龄比对方长，或者认为“真理”在自己这一方，就在与对方交往时，拖腔带调，哼哼哈哈，甚至以势压人。而应把自己摆在与对方同等的位置上，以商讨的口气、温和的语调、容易被对方接受的言辞与对方交谈。

4．不说假话

赤诚相见说实话，道真情，是一个人美好道德品质的体现，那些爱说假话的人，在人际交往中很难获得别人的信任。因此，一定要以心换心，说真话，讲实情，切忌用假言假语或花言巧语来欺骗对方。

5．不揭隐私

隐私是指人们不愿告诉他人或不愿意公开的事，这种事人皆有之，对方不愿告诉他人的事，你给公开了，这是对对方人格最大的不尊重，也最容易伤对方的心。至于那些把对方的隐私当成法宝，随意散播的做法，就更不可取了。

二、怎样与人交谈

（一）顾全对方的兴趣

在人际交往中，人们大概可以分成三种类型：爱说话的人，爱听人说话的人和不爱说话也不爱听人说话的人。我们忠告那些“爱说话的人”，你可以从头到尾包揽了说话的义务，但要牢记，话是说给对方听的，不是说给我们自己听的。因此，说话不能仅图自己痛快，而必须顾全到对方的兴趣，要为对方着想，要探出对方的兴趣，照例用几个对答就可以试探出来，然后择其感兴趣的话题谈下去。

其他人愿意听我们谈话，大概因为我们的谈话中有某种值得听的议论，或因为我们刚从某地旅行回来，或因我们的事业经验值得学习，或因为我们知道了一些特殊的新闻，或因为我们对于某一问题具有独特的见解，所以他才愿意耐心听你说。当我们探出他感兴趣的焦点时，就可以一直谈下去。

必须注意，即使是一个很好的题材，说话时也要适可而止，不可拖延下去，否则会令人乏味。说完一个题材之后，若不能引导对方发言，而必须仍由我们支持局面，就要另找新鲜题材，如此才能把对方的兴趣维持下去。在谈话当中，对方的发言机会为我们所操纵着，我们必须时常找机会诱导对方说话。例如，说到某一细节时可征求他对该事的看法，或在某种情形时请他试述自己的经验等。话题转了两三次，而对方仍没有将发言机会接过去的意思，或没有主动发言的打算时，就要设法把一个谈话结束。即使我们还有精力，也应该让对方休息休息了。若以为其他人爱听自己讲话，或不管他人是否有兴趣便随意说下去，那就有悖谈话艺术之道了。

（二）客套话不宜过多

说话恭敬，对人和气，是一种美德。但过分客套反而可能会令人生厌。朋友初次会面可略略客套，以后再见面时就不应再用或者少用诸如先生、府上等名词，如果一直用下去，客气话过多，真挚的友谊反而难以维持。

说客气话的时候要充满真诚，与其泛泛地说一些如久仰大名、如雷贯耳、贵号生意一定发达兴隆、小弟才疏学浅、一切请先生多多指教等缺乏感情、完全公式化的恭维语，不如说“先生上次主持的讨论会非常成功，真是出人意料”等话，或直接提及他的工作或赞美他的商业技巧等。到其他人家里，要赞美房子布置得多么别出心裁、壁画有多么好看、盆栽有多么精巧、小狗有多么可爱、金鱼有多么美丽等。这比说一些虚泛的客气话更容易使对方产生好感。

（三）对琐事不宜过于认真

在与人交往的过程中，有些人不喜欢听取他人的意见，自以为比他人高明，事事要占上风。即使真的见识比他人高明，这种态度也是不可取的。要明白，在日常谈论的问题中，我们的观点不一定是正确的，而他人的意见也不一定是错误的，那么我们为什么每次都要反驳他人呢？无非是想提出更高超的见解，以为如此可使人敬服。但一些平凡的琐事，是不必费心作更精确的研究，至少我们日常谈话的目的，是消遣多于研究的，既然不是在严肃地讨论问题，又何必在琐屑的事情上执拗呢？所以，在轻松的谈话氛围中，不必太较真。

在他人和我们谈话时，对方也并非准备请我们说教，大家只是随便说说笑笑罢了。我们若要故作聪明，企图拿出更高超的见解来，对方不一定乐意接受，所以不要随时摆出像要教导他人的神情。

（四）学会真诚赞美他人

生活中经常需要赞美他人的优点，真诚的赞美于人于己都有重要意义。对他人来说，其优点和长处，也会因为我们的赞美显得更加光彩；对自己来说，表明自己已被他人的优点和长处所吸引，这可能是进步的开端。美国著名心理学家威廉·詹姆士说：“人类本性上最深的企图之一是期望被赞美、钦佩、尊重。”渴望赞扬是每一个人内心的一种基本愿望。所以，当我们生活在现实社会中，要想在善意和谐的气氛中有效沟通，就应该去寻找他人的价值，并设法告诉他，这样就等于扮演了鼓励他人、帮助他人的角色。这就是赞美的意义所在。

巧用赞美代替严厉的批评。赞美是增进情感交流的催化剂，如果能找到他人值得赞美的地方，并真诚地表达出来的话，就会立即拉近和他人之间的距离，让他人接受我们。

安保人员在与人交往中，赞扬他人已成为一门独立的学问，能否掌握和运用这门学问，使之符合时代的要求，这是衡量一个人素质的重要标准之一，也是衡量一个安保人员工作水平高低的标志之一。

当然，赞扬并不是“包治百病”的灵丹妙药，但往往对人产生深刻的影响，有的赞扬甚至能改变人的一生。英国文豪狄更斯年轻时潦倒不堪，写稿不断，退稿不断。终于有一天，一名编辑承认了他的价值，写信夸奖了他。这个赞扬改变了狄更斯的一生，从此世界上多了一位伟大的文学家。

（五）学会真诚地感谢他人

在生活中，我们经常要向他人道谢。如果在工作上、生活上、学习上受人之惠，得人之助，至少要说声“谢谢”，以礼仪性语言来表示自己感激或感谢的心意，这就是道谢。道谢是最起码的文明礼貌行为和基本的交际形式。

道谢者其实是赞美帮助自己的人有助人为乐的美德。谚语说：“赞美之辞如同照耀人们心灵的阳光，失去它，便会失去生机。”称赞给生活带来温暖和愉快，能使世间嘈杂的声响化为优美的乐章。

道谢既然是经常用到的语言表达，按理说，应当人人都会道谢，其实不然。有的人是“秀于心而讷于言”，有感谢之情而拙于言表；有的人是“感于心而疏于言”，有感激之举而不思言表。此外，还有第三种人。例如，某媒体曾报道过一则采访消息：某人拾得万元邮政储蓄存单，立即设法归还失主，失主一方面表示“感谢”，另一方面却说，存单失而复得，不过是“省得跑一趟邮局去挂失”，还说这种存单“别人拿了也领不到钱”，等等，令人不悦。上述几种人中，第一种，要建议他提高口才表达能力，学会道谢；第二种，要告诉他用语言道谢是必要的；第三种，则应当向其大声疾呼，赶快用心学一学真诚道谢吧。

他人表示感谢，首先要有真诚之心，尔后要有真诚之言。人是有感情的社会性动物。人际交往从某种意义上说，正是出于人类感情交流的需要。真诚道谢，旨在让对方及时、明确地了解道谢者真诚的感激之情，从而加深了解、密切关系、增进友情，有百利而无一弊。真诚的道谢，即使使用最朴实无华的语言，也能引起对方的共鸣。所以，道谢不可敷衍，不可用猥琐之言、肉麻之语。可以这样说：“这件事幸亏您帮了忙，非常感谢……您为我花了这么多精力，实在感激”、“没有您的帮助，我是不可能成功的，真叫我不知怎么感谢才好”，等等。反之，那些毫无诚意的“谢谢”，尽管话可以说得非常漂亮，也起不到应有的效果。

三、怎样开展批评

（一）婉言批评胜过当面指责

每个人做事都有失误的时候，不必求全责备。批评他人，应讲究些说话的技巧，不能讥讽、挖苦他人，伤害他人的自尊心。应尽量用平和或温和的态度去面对批评对象，剔除感情成分，将表情、态度、声调加入到批评语中，以起到积极效果。

当某人做错事时，在他内心里有时会反省，觉得抱歉、恐慌、不知所措，此时如果我们再批评指责他，那么他会因为我们的谴责而羞愧难过，有的甚至从此一蹶不振，无法再树立自信。我们如果换种语气，就会取得很好的效果。例如，“以后做事呀，我们自己可要多加注意了。”或者说：“我想，下次我们一定不会再犯类似的错误了。”诸如此类。这样，对方不仅会感激我们对他的信任，同时会感受到我们的真诚，更重要的是有了改正错误的信心，在今后的工作、生活中，也必定小心谨慎，不再犯同样的错误，而且时常提醒自己注意以前忽视的缺点，适时修正自己。

（二）批评也要“动听”

缺点每个人都有，只有认识到自己的缺点才有可能进步。自己认识不到就得靠他人来帮助，这就是批评的价值所在。所以，批评人就像被批评一样，让对方认识到批评的价值才不会使批评走向误区。

但是，在开展批评时，尤其是管理者一定要讲究方式、方法，注重批评的价值。

那么，采取什么样的批评方式才会取得好的效果呢？

1．用含蓄的批评来激励对方

英国18世纪著名评论家约瑟·亚迪森曾说：“真正懂得批评的人看重的是‘正’，而不是‘误’。”这里所说的“正”，实际上就是隐恶扬善，从正面来加以鼓励，也就是一种含蓄的批评，能使批评对象不自觉地改正自己的错误和缺点。可以说从正面鼓励对方改正缺点、错误的间接批评方法，比直接批评效果会更快、更好。因为这种批评方法易于被对方所接受，从而产生良好的效果。

2．体谅对方的情绪，取得对方的信任

这是使批评达到预期效果的第一步。“心直口快”作为一种性格来说，在某些方面的确可体现出它的优点，但在批评他人时，“心直口快”者往往不能体谅对方的情绪，图一时“嘴快”，过后又把说过的话忘了，但却给被批评者在心理上蒙上了一层阴影，也失去了对方的信任。所以当我们在批评他人时，不妨学着从他人的角度来看问题，设身处地地站在对方的立场考虑一下，自己是否能接受得了这种批评。如果所批评的话自己听来都有些生硬，有些愤愤不平，那么就该检讨一下措辞方面有何要修改之处。

另外，也要考虑场合问题。不注意场合的批评，任何人都不会接受的。

3．诚恳而友好的态度

批评是一个敏感的话题，哪怕是轻微的批评，都不会像赞扬那样使人感到舒畅，而且批评对象总是用挑剔或敌对的态度来对待批评者。所以，如果批评者态度不诚恳，或居高临下、冷峻生硬，反而会引发矛盾，产生对立情绪，使批评陷入僵局。

因此，批评必须注意态度，诚恳而友好的态度就像一剂润滑剂，往往能减少摩擦，从而使批评达到预期效果。

在开展批评时，还需要特别注意以下几个问题。

第一，要就事论事，勿伤及人格。批评他人，有什么问题就说什么问题，切勿把“陈谷子、烂米糠”统统翻出来，纠缠在一起算总账，这样做只能引起对方的反感。揭对方的疮疤，甚至伤害其人格，最容易引起对方的愤怒，应绝对避免。

第二，具体明确，勿抽象笼统。在批评他人之前，先要明确是就哪件事或事情的哪个方面进行批评，然后以事实为基础，越具体明确越好。如果抽象笼统、“一竿子打死一船人”，他人就难以弄懂我们的意思。

第三，语气亲切，勿武断生硬。有什么样的态度就有什么样的用语。如果态度诚恳，语气也必定会亲切，让人听了心里舒服；如果态度生硬，自以为是，他人也就不会买账。有的人批评人时总喜欢用“我们应该这样做……”、“我们不应该这样做……”，仿佛只有他的看法才是正确的，这种自以为是的口吻只会引起人的反感。

第四，建议定向，勿言不及义。批评和建议是紧密联系在一起的，批评的主要目的是希望对方能改正缺点、错误，从而向正确的方向发展，所提的建议当然应该是为对方指出方向。但有的人提的建议不具体，让人糊里糊涂，弄不明白。

第五，十个批评小技巧。对自己有益的批评几乎每个人都会接受，但如果我们的批评有点过火或者掺杂着其他的目的和个人情感，这样的批评就失去了原有的味道，容易引起他人的反感。

要使批评容易被人接受，就需要注意说话的方式和技巧，切勿出现以下这些说话的大忌。

（1）吹毛求疵，过于挑剔　批评人是必要的，但并不是事事都要批评。对于那些鸡毛蒜皮的小问题、小毛病，只要无关大局，应当采取宽容态度，切不可斤斤计较、过于挑剔。否则只能使人谨小慎微，无所适从，不求有功，但求无过，甚至产生离心作用。

（2）不分场合，随处发威　批评人必须讲究场合和范围。有的批评可在大会上进行，而有的只能进行个别批评。若不注意批评的场合和范围，随便把只能找本人谈的问题拿到大会上讲，就会使对方感到无脸见人，不利于问题的解决。批评人，特别要注意不能随便当着对方下级的面或客人的面批评他。否则，对方会认为是故意丢他的脸，出他的丑，使他难堪，会引起对方公开对抗。许多争吵往往是由于批评的场合不对引起的。

（3）大发雷霆，恶语伤人　人人都有自尊心，即使犯了错误的人也是如此。批评时要顾及他人的自尊心，切不可随便加以伤害。因此，批评人时应当心平气和，春风化雨。不要横眉怒目，以为这样才能显示批评者的威风。实际上，这样做最容易伤害对方的自尊心，导致矛盾的激化。因此，批评人应力戒发怒。当我们怒火正盛时，最好先不要批评他人，待心情平静下来后再去批评。

切忌讽刺、挖苦，恶语伤人。下级虽有过错，但在人格上与上级完全平等，不能随意贬低甚至污辱对方。

（4）无凭无据，捕风捉影　批评的前提是事实清楚，责任分明，有理有据。但是，在现实中常常见到有的上司批评他人时，事先不调查、不了解，只凭一些道听途说，或者只凭某个人打的“小报告”，就信以为真，就去胡乱批评人，结果只会给人留下“蓄意整人”的坏印象。

（5）当面不说，背后乱说　中国有句俗语：“当面批评是君子，背后议论是小人。”这句话反映了人们一种心态：不喜欢背后批评人。当面批评，可以使对方听清楚批评者的意见和态度，也便于双方的意见得到交流，消除误会。如果背后批评，会使对方产生错觉，认为我们有话不敢当面讲，一定是心里有鬼。再说，不当面讲，经他人之口转达，很容易把话传走样，造成难以消除的误会。

（6）乘人不备，突然袭击　批评人，事先最好打个招呼，使对方先有一定的心理准备，然后再批评，对方不至于感到突然。例如，有的人做错事，但本人并没有意识到，这时应当先通过适当时机，吹吹风，或指定与对方关系较好的人先去提醒他，使其先自行反省，然后再正式批评他，指出其错误所在。这样他有了心理准备，不至于感到突然，就比较容易接受批评了。反之，如果对方尚未认识到自己有错误时就突然受到批评，不仅会使人不知所措，还会让对方怀疑我们批评人的意图。

（7）一批了之，弃之不管　批评只是解决思想问题的手段，而不是目的。当一个人受到批评后，在心理上会产生疑虑情绪：是不是上司对我有成见？带着这种情绪，他会特别留心上司的有关言行，从中揣测上司对他的看法。当发现上司不理睬他时，他就会认为上司对他有成见；当我们无意批评与他相似的问题时，他会神经过敏地认为又在批评他，是在与他过不去。为了消除这种猜忌心理，上司在批评之后，要细心观察他的变化，对他表示关心和体贴，有了点滴成绩，及时肯定，有了困难，及时帮助。这样才有助于消除猜忌心理，达到批评的目的。

（8）批评太多，无休无止　批评不能靠量多取胜，有的批评只能点到为止。当一个人受到批评后，心里已经很不自在了，如果再重复批评他，他会认为总是跟他过不去，把他当成反面典型看待。多一次批评，就会在他心里多一分反感。

（9）嘴上不严，随处传扬　批评人不能随处发威，更不能随处传扬。有的前脚离开被批评者，后脚就把这件事说给了另外的人，或者事隔不久批评另一个人时，又随便举这件事做例子，弄得该问题人人皆知，满城风雨，增加了当事人的思想压力和反感情绪。

（10）以事论人，全盘否定　批评人应尽量准确、具体，对方哪件事做错了，就批评哪件事，不能因为他某件事做错了，就论及这个人如何不好，以一件事来论及整个人，把他说得一无是处、一贯如此。例如，用“从来”、“总是”、“根本”、“不可救药”、“我算看透你了”等来否定他人，都是不可取的。

以上这些批评的话语对任何人都不会起到正面的作用，因为批评不是语言压过他人，而是从道理上让对方信服，让对方从心底里承认错误，承认我们的批评是正确的，这样他才能够接受批评，改正自己的错误。

四、怎样表示拒绝

安保人员要特别注意说话的方式，尤其是拒绝他人的时候，既要把拒绝的意思表达清楚，又要把话说得婉转动听，让他人接受的同时，还能体会到自己的为难之处。

安保人员在工作与生活中，总要面对各种各样的人和事，其中，有积极的，也会有消极的；有符合自己意愿的，也有不符合自己意愿的；有自己赞成的，也有自己反对的；有乐意接受的，也有需要拒绝的。那么，究竟如何处理这些事情，就构成了日常生活的主要内容，并影响自己生活的方方面面。

合理地拒绝他人是安保人员应该加以重视的。因为合理地拒绝他人不仅能够塑造自身的良好形象，也对处理好与不同人之间的关系有着十分积极的意义。

拒绝他人的关键是掌握拒绝的技巧，那么到底应该如何拒绝他人呢？

（一）态度诚恳

以诚恳的态度明确地说出自己不得不拒绝人的理由，直到对方了解到自己是爱莫能助，这是一种最成功的拒绝方法。

（二）语言温和

当安保人员在说“不”前，要让对方了解自己之所以拒绝的苦衷和歉意，说话态度要诚恳，语言要温和。

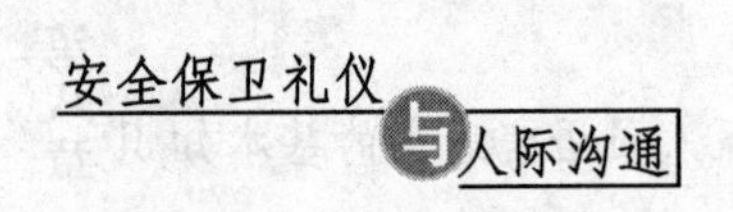

（三）巧妙拒绝

任何人都不希望“品尝”被拒绝的滋味，也不愿将拒绝的话说出口，可是，迫于各种需要又不得不说。此时，只能锻炼自己把拒绝话说得更动听，从而让他人理解并接受自己的拒绝。

五、怎样表现幽默

在安保服务工作中，安保人员正确使用幽默可以缓解人的紧张情绪，在特定环境下还有消除疲劳、调节精神等作用。

给他人提建议时，如果理直气壮地说出自己的想法，他人未必能心悦诚服地接受，而且还可能对自己产生看法，认为自己狂妄自大。本来是一片好意，却好心不得好报。倘若能把提意见的方式幽默化，结果可能是另一番景象。

怎样将提意见的方式幽默化呢？不妨参考如下几点。

（一）用含蓄的语言创造幽默效果

在某些场合中，提意见时不能直截了当地说出来，要适当地拐个弯，这样他人更容易接受。

有这样一个笑话：一个酒店老板刚愎自用，目空一切，从不听从他人的建议。一天，店里来了一位客人，点了一壶酒和几样小菜。客人只喝了一口，便说：“老板，我喝的酒是酸的，我认为该更换了。”

老板不由分说地把客人绑起来吊在了屋梁上。正在这时，店里又来了一位客人，见到有人被吊在屋梁上，好奇地向老板打听原因。老板说：“这个人太自不量力，竟然诬陷本店那香味醇厚的酒是酸的，你们说他该不该接受惩罚？”

来客说：“可不可以让我尝尝？”

老板殷勤地给他端了一杯酒，客人呷了一口，酸得皱起眉对老板说：“我看你们还是把他放下来吧，把我吊上去好了！”

老板听后，自己也尝了一口酒，果真如二位客人所说，就是酸的，于是把第一位客人放了下来。

虽然这只是一个笑话，但却说明了一些问题：后一个顾客之所以没有遭到第一位客人的“待遇”，是因为他能以含蓄的语言创造一种幽默，把提意见的方式幽默化了，使那位刚愎自用、目空一切的老板接受了他的意见。这就是说话的艺术，值得人们仔细品味。

（二）“指桑骂槐”式的幽默

给其他人提建议时，可以借助他人的滑稽事例来烘托自己的看法，虽然有些“指桑骂槐”的意味，但确实是一个好计策，不但能将提建议的方式幽默化，给人提供笑料，还可以使当事人心甘情愿地接受。

（三）注意使用双关语言

使用双关语言是产生幽默的最常见的方法。所谓双关，也就是说出的话包含了两层含义：

一是这句话本身的含义；另一个是引申的含义，幽默就是从这里产生出来的。也可说是言在此，意在彼，让听者不只从字面上去理解，而能领会言外之意。

有一则寓言说，猴子死了去见阎王，要求下辈子做人。阎王说，既然要做人，就得把全身的毛拔掉。说完就叫小鬼来拔毛。谁知只拔了一根毛，这猴子就哇哇叫痛。阎王笑着说："你一毛不拔，怎么做人？"

这则寓言表面上是在讲猴子的事情，却很幽默地表达了"一毛不拔，不配做人"的道理，虽然讽刺性很强，却也委婉、含蓄。

（四）正话反说制造幽默效应

说出来的话，所表达的意思与字面完全相反，就叫正话反说。例如，字面上肯定，而意义上否定；或字面上否定，而意义上肯定。这也是产生幽默感的有效方法之一。

有一则宣传戒烟的公益广告，上面完全没提到吸烟害处，相反地却列举了吸烟的四大好处：一省布料，因为吸烟易患肺痨，导致驼背，身体萎缩，所以做衣服就不用那么多布料；二可防贼，抽烟的人常患气管炎，通宵咳嗽不止，贼以为主人未睡，便不敢行窃；三可防蚊，浓烈的烟雾熏得蚊子受不了，只得远远地避开；四可永葆青春，不等年老便可去世。

这里说的吸烟的四大好处，实际上是吸烟的害处，却显得很幽默，让人们从笑声中悟出其真正要说明的道理，即吸烟危害健康。

好的幽默，还可以缓解沟通中的紧张气氛，避免许多不必要的冲突。

诗人歌德有一次在公园散步，在一条小道上不巧碰见曾经攻击过他的政客。对方满怀敌意地说："对于一个傻子，我是从来不让路的。"歌德立即回答："而我则相反。"说完便马上让到路边去了。这件事反映了政客的傲慢无礼和歌德的豁达大度，更重要的是歌德幽默的回答。虽然只有五个字，却反映出了歌德反应的机敏和回敬的巧妙，还给狭路相逢的一对冤家免去了一场僵持不下的冲突，充分显示了歌德的宽宏大量和优雅风度。正如莎士比亚所说："幽默是智慧的闪现。"与幽默相联系的是智慧。在沟通中，要善于使用幽默的技巧，就需要具有一定的智慧，对于一个才疏学浅、举止轻浮、孤陋寡闻的人来说，是很难生出幽默感来的。具体来说，产生幽默的条件至少应包括以下几个方面：广博的知识和深刻的社会经验；敏锐的洞察力和想象力；高尚优雅的风度和镇定自信、乐观轻松的情绪；具备良好的文化素养和语言表达能力。

要使自己的思维超乎常理，其智慧就在于随机应变。这一方面有赖于思维的敏捷度，而掌握恰当的幽默方式也必不可少。

六、关于谈判的一般知识

谈判是人们交往的一种重要方式。谈判就是解决组织与组织之间、组织与公众之间矛盾与冲突的一门独特艺术。谈判需要更高的语言技巧。作为安全保卫部门的主管，可能要面对来自单位内外的各类谈判，因此，学习与掌握谈判语言技巧是非常有意义的。

（一）谈判的含义和程序

谈判就是各方充分运用情报、权力、智谋、勇气和策略，在紧张的交往中对另一方的观念行为施加影响的过程。这个过程分为谈和判两个部分。谈，就是各方详细阐述自己对现存问题的种种看法，充分说明自己对各方所应承担的责、权、利的意见，明确表达自己所要达到的目标；判，就是对各方必须承担的责、权、利和有关的义务，达成一致看法并加以确认。

谈判的范围相当广泛，它涉及传统的和当代的许多学科领域，如历史学、法学、经济学、社会学、心理学、口才学乃至决策论、系统论等。谈判中每一个要求满足的愿望，每一项寻求满足的需要，都可以成为诱发人们展开谈判的潜因。一般来说，一个正规的谈判，可分为六个环节。

1．导入阶段

这是在谈正题之前的一个短暂阶段。主要是双方相互寒暄，自我介绍。这时应创造出良好的谈判气氛，这种气氛应当是坦诚、和谐、轻松、认真、有条不紊和富于创造性的。如果缺乏这种良好的气氛，则不利于谈判的顺利进行。在此阶段应多讲一些中性话题，如来访者旅途的经历、国际新闻、体育新闻、个人爱好以及双方合作的经历等。

2．概说阶段

这个阶段又叫探索阶段。在此阶段应让对方了解自己的基本想法、意图和目的，同时需隐瞒不想让对方知道的其他情况。发言内容要简短、突出重点、富于情感，言辞或态度不要引起对方的焦虑和反感，尽量使对方易于接受。例如，“今天关于合同的谈判，希望结论对双方都能满意。我们双方已经不是第一次合作了，相信这次一定能合作得更好。”这样的表达方法，有助于软化双方的态度。概说讲完后，应留有时间让对方表达意见，并注意对方的反应，设法找出对方的目的与动机及其和己方的差异。概说必须要得到双方的首肯，只要彼此意见相投，便打开了通往成功的大门。

3．明示阶段

由于谈判双方是从各自不同的利益出发，看问题的角度必然不同，因而双方肯定会有不同的见解，甚至可能是针锋相对的意见，这在谈判当中是常见的。明智之举是双方实事求是地、明确地阐述各自的不同要求、见解和想法。一般而言，谈判双方包含四种主要问题，即自己所求、对方所求、彼此互求以及外表看不出的内蕴需求。有了这些问题，为了将要达成的协议，大家应本着求同存异的精神，心平气和地讨论下去。因此，尽管追求自己的需求是站在本身立场而言，然而为了达到这个目的，适当满足对方的需求，也是必不可少的。

4．交锋阶段

这个阶段也可以称为讨价还价阶段，谈判双方都要获得一定的优势和利益，双方的对立状态在此阶段明显展开，开始出现紧张的气氛。对立可以说是谈判的命脉，在这个阶段中，要坚定自己的立场，树立信心，要有随时回答对方质询的心理准备。双方都可能列举事实，引经据典，希望对方了解并接受自己的观点。双方你来我往，“唇枪舌剑”，但这种交锋并非是用“决一死战”来证明一方强于另一方，而是找出双方妥协的范围。

5．妥协阶段

该阶段即让步阶段。交锋双方都充分表达了各自的意思，谈判形势趋于明朗化。而交锋结束之时，便是寻求妥协途径的时刻，妥协是谈判中不可缺少的部分，除非双方（或一方）

根本就没有诚意，或两方的意见相距甚远而无法接近。在此阶段双方都有可能作出一定程度的让步，彼此妥协，从而相互接近。双方各有所让，也各有补偿，但如果己方得不到理想中的利益最后必须让步的话，对自身来讲就不是一个成功的谈判了。

6．协议阶段

该阶段即拍板阶段。经过妥协，双方认为自己基本达到自己的目标，便表示拍板同意，然后由双方代表在协议书上签字，这样，谈判过程便告结束。

但就谈判作为一个整体过程来说并未中止，在协议书或合同中都有一些审视、纠举等内容，而在签署合同的同时，这些法律条文便生效了。因此，双方的行为已经开始被监督、纠举和改正，任何一方的违约，都将付出相应的代价。

（二）谈判的语言艺术

谈判技巧是指安保人员在谈判过程中表现出的才能。这种才能是安保人员在长期的谈判实践中获得的。或者说谈判技巧是运用动作、语言、神态表情及策略变化等使对方在心理上产生有利于己方的变化，实现自己的要求。

安保人员要使谈判获得成功，掌握一些技巧是必要的。例如，谈判时要创造一个有利于谈判的良好气氛；要创造信任感，因为信任是人与人之间相互合作的基础。由于种种原因，人们在相互交往中往往不能做到开诚布公，这在谈判中会产生提防心理，不利于谈判的进行。更重要的是，要对谈判有所谋略，必须做到“知己知彼”，巧妙地设计一些内容，清楚无误地阐明己方立场，弄清对方意图，灵活机动地调整己方策略。下面介绍一些谈判技巧的运用。

1．从容不迫

在任何谈判中，都应设法争取充分的思考时间，多听少说。要控制感情，表现出镇定、沉着、冷静。例如，在回答问题前，让对方重复一遍问题，以没有听清楚为托辞；设法让对方陷入我们所提供的一大堆问题和数据当中；建议休会，等等。还可以利用参观、娱乐活动等形式设法周旋。总之，有思考的时间就会想得更周到，事情也会做得更完美。

2．声东击西

在谈判中，出于某种需要有意把议题引导到对己方并不重要的问题上去，而等待时机成熟时再转到对己方真正重要的问题上，这种方法可以争取时间，延缓对方所要采取的行动。

3．吹毛求疵

对于对方提出的谈判条件或出售的商品再三挑剔，并提出一大堆问题和要求，进而降低对方的谈判地位，使自己有讨价还价的余地。要敢于挑剔，善于挑剔，所提条件虽然苛刻，却又要在情理之中。

4．先苦后甜

先把谈判条件故意提得很高，并且不妥协；然后经过艰苦的谈判，让对方感到占了便宜，从而较顺利地换取对方的让步，这一战术就是退一步进两步。

5．沉默

在谈判中处于某一特定情况下，沉默也是一种战术，这样可让对方搞不清己方的意图，有时可能作出让步。一般在以下几种情况下沉默是有益处的：谈判陷于僵局时；几经思考拿不定主意时；问题复杂需仔细琢磨时。但沉默也要有限度，过分沉默可能导致贻误时机，失去成交机会。

6．最后通牒

在谈判某一条款时，一方对另一方说："这样办，行不行？不行就算了。"对方迫于马上作出答复，完成自己肩负的使命，往往会接受本不愿接受的条件，使用这种战术时可配合一些小让步，给对方造成"机不可失，时不再来"的感觉。但运用这一战术必须是在己方占有明显有利局势的前提下，如己方在出口商品时，此种商品是国际市场上的抢手货，在质量等方面也具有较强的竞争力。

上述技巧可以使谈判对方增加信心，减少误会，增加实现愿望的机会，及时得到对方的回报和加深双方关系等。但是，无论是哪一种技巧的运用，都要根据具体情况，因人而异，因事而异，切不可生搬硬套。

七、关于演讲的一般知识

安保人员不仅要做好自己的本职工作，还需要不断地将自己的工作经验与体会向外界表达出来，这就需要掌握演讲的技巧，抓住机会将安全保卫工作的重要意义及其中的辛苦向群众进行宣传，以便获得更多人的理解与配合，使安全保卫工作得以顺利开展。

众所周知，演讲需要口才。所谓口才，就是口语表达能力，它是演讲的必要条件。演讲表达的主要特点是"讲"，对演讲者来说，写好了演讲词，不一定就讲得好，正如作曲家不一定是歌唱家一样。有文才，善于写出好的演讲词的人，不一定有口才，不一定能讲得娓娓动听。真正的演讲家，既要善写，还要会讲；既要有文才，又要有口才。从某种意义上说，口才比文才更为重要。如果演讲者讲话哼哼哈哈，拖泥带水，"这个"、"那个"一大串，那么，即使演讲者有超凡脱俗的智慧，有深刻广博的思想内容，也无济于事。

"冰冻三尺，非一日之寒。"良好的口才，往往是经过严格的口语训练培养出来的。许多著名的演说家，他们的口才都是经过刻苦磨炼培养出来的。

例如，古希腊的演讲家德摩西尼，为了校正发音含糊不清的毛病，曾口含鹅卵石，对着大海练习朗诵。他的这种刻苦精神永载演讲史册，令人肃然起敬。

训练口才不仅要勤练，而且要巧练。所谓巧练，就是要练习得法，摸清规律，掌握要领。

（一）发音准确、清晰、优美

以声音为主要表达手段的演讲，对语音的要求就更高，既要能准确地表达出丰富多彩的思想感情，又要悦耳赏心、清亮优美。为此，演讲者必须认真对语音进行研究，努力使自己的声音达到最佳状态。

一般来讲，最佳语言应该是：准确清晰，即吐字正确清楚，语气得当，节奏自然；清亮圆润，即声音洪亮清越，铿锵有力，悦耳动听；富于变化，即区分轻重缓急，随感情变化而变化；有传达力和透穿力，即声音有一定的响度和力度，使在场听众都能听真切，听明白。

演讲语言常见的毛病有：声音痉挛颤抖，飘忽不定；大声喊叫，音量过高；音节含糊，夹杂明显的气息声；声音忽高忽低，音响失度；朗诵腔调，生硬呆板等。所有这些，都会影响听众对演讲内容的理解。因为讲话是线性的、不间断进行的，话一出口，当即就应被人听懂，不应让听众反复斟酌思考。听众只要稍微停顿，间断思维就会跟不上演讲的速度。

要达到最佳语言效果，一般来讲，要做到如下几点。

1．字正腔圆

字正，是演讲语言的基本要求，要读准字音，读音响亮，送音有力。读音要符合普通话声母、韵母、声调、音节、音变的标准，严格避免地方音和误读。例如，将“鞋子”（xié zī）说成“孩子”（hái zī），将“干涸”（gān hé）说成“干固”（gàn gù），将“拙劣”（zhuō liè）说成“绌劣”（chù liè），将“栉风沐雨”（zhì fēng mù yǔ）说成“节风沐雨”（jié fēng mù yǔ）。这样读错、讲错字音，一方面直接影响听众对一个词、一个句子，甚至整篇内容的理解，另一方面也直接影响演讲者的声誉和威信，降低了听众对演讲者的信任感。在读准字音的同时，要尽量做到腔圆，即声音圆润清亮，婉转甜美，富有音乐美。

2．分清词界

词分单音节词和多音节词。单音节词不会割裂分读，而多音节词则有可能割裂引起歧义。例如：“一米九个头的老李伫立在空荡荡的山谷里。”这句话中的“一米九个头”本意是“一米九的个头”，读的时候应为“一米九——个头”，如果词界划分不当，很容易弄成为“一米——九个头”，把“个头”（身材）一词割裂为“个”（量词）和“头”（名词）两个词，因而产生歧义。演讲者如出现这种错误，便会令人忍俊不禁。

3．讲究音韵搭配

汉语讲究声调，声调能产生抑扬急缓的变化，本身就富有音乐美。好的演讲，平仄错落有致，抑扬顿挫，显得悦耳动听。汉语的音乐美和节奏感还与语气停顿和押韵有关。现代汉语中双音节词占优势，大大增强了语言的响度和节奏感。演讲中若能准确地交替使用单音节词和双音节词，语音音节便显得和谐自然。如果在适当的地方，有意押韵，更能产生一种声音的回环美与和谐美，讲起来上口，听起来悦耳，似有散文诗的风韵。此外，恰当地运用象声词和叠声词，进行渲染烘托，也能收到声情并茂的功效。

（二）语句流利、准确、易懂

听众通过演讲活动接受信息主要诉诸听觉作用。演讲者借助口语发出的信息，听众要立即能理解。口语与书面语之间有较明显的差别。有人说，书面语言是最后被理解，而口语则需立即被听懂。与书面语言相比，口语具有如下特点：首先，句式短小，演讲不宜使用过长而冗繁的句子；其次，使用通俗易懂的常用词语和一些较流行的口头词语，使语言富有生气和活力；再次，不过多地做某些精确的列举，特别是过大的数字，常用约数。此外，应较多地使用那些表明个人倾向的词语。例如，“显而易见”、“依我看来”等，并且常常运用“但是”、“除了”等连接词，使讲话显得活泼、生动、有气势。如果硬性把“铁锹”说成“一种由个人操作的手握挖土器”，把“草原”说成是“一个天然的平面”，这样做，如果不是故意为难听众，有意不让听众理解，那就是故意和自己过不去，使自己的演讲归于失败。当然，讲究表意朴实的口语化，绝不能像平常随便讲话那样任意增减音节，拖泥带水，磕磕巴巴，这样便损害了口语的健康美，破坏了语言的完整性。

（三）语调贴切、自然、动情

语调是口语表达的重要手段，它能很好地辅助语言表情达意。语言若没有轻重缓急，就难以传情。同样一句话，由于语调轻重、高低长短、急缓等的不同变化，在不同语境里，可以表达出种种不同的思想感情。例如，“啊，多美啊！”用舒缓的语气可以表达出赞颂之情，如果用漫画化的怪腔怪调来念，则表现出讥讽嘲笑之意。因此，演讲者正确选择和运用语调对表达思想感情有着十分重要的意义。

一般来讲，表达坚定、果敢、豪迈、愤怒的思想感情，语气急骤，声音较重；表达幸福、温暖、体贴、欣慰的思想感情，语气舒缓，声音较轻；表示愉快、责备，语调先强后弱；表示不平、热烈，声音先弱后强；表示优雅、庄重、满足，语调前后弱中间强。只有这样，才能绘声绘色，传情达意。

语调的选择和运用，必须切合思想内容，符合语言环境，考虑现场效果。语调贴切、自然正是演讲者思想感情在语言上的自然流露。所以，演讲者恰当地运用语调，事先必须准确地掌握演讲内容和感情。

（四）把握形象化语言

在非洲有个传教的牧师，有一次他在给非洲热带的土著居民宣讲《圣经》时，人们都在聚精会神地听着，当他念到“我们的罪恶虽然是深红色，但也可以变成像雪一样的白”这句话时，他一下子愣住了。这时牧师就想，这些常年生活在热带的土著人，他们怎么会知道雪是什么样子和什么颜色呢？而他们经常食用的椰子肉倒是很白的。我何不用椰子肉来比喻呢？于是，机灵的牧师便改为:“我们的罪恶虽然是深红色的，但也可变成像椰子肉一样的白。”

“雪白”虽然很形象，但“椰子肉的白”也很形象。而这位机灵的牧师只用了后者，却把这个信息已经有效地传给了土著人。这就使他的讲话有了戏剧性的效果。

在这里，这位灵活善变的牧师给了人们一个宝贵的启示：人们在说话特别是使用比喻时，都要注意使用形象性的语言。

（五）在训练中提高表达能力

1．语音训练

演讲者要想取得良好的发音效果，必须加强语音训练。“声乃气之源”，发音的基础之一是呼吸，响亮、动听的声音与科学的呼吸训练是分不开的。演讲者要善于掌握自己的发音器官，自觉地控制气息。一般来讲，采用胸膛式呼吸较好，这种呼吸是通过横膈膜的收缩和放松来进行的，气量大，能为发音提供充足的动力。平日可结合生活实际进行练习，为正确地吐字发音打好基础。

吐字发音要做到音节正确、准确，完全符合普通话的发音标准。戏曲艺术所谓的“吐字归音”训练，其目的就在于美化音色，使字音纯正、清晰、响亮、圆润，富有表现力。它要求发音时咬准字头（即读准声母），吐清字腹（即读清韵头、韵腹）和收准字尾（即读准韵尾）。“吐字”时，发音力量集中于“字头”上，“归音”时要读准每个音节的韵尾，即要求“到位”。总之，发音时要正确把握住每个音节的发音部位和发音方法。演讲者平日要经常进行这方面的训练。同时，为了做到语句流畅、干净利落、出口成章，可根据自己的发音难点，选择一些绕口令和有一定难度的语言片断，进行快口训练，力求做到吐字准确、快速、流畅，快而不乱，语气连贯，不增减词句。

音量大小变化有利于准确地表达思想感情。演讲者要学会准确地控制和把握音量大小的变化。在情感激荡的地方、意思重要之处要做到感情的自然流露。同时，音量大小变化也要恰当、适度，不能大到声嘶力竭，也不能小得无法听清。此外，演讲者平日还要学会准确地把握高音、中音、低音的运用规律，以便恰如其分地表达自己的思想感情。高音具有高亢、明亮的特点，多用来表示惊疑、欢乐、赞叹等情感；中音比较丰富充实，多用来表示平和舒缓的感情；低音则比较低沉、宽厚，多用来表示沉郁、压抑悲哀之情。这些训练最好是通过朗诵进行。

2．语调训练

语调包括停顿、重音、升降、快慢等要素。语调训练是口语表达训练的重点和难点。演讲者应在这方面加强训练。

第一，顿挫。在口语表达中，停顿既是一种语言标志，也是一种修辞手段。同样一组音节，因停顿不同，意思完全不一样。例如，“我赞成他也赞成我们怎么样？”可以说成：“我赞成他，也赞成我们，怎么样？”也可说成：“我赞成，他也赞成，我们怎么样？”两种停顿，表达了两种完全不同的意见。可见，停顿不只是演讲者在生理上正常换气的需要，也是表情达意的需要。停顿得当，不仅可以清晰地显示语意，而且可以调节语言节奏，给听众留下回味的余地。

第二，轻重。说话的声音有强有弱。用力大，气流强，声音就大，就重；用力小，气流弱，声音就小，就轻。每个句子都是由词语构成，每个词语在句中的表意作用各不相同。在演讲时，人们常常把某些词语讲得比一般词语重些或轻些，这样便能起到强调突出的作用。利用声音的强弱对比、重读或轻读某些表现重点内容的词语，从而起到强调突出作用，这种口语表达技巧就是重音。若按声音强弱划分，重音可分为轻读型重音和重读型重音，凡读音比一般词语音轻些的叫轻读型重音，凡读音比一般词语读音重些的叫重读型重音。例如，“如果世界上真有不知疲倦的人，那就是我们抗洪抢险的战士们！在长江堤岸的日日夜夜，他们休息得最少最少。”“不知疲倦”应采用重读型重音来读，读得重而深厚，而“最少最少”宜采用轻读型重音来读，读得轻而深沉。

若按表现思想感情、内容重点或句子语法结构来划分，重音可分为感情重音、逻辑重音和语法重音。例如：

我深知：自己没有当官的本领，更没有“争官”的嗜好。

我只想：老老实实地干好本职工作，自己的一举一动要对得起良心，对得起群众。

“深知”和“只想”宜采用轻读型重音，表达出诚挚恳切的感情；“没有”、“更没有”宜采用重读型重音，表示强调，突出清廉正直品德；“老老实实”、“十好”用重读型重音，突出全心全意、踏踏实实工作的精神；“一举一动”宜用一字一顿的重读，与后面接连两个重读“对得起”相配合，显示出襟怀坦荡的胸怀。这些词语的重读，既突出了语句的轮廓，也显示了语言的感情层次和内在逻辑关系。一般来讲，表示复句的关联词语和具有修辞特征的词语采用重读。

第三，抑扬。语调有高低抑扬的变化。同一句话，往往因为语调不同，表达的意思也大不一样。同样一句“今天是星期天”，用平直调子念，表示直陈其事；若用高升调来念，则表示出疑问惊讶之情。演讲者要熟悉各种语调的特点，掌握语调变化的规律。

事实上，在实际运用中，语调升降变化情况十分复杂，演讲者要充分把握演讲时自身的潜意识，把握演讲内在思想和感情脉络。这样才不会错用语调，导致言不及义，语不合情。

第四，缓意。语速的变化也是表情达意的重要手段。演讲的速率不能太快。太快，一则听众难听懂，二则也使人产生怀疑，认为演讲者怯场，因为开始就胆怯时往往会语速较快。当然讲话也不能太慢，太慢就显得拉腔拖调，给人以愚笨、迟钝的感觉。但演讲的速率不能总是“一崭齐”，要做到急缓有致。语调的快慢，往往与表达内容、环境、气氛、心理情绪、修辞手法以及句段重要与否有关。根据内容的要求和感情表达的需要，演讲的速率一般可分为快速、中速和慢速三种。

请读下面这段演讲词，注意语调快慢的变化。

“是啊，雕塑家奉献美，有了大卫、维纳斯；音乐家奉献美，有了《蓝色多瑙河》、《命运交响曲》；科学家奉献美，有了卫星、宇宙飞船；工人奉献美，有美的产品；农民奉献美，有美的食粮；教师奉献美，有造福于人类的满园桃李……而军人，军人也在奉献美，奉献美的生活，美的社会，更奉献个人的利益、生命和家庭。于是，军人的美便在牺牲中崇高无上，便在奉献中灿烂夺目！军人与大山为伍、与蓝天做伴、与碧海相随；军人整齐、和谐、刚毅、威严；军人勇于牺牲和奉献。作为军人，我们可以自豪地说：美在军营，美是军人！”

这段话，以诗化的语言热情洋溢地展示出军人的美，整个基调是抒情，语气舒缓。前边一串排比铺垫，语速较慢，逐层蓄势。讲到军人的美的本质时，语速逐渐加快，以满腔热情，赞美军人的崇高品质。这样慢中有快、快慢相间，增强了语言的气势和节奏，富有鼓动性和感召力。

演讲语速要做到快慢得体，缓急适度，快而不乱，慢而不拖，快中有慢，慢中有快，张弛自然，错落有致。这样，便能显示出语言的清晰度和节奏感，使演讲具有音乐美。

第五，节奏。对艺术来说，节奏是各种不同要素的有秩序、有规律、有节拍的变化。朱光潜在《谈美书简》一书中指出，节奏是主观与客观的统一，也是心理与生理的统一。它是内心生活（思想感情）的传达媒介。据此分析，演讲者思想感情起伏变化结构的疏密松散，语调抑扬顿挫、轻重缓急以及演讲者的举止等要素，有秩序、有规律、有节拍的组合，便形成了演讲的节奏。常见的演讲节奏有轻快型、持重型、平缓型、急促型、低抑型等。

总之，语调的抑扬顿挫、轻重缓急，并非彼此孤立，总是密切联系、互相渗透。例如，演讲者情绪激动，语调自然高昂，语速较快，停顿减少，重音增强，语势急骤，形成急促型节奏。

八、常用的说服方法

解决人与人之间的矛盾需要说服。矛盾普遍存在，解决矛盾，一般都通过说服，只有经过长期说服无效，矛盾性质又日益激化，才采取非社交的强制手段，但那仍然需要以说服作为辅助手段。说服不限于思想教育工作，传播知识、治疗疾病、经济谈判等，都离不开说服。即使志同道合的挚友之间，也不可能永远事事认识、见解完全一致；若要取得一致，就要通过说服来达到目的。说服工作处处有，经常有，它的应用范围极为广泛。

说服他人动摇、改变、放弃己见或信服、同意、采纳自己的主张，实质上是一场从精神上征服人心的过程，但又不能使对方有丝毫被迫接受的感觉。一个人几十年形成的思想观点，一个民族千百年形成的风俗习惯、思维定式，休想通过三五次苦口婆心的说服就轻易改变。一种崭新的学说、理论、观点、方法，即使已通过一定的实践证明其具有正确性、科学性、合理性，但要深入人心，仍需经过长期、反复的宣传和说服。说服需要耐心、韧性。有的说服，三言两语，就说到了对方的心坎上，疙瘩迎刃而解；有的说服，越说对方越不服，结果不欢而散。这说明说服有一定的规律，是一门交谈、对话的艺术。教师、医师、律师、推销员、宣传员、外交官等，天天在做说服工作，一生以不断说服人为己任，更有必要探讨、研究说服的规律，掌握说服的艺术。

（一）晓之以理

晓之以理，就是讲道理。简单的事情，小道理，一两个典型事例，再加上简明扼要的分析，道理就可以讲清楚。复杂的事情，大道理，涉及多方面的因素，触动一点就牵动全局，必须全方位、多层次、多角度地进行一系列的说服工作，从多方面展开心理攻势，并以严密的逻辑推理，水到渠成地得出结论。这个结论不宜由自己单方面推断出来交给对方，最好以征询意见的口气引导对方同自己一起来推理，共同探讨得出结论。让他把我们的意见、主张，当做自己寻求的答案，自愿接受，自动就范。这样的说服更高明。因为对于经过自己头脑思考发现的真理，人们更坚信不疑。晓之以理，要满怀信心，争取主动，先取攻势。当对方已明确、坚决地表示“不行”、“不干”、“不同意”等之后，再说服他，就要付出加倍的努力。当然，争取主动仍要运用委婉、商榷的语气，切忌盛气凌人、以势压人。如果对方因此而产生逆反心理，再说服他，同样也要付出加倍的努力。

（二）动之以情

晓之以理，还要结合动之以情，通情才能达理。这里强调，情真才能动人，情真往往能催人泪下。一般来说，在与要说服的对象较量时，彼此都会产生一种防范心理，尤其是在危急关头。这时候，要想使说服成功，就要注意消除对方的防范心理。从潜意识来说，防范心理的产生是一种自卫，也就是当人们把对方当做假想敌时产生的一种自卫心理，那么消除防范心理的最有效方法就是反复给予暗示，表示自己是朋友而不是敌人。这种暗示可以采用种种方法来进行，如嘘寒问暖、给予关心、表示自己愿意给予帮助等。

有这样一个案例。“的姐”（出租车女司机）把一位男青年送到指定地点时，对方掏出尖刀逼她把钱都交出来，她装成害怕的样子交给歹徒300元钱，说：“今天就挣这么点儿，要嫌少就把零钱也给你吧。”说完又拿出20元找零用的钱。见“的姐”如此爽快，歹徒有些发愣。“的姐”乘机说：“你家在哪儿住？我送你回家吧。这么晚了，家人该等着急了。”

见“的姐”是个女子，又不反抗，歹徒便把刀收了起来，让“的姐”把他送到火车站去。见气氛缓和，“的姐”不失时机地启发歹徒：“我家里原来也非常困难，咱又没啥技术，后来就跟人家学开车，干起这一行来。虽然挣钱不算多，可日子过得也不错。何况自食其力，穷点儿谁还能笑话我呢！”见歹徒沉默不语，“的姐”继续说：“唉，男子汉四肢健全，干点儿啥都差不了，走上这条路一辈子就毁了。”火车站到了，见歹徒要下车，“的姐”又说：“我的钱就算帮助你的，用它干点正事，以后别再干这种见不得人的事了。”一直不说话的歹徒听罢突然哭了，把300多元钱往“的姐”手里一塞说：“大姐，我以后饿死也不干这事了。”说完，低着头走了。

在这个事例中，“的姐”典型地运用了动之以情的技巧，最终达到了说服的目的。

（三）正确选择说话时机

所谓时机，就是指对方愿意接受的时候。上司正为重要的事情而忙得焦头烂额的时候，有人却找他去谈待遇的不公，那多数要吃“闭门羹”的。掌握好说话的时机，才能提高办事的成功率。那么，什么时候与对方交谈和沟通才算抓住了时机呢？

1．对方情绪高涨之时

人的情绪有高潮期，也有低潮期。当人的情绪处于低潮时，人的思维就显现出封闭状态，心理具有逆反性。这时，即使是最要好的朋友赞颂他，他也可能不予理睬，更何况是求他办事。而当人的情绪高涨时，其思维和心理状态与处于低潮期正好相反，此时，他比以往任何时候都心情愉快，说话和颜悦色，内心宽宏大量，能接受他人对他的求助，能原谅一般人的过错；也不过于计较对方的言辞，同时，待人也比较温和、谦虚，能不同程度地听进一些对方的意见。因此，在对方情绪高涨时，正是与其谈话的好机会。

2．对方喜事临门之时

所谓喜事临门时，是指令人高兴、愉快、振奋的事情降临于对方时。例如，对方职位晋升；在科研上攻克难关取得重大成果；工作中成绩突出，受到奖励；经济上得到收益；找到称心伴侣、婚嫁或远方亲人来探望等。常言道：“人逢喜事精神爽”、“精神愉快好办事”。在喜事降临于对方时，有人上门找其交谈，对方会认为是对他成绩的肯定、喜事的祝贺、人格的敬重，从而也就乐意接受或欢迎他人的到来，对所求之事，多半也会给予一个完满的答复。

3．为对方帮忙之后

中国人历来讲究“礼尚往来”、“滴水之恩当以涌泉相报”。在自己为对方帮了一个忙后，对方就欠下了自己一份人情，这样，在自己有事求对方帮忙的时候，对方必然要知恩图报。在不损害自身利益的前提下，对方能做到的事情，一般情况下会竭尽全力去做。“将欲取之，必先欲之”，托人办事的时机，是可以进行预先创造的。

4．冲突后有和解愿望之时

伦理学原理告诉我们，绝大多数人都具有“羞恶之心”，这种“羞恶之心”体现在与他人发生无原则的纠纷之后，会对自己的行为自觉地反省。通过反省察觉到自己的过错之时，一种求和的愿望就会油然而生，并会主动向对方发出一系列试探性的和解信号。这时只要自己能不失时机地友好地找对方谈谈，僵局就会被打破，双方的关系也会重新“热”起来。因此，要善于捕捉对方发出的求和信息。例如，对方主动和自己接近、打招呼，与自己见面时由过去满脸阴云到“转晴”，或者暗中帮助自己排忧解难等。这时，就应该及时投桃报李，以更高的姿态、更炽热的感情找其交谈。切不可视而不见，见而不说，说而不诚。否则，对方一旦认为求和试探失败，和解的愿望就会顿消，误解将会转化成敌意，将会出现严重对抗的局面。

（四）正确选择说话对象

1．看身份地位

与上司说话或是探讨工作，就应该尽量用“请教”的语气。向上级多请教工作方法，多讨教办事经验，上级会觉得我们尊重他。所以，在工作中，在办事过程中，要主动去问上级：“关于这事，我不太了解，应该如何办？”或“这件事依我看来这样做比较好，不知局长有何高见？”上级一定很高兴地说：“嗯，就照这样做！”或“这个地方我们要稍微注意一下。”或“大体这样就好了。”如此一来，自己不但会减少错误，上级也会感到自身的价值。有了上级的帮助和支持，后面的事情就好办得多了。

2．看性格爱好

与人交谈不但要看对方的身份、地位，还要看对方的性格、兴趣、爱好、长处、弱点、情绪、思想观点等。针对对方的不同特点，采取不同的说话方式，这样才有利于解决问题。

3．看居住地域

对于生活在不同地域的人，所采用的劝说方式也应有所差别。例如，对于我国北方人，可采用粗犷的态度；对于南方人，则应细腻一些。

4．看不同职业

对于从事不同职业的人，要运用与对方所掌握的专业知识相关的语言与之交谈，对方的信任感就会大大增强。

5．看文化程度

对于文化程度低的人所采用的方法应简单明确，多使用一些具体的数字和例子；对于文化程度高的人，则可以采取抽象的说理方法。

（五）正确使用语调

有效地运用说话的语调，会帮助自己顺利地办事和处理人际关系。例如，想请同事帮忙办件事，如用柔和音调说：“帮个忙，行吗？”同事会很热心地帮助自己。同样，上级给下属分派任务，如果语调运用恰当，员工会愉快地用心地完成任务；如果用毫无商量的命令式语调吩咐下属干活，下属很容易产生抵触情绪。因此，恰当地运用语调，也不失为一种交往技巧。

低沉而和缓的声音往往更能给对方以难忘的印象。一位著名的节目主持人在回忆自己成功的经验时说："想把自己的观点或意见传达给对方时，和对方保持40～60厘米的距离，稍微压低一些自己的嗓音和对方谈话，效果最佳。"

交流是相互影响的，音调会影响到对方的情绪。当自己高嗓门说话时，对方为了达到同样的效果，也会情不自禁地提高自己的嗓门；如果自己以低沉而和缓的语气交谈，即便语气和内容都很强硬，对方也能接受，使交谈能顺利进行，而自己也可以给人留下沉稳、有涵养的印象。所以，要给对方留下难忘的印象，使用低沉和缓的语气往往效果更佳。

训练项目

训练项目之一
——交谈技巧训练

每一位同学都选择一位好友，真诚地赞美对方。

每一位同学选择一位曾经帮助过自己的同学，真诚地感谢对方。

训练项目之二
——语言表达训练

准备一个小故事，用低沉而和缓的语调讲给听众，强调运用"低沉而和缓的"语调；体验"在演说开始之前稍作沉默，环顾全场"的感觉。观察一下，听众知道我们即将开始演说，是否会停止与他人的交谈或放下手中的笔，而作出准备倾听的姿态？是否能够在一开始，就吸引听众的注意力，从而有利于我们继续进行演说？

训练项目之三
——批评技巧训练

运用批评的技巧。每一位同学就自己所了解的情况，选择一位同学的不良行为进行当面批评。

训练项目之四
——拒绝技巧训练

两人一组，进行训练，一方提出建议，另一方运用拒绝的方法，进行有效拒绝。

训练项目之五

分小组（3～5人），准备一个表现"拒绝语言艺术"的小品。通过小品表演学会怎样表示"拒绝"。

训练项目之六
——演讲技巧训练

选定一个题目，运用演讲技巧，做一次演讲的尝试。

训练项目之七
——说服技巧训练

例如，在安保工作中执行门卫任务时，遇有外来人员不按照规定出示证件强行进入时，应当如何进行有效说服？

训练项目之八
——说服技巧训练

在执行安全检查任务时，遇有形迹可疑人员，如何说服使其配合工作，请其出示证件进行检查？

训练项目之九
——说服技巧训练

在执行安全检查过程中，对于外来人员所携带的可疑物品进行检查时，如何进行有效说服？

训练项目之十
——说服技巧训练

当正在执行紧急任务时，接到上级通知，对某出入口进行临时封堵，不允许无关人员进入。那么，遇到一些不理解的人，如何进行有效说服？

学习体会分享

1. 语言的特点、原则是什么？
2. 与人交谈时，应当注意哪些方面？如何真诚地赞美他人？如何真诚地感谢他人？如何批评才不会使他人产生反感。
3. 拒绝的方法有哪些？拒绝他人时要注意什么？
4. 怎样使自己向对方提意见时变得更加幽默？
5. 谈判的语言技巧有哪些？
6. 如何做一个鼓舞人心的演讲？
7. 什么是有效说服？有效说服的基本原则是什么？
8. 怎样选择说服的时机？举例说明。

9. 怎样根据不同的说服对象、场合，把握不同的说服分寸？

资料链接

培训参考资料（见附录A）

20. 鞋带松了。
21. 有口无心。

第八章　安保人员语言表达技巧

第八章系统介绍了各种语言表达的一般知识，安保人员在工作与生活中各种需要语言表达的场合，都可以灵活地加以运用。本章将介绍安全保卫工作中特殊的语言要求。由于安保工作具有特殊性，工作语言的要求也有所不同。例如，在安全保卫工作中布置安全保卫任务、工作汇报、执行安全检查任务、安全保卫工作总结、访谈工作等环节中如何把握语言技巧。

一、常用的安保工作文明用语

安全保卫工作，一方面具有服务性质；另一方面，安保工作的开展又需要公众给予配合，因此安全保卫人员在工作中的语言也具有一定的特殊性。在以下场合请注意工作语言。

（一）接电话时

文明用语：您好，请讲。××不在，有事我帮您转告。
禁忌用语：喂，找哪个？人不在，快点讲。

（二）接待语言粗鲁，不礼貌，无休止纠缠

文明用语：请不要讲粗话，注意文明礼貌。我们这里很忙，请不要妨碍我们工作。
禁忌用语：用粗语、脏话进行人身攻击。

（三）接待外来客户单位找人

文明用语：请稍等，请问您找谁？我帮您找。对不起，我们有规定执勤中不准代转（存放）物品，请您另想办法。
禁忌用语：干什么？找哪个？我们是什么人？找他干什么？不在。不知道。

（四）接待人员或车辆进出客户单位

文明用语：同志，请留步；请出示证件；请停车验证；谢谢合作。
禁忌用语：没有证件不让进，没有商量余地。

（五）遇到客户单位工作人员没带证件

文明用语：同志，请您以后注意，下次不要忘记带证件，希望您自觉遵守门卫制度。

禁忌用语：单位制度你们不知道吗？

（六）与客户单位上司或职工打招呼

文明用语：您早，您好，节日好，请进，再见，您慢走。
禁忌用语：不理不睬，只点头，不招呼。

（七）对有人携带物品出厂（安保组织）产生怀疑

文明用语：同志，请留步，您的包里带的是什么？能打开看看吗？对不起，耽误了您的时间，谢谢您协助我们的工作。
禁忌用语：把包打开，我们要检查。

（八）遇到群众问路

文明用语：请就近坐×路公交车或请往×方向走。这儿我不熟，我来帮您问一下。
禁忌用语：不知道。问别人去。

（九）接到群众或客户单位职工紧急求助电话

文明用语：请您不要着急，我们马上来帮助您。我们马上联系有关部门帮您解决。
禁忌用语：这事不归我们管。我们忙得很，又不是只为你一个人服务。

（十）遇到群众或客户单位职工对某事的办理或处理不理解

文明用语：您对某事的处理有意见，可直接向单位上级反映，或我们代您反映。
禁忌用语：这件事不归我管，你们想到哪去告，就到哪去告。

（十一）执勤中接待多名群众

文明用语：对不起，请稍等，我马上给您办。
禁忌用语：没看到我忙啊？急什么；等着。

（十二）接待处理纠纷

文明用语：请冷静一点，有话好好说，不要争吵。
禁忌用语：吵什么！要吵到外面吵，吵完再处理。

（十三）接报警

文明用语：请您慢慢讲，把情况（经过）讲清楚，我们马上到现场。
禁忌用语：现在才来，你们早干什么去了？我也没办法。

（十四）接报不属于管辖范围的事项

文明用语：请您不要急，我们负责帮您联系。
禁忌用语：这个不归我管，你们到××地方去。

二、怎样布置工作任务

在安全保卫工作中，经常要完成一些特殊任务或者临时任务，如何布置工作任务，使得全体安全保卫人员都能够统一思想，统一部署，完成任务，这需要管理者在下达任务时做到以下几点：

（1）责任一定要分担到具体人身上，一件事一个人负责。指定一个人负责，即一个主帅，其他人协助，不可二人或更多人同时负责同一件事，否则，就会出现三个和尚没水喝的情况，我们指望他，他指望我们，拖延推诿。一件事只能由一个人主要负责，其他人员协助，但一个人可以同时负责几件事。

（2）一般要限定工作任务的完成时间，即便是错误的判断得出可能错误的完成时间，也比没有日期限定的效果要好。限定时间时，一定要有具体的时间，不可笼统地讲尽快完成。如果时间判断有误，在限定的时间内完不成工作项目所包含的内容，可以申请延期，但申请时一定要列明原因，如缺人手、资金或技术。偶然有不能按时完成的任务，可以取得原谅，但长期不能按期完成工作任务的，一定要进行检讨，检查问题点。常规的例行任务，其完成时间不言则明，这样的情况可以不做时间限制，如吃完中午饭把会议室布置一下（一般安保组织是下午两点开例会），不言则明，即两点前必须完成。

（3）要告诉下属完成任务好坏的标准，但前提条件是这个标准具有可操作性。好坏的标准都要具体。好，好的标准是什么？例如，安全保卫工作要求经得住安全检查，安全检查通过了就是好，通不过就是不好。这种任务下达得让人一目了然。

（4）要形成“上司可能会来检查”的感觉与气氛。首先，要经常抽查。抽查内容很广，如劳动纪律、衣着容貌、质量、过程等。

以上四点，任何一条存在问题，都会使任务的完成大打折扣。对于未按时完成任务的情况，其他的处罚方法有：罚款，用于公共活动，如上班迟到者，罚款；还可以采用禁止参加会议一次，会议的具体内容，可以请其他人员转达，可令其向其他员工打听，这样他会觉得面子上过不去，以后自然会改正。对于屡教不改者，可以罚抄规章制度、罚背操作规程等。无论如何，对于未按时完成任务的情况，一定要惩罚。

三、怎样进行工作汇报

向上司汇报工作是安保人员常规工作之一。例如，在完成某项工作时、在工作进行到一定程度时、预料工作会拖延时等，都要及时向上司汇报。一个成功的安保管理人员必然是一个善于汇报工作的人，因为在汇报工作的过程中，他能得到上司对他最及时的指导，从而更快地成长，也因为在汇报工作的过程中，他能够与主管建立起牢固的信任关系。

（一）汇报工作的方式

工作汇报根据内容和目的，通常有综合性汇报、专题性汇报和随机性汇报。不论什么汇报，在汇报时不外乎采用如下几种方式。

1．口头汇报

口头汇报是最常用的一种方式。它具有直接性，可以与上司进行多方面的双向交流，也有利于克服文牍主义。但它可重复性差，受口语表达能力限制，容易失真。

2．电话汇报

由于受居住距离的限制，时效性要求又很高的工作，一般用电话向上级汇报。电话汇报效率高，避免不必要的人员来往，但有些事情电话汇报难以说清楚，同时还受通信工具的限制。

3．书面汇报

运用文字材料向上级汇报工作，类似于工作报告。在距离上司机关较远，不宜用电话、口头汇报时采用。书面汇报具有规范性、逻辑性，同时可将不便当面讲的话用书面语言表达出来；但这种方式缺乏直接性，容易因表达不清而造成误解，而且会受时间限制。

4．会议汇报

通过会议的形式向上司集体汇报工作称为会议汇报。会议汇报要语言得体，分寸适中，不自吹自擂，也不贬低他人，并注意要全面，满足每一个听众的需要。

5．临机汇报

是指在非正规的场合，乘机向上司汇报，在某种轻松的环境中，三言两语突出中心，达到良好效果。这种形式要注意场合。

工作汇报的方式不拘一格，往往是多种方式并用，以求最佳效果。

（二）汇报工作的程序

汇报工作可根据实际情况确定不同的程序，但一般情况下，应考虑以下几个环节。

1．材料准备

根据汇报的内容、种类和方式不同，在汇报前要准备好适合要求的材料。要向上司汇报什么，怎么讲，上司可能会提出什么疑问，应当给以什么答复，汇报者要做到心中有数。

第一，收集资料。根据汇报的内容有目的地去收集资料，做好调查研究，这是材料准备的基础。资料的来源可以向基层单位调查了解，也可以查阅有关文字材料，听取业务部门汇报。总之，应尽量全面。

第二，查考资料。对自己要用的资料，要充分考证，保证其真实性。特别是对一些历史沿革，获奖的级别，统计数据，事件的起因、过程、结果，一定要认真考证，争取得到第一手资料。

第三，拟好提纲。拟好提纲可以使汇报全面、清晰、有条理、逻辑性强，而且会避免遗漏或信口开河，也是对上司的尊重。提纲的详略程度，根据汇报者对汇报内容的生疏情况而定。临时性汇报，事先也应打好腹稿。

2．确定格调

在做好充分的材料准备后，应当研究怎样向上司汇报、哪些内容是汇报的重点、应该确立什么样的格调等问题。

第一，动机端正，内容实在。本着向上级负责、向本单位工作负责的态度来对待工作汇报。在汇报时要实事求是，动机端正，成绩要讲够，问题要讲透，一分为二，辩证去看，这样的汇报才能为上级制订计划提供客观依据。这就要求汇报工作时，要实实在在，不能好大喜功、弄虚作假，报喜不报忧，这样才能有利于长远建设。

第二，突出特点，有所侧重。汇报工作时不能眉毛胡子一把抓，而要突出重点，突出个性。否则，事无巨细，都去汇报，只能干扰上司的正常工作，分散上司精力。在汇报工作中，应根据上级的要求，讲上司需要的问题，讲有代表性的问题，讲本级最有特色的问题，主次分明，有重有轻。

第三，注意身份，勇担责任。在汇报工作中，应当郑重地把自己摆在下级对上级负责的位置上，任何时候，都不能以熟谙某项工作的权威人士自居，或自恃自己与上司私人关系密切而忘却自己的身份。在汇报时，还要时刻注意自己是代表组织来汇报工作的。在汇报工作的失误时，要客观地分析原因，勇于承担责任，不能一味指责他人或强调客观原因。

3．汇报的实施

第一，掌握汇报的时机。这里所说的时机，是要适时汇报，以获得较好的时效价值。一般情况下，除了上级规定和安排的汇报外，还应注意如下时机：对某项工作进行决策处理时；工作中遇到困难，想求得上级帮助时；上级或本级上司到本系统、本部门、本单位检查工作时等。同时，汇报还要注意场合，能通过会议形式正式汇报的，尽量不要不分场合地临时汇报；当上司工作遇到困难或心情不好时，尽量不贸然进行汇报。

第二，掌握上司的个性特点。由于上司的职责、能力、文化程度、性格和工作习惯不同，汇报工作时要注意详略得当，解释适度，以适应不同上司的风格要求。

第三，掌握口头表达技巧。汇报工作除书面汇报外，大都采用口头方式进行。因此，汇报者要掌握熟练的口头表达技巧。在汇报时，要注意观察听者的反映，调整汇报内容的重点详略和汇报方式，以求最佳效果。调整心理状态，创造融洽气氛，向上司汇报工作要先缓和以及营造有利于汇报的氛围。汇报之前，可先就一些轻松的话题进行简单的交谈。这不但是必要的礼节，而且汇报者可借此机稳定情绪，理清汇报的大致脉络，打好腹稿。这些看似寻常，却很有用处。以线带面，从抽象到具体汇报工作，要讲究一定的逻辑层次，不可“眉毛胡子一把抓”，讲到哪儿算哪儿。一般来说，汇报要抓住一条线，即本单位工作的整体思路和中心工作；要展开一个面，即分头叙述相关工作的做法、措施、关键环节、遇到的问题、处置结果、收到的成效等内容。

四、如何做好安保工作总结

作为安全保卫工作人员，经常要根据工作情况，进行安全工作总结。如果在进行总结时缺乏这方面的基础知识，或总结时不能突出安全工作特点，这样的工作总结就没有多少价值。

（一）什么是安全保卫工作总结

安全保卫工作总结是对本单位、本部门或者本人以往一段时期安全保卫工作的简要回顾，材料要从实际安全工作中选取，总结的观点要从具体工作中归纳。

安全保卫工作总结有许多种类，按时间分有季度总结、阶段总结、年度总结等；按范围分有单位总结、地区总结、个人总结等；按内容分有全面总结和专题总结。

全面总结是比较全面地总结一个社区或者一个单位，在某一时期内的主要安全工作各个方面的情况。它涉及面较广，涉及问题较多，能够展现实际工作的全貌，便于了解情况，树立信心，明确方向，也能及时让上级体察下情，制订新的工作计划，还可以使相关单位从中学到先进经验或接受教训。

专题总结是对某一项工作，或工作中的某一侧面、某一问题所做的总结。它的内容比较集中，针对性强，适用性也强，比较容易引起人们的注意。例如，“安全生产周活动”、“春冬安全大检查”等都是专题总结。

（二）安全保卫工作总结的一般要求

1．注意共性，把握个性

在工作总结时，最忌讳千篇一律，与人雷同。为避免这个毛病，就要深入调查、全面了解，大量占有第一手资料。在着手写总结前，就应对总结期的工作进行全面回顾，可以对以往所做工作进行“分拣”，把与安全工作无关的工作剔出去。在“筛选”内容时，可以围绕第三部分“材料组织”的要求进行。然后，对选出的材料进行仔细的分析研究，选取那些最典型、最新颖、最有特色的内容，从中总结出典型的经验，挖掘出深刻新颖的观点，这样写出来的总结，就能在保持共性的基础上，显出个性。

2．要实事求是，突出重点

总结安全保卫工作时，要从实际出发，对工作中的成绩，既不夸大，也不缩小，对工作中的失误，既不推脱，也不掩饰。但也应注意，切不可把总结写成“流水账”，而要抓住问题的本质，突出工作中最重要的部分，以观点统领材料，达到二者的完美统一，从理论与实际的结合上说明问题，防止产生那种材料一大堆，观点看不见，或罗列观点、缺乏实际内容的现象。

3．使用语言要准确、简明、生动

总结的语言要力求准确、简明、生动。如果只有正确的指导思想和完备的材料，而不能准确地使用语言，总结便难以做到真实具体、恰如其分。一些含混的词语，如“比较”、“一般”、“大体上”等尽量少用。叙述事例，要做到真实、准确。

4. 注意适当运用演讲技巧

在进行工作总结时，如果能够运用一些演讲的技巧，将会产生更好的效果。例如，在演讲时注意使用抑扬顿挫的语调、必要的手势，以及与听众互动等技巧，将会使我们的工作总结更加有说服力和感染力，进而使安全保卫工作的社会意义得到进一步提升。

五、如何开展访谈工作

访谈是安全保卫工作的一个重要环节，对于开展安全保卫工作有很大的作用，主要体现在以下三个方面：一是要了解被访群体的想法和需求，找出单位的安全隐患所在；二是要建立双方信任、友好的关系；三是要就安全防范措施向对方宣传，取得支持，并通过他们在组织中的活动和影响，将此作用放大。

访谈是一件脑力劳动密集型的工作，需要访谈者具备多方面的素质：广阔的知识面、人际敏感力、表达和沟通能力、分析和思考能力。具体说应注意以下几个问题。

（一）把握访谈对象的心理进行应答

注意分析访谈对象可能关心的典型问题。谁想了解这些情况？想要了解什么情况？为什么要了解这些情况？为什么想从我这里了解这些情况？这些意见应该听从领导的而不是我的。对我有没有什么风险？我是否会从中获益？

在访谈时应当简明扼要地说明访谈目的，具体说明我们需要何种信息（如有可能的话，举例说明）；说明项目背景情况；让被访者了解访谈所需的时间；确定访谈对象能提供可靠的、必要的信息；向访谈对象说明他所提供的信息的重要程度，对其丰富的专业知识应加以赞赏；如有必要，向访谈对象保证不会泄露任何谈话内容；如有可能，向访谈对象提供调查结果等资料。

有时在访谈时会碰到一些很难回答的问题，面对这样的问题，可以采取以下方式恰当回答："您的问题，我暂时还不能回答，我需要和项目组一起讨论后决定"，或者"我得请示我们的领导"。

（二）访谈技法

访谈并不是简单的"谈"，而是有目的的"访"，其中有许多技巧。

1. 先期准备

先期准备工作很重要，有利于消除双方戒备心理，拉近距离，从而更易于获取有价值的东西。

2. 找到突破口

一般来说，对不熟悉的被访人，单刀直入、直奔主题的方式效果并不好。因此，必须找到一个对方感兴趣的切入点，激起其表达欲，使对方进入角色并兴奋起来。

3. 控制节奏

必须有意识地控制节奏及主题，不能由着对方夸夸其谈。这就需要及时、有效地进行引导。

4. 挖掘深意

要善于挖掘语言中的深层含义。一方面是顺藤摸瓜，启发对方逐步深入；另一方面要善于思考，结合对方性格特点及文化背景，进行深度挖掘，拔出萝卜带出泥。

（三）访谈原则

1. “三个要”原则

第一，要主导场面，善于引导。

第二，语速要控制好。

第三，要做好记录。

2. “六个不要”原则

第一，不要过于主动。

第二，不要啰唆。

第三，自己不要帮忙下结论。

第四，不要一开始过于抬高被访谈者的地位。

第五，介绍自己的意见时不要用“可能”等字眼。

第六，不要激发访谈对象的情绪，以免说出过激的言语。

训练项目

训练项目一
——布置一项工作

假设你是一位安保部的经理，下属有10位安保人员，对其布置一项临时安保任务。以保证安保任务能够按时按质完成。

训练项目二
——工作汇报

请对自己前一段时间的学习或者工作做一个简短的回顾。

训练项目三
——安全检查

将学生分为两组，分别完成不同的安全保卫措施，互相进行安全检查，注意语言技巧。

训练项目四
——工作总结

就自己所参与过的安全保卫工作进行一次总结。

专项练习五
——访谈

选择一个安全保卫工作话题，组织一次访谈活动。

学习体会分享

1. 在安保工作中哪些话可以说，哪些话不可以说？
2. 布置工作任务时要注意什么？
3. 如何进行工作汇报？
4. 执行安全检查任务时，应当注意哪些语言技巧？
5. 如何做好安全保卫工作总结？
6. 访谈工作如何开展？

资料链接

培训参考资料
（见附录A）：22. 自信的力量。

附　录

附录A　培训参考资料

1．今天是谁替我们扎好了降落伞

查里斯·普拉姆，毕业于美国海军军官学校，曾是越南战争中的一名喷气式飞机飞行员。

在执行了75次战斗任务之后，普拉姆的飞机被一颗地对空导弹击毁。他跳出机舱，降落后被俘。他被监禁于一所越南的监狱达6年之久。他在这次痛苦磨难中存活下来，并向人们讲演他在那次经历中得到的教训。

一天，普拉姆夫妇正坐在一间餐厅里面，另一张桌子的一个男人走上来说："你是普拉姆吧！越战时，你曾驾驶喷气式飞机从'小鹰'号航空母舰上起飞，后来被击落了。"

"你究竟是怎么知道得这么清楚的？"普拉姆惊奇地问。

"是我替你扎的降落伞。"那个人回答道。普拉姆惊讶得说不出话来，并表示感谢。那人使劲地和他握手，说："我想那个降落伞起了作用了。""它当然起了作用。"普拉姆向他保证说，"如果当初我们的降落伞扎得不好，我今天就不能站在这里说话了。"

那天晚上普拉姆想着白天那个人，辗转不能入睡。他说："我一直在想象着他穿海军制服时会是什么样的：一顶白色的帽子，背后的海军领，还有喇叭裤。我在想也许我可能看到他很多次，但是却连一声'早上好'或者'你们好'都没对他说。因为，正如我们所知道的，我是个战斗机飞行员而他只是个水手。"

普拉姆想着那个水手花很多时间在船舱的长木桌上折叠降落伞——细心地编好那些吊伞索，折好每个降落伞的伞面。每一次折叠，在无形当中都掌握着某些他不认识的人的命运。

如今，普拉姆会问他的听众们："谁在替我们折叠降落伞？"

谁都会有那么一个人在帮助他准备着需要的东西来度过每一天。普拉姆还说，当他的飞机在敌人的领土上空被击落的时候，他需要许多种降落伞——他需要生理上的降落伞、心理上的降落伞、情感上的降落伞和精神上的降落伞。在他安全着陆之前，他需要所有这些支持。

评析：有时候，在面对日常生活中的一些困难时，我们会忽略那些真正重要的东西。我们可能忘记说"你们好"、"请"或者"谢谢"，忘记在其他人有好事的时候祝贺他们，忘记了赞美他人，或者不为任何目的地做一些善事。当我们顺利度过每一周、每一月、每一年，请记住那些为我们折好降落伞的人们吧！

2．信守约定

魏文侯，名叫魏斯，是战国时魏国的国君。有一次，魏文侯与虞人（掌管山泽园林的官员）约好日期，要一起去打猎。到了约定的那一天，魏文侯正在宫中与大臣们饮酒，非常高兴，而且外面下起了大雨。时间到了，魏文侯准备前去赴约，左右侍臣说："今天饮酒这么高兴，天又下着大雨，君王要到哪里去呢？"魏文侯说："我同虞人已经约好了要去打猎，虽然在这里高兴，但怎能不守约定呢！"于是便冒雨前去赴约。

唐代诗人周昙对此赞叹道："冒雨如何固出畋，虑乖群约失乾乾。文侯不是贪禽者，示信将为教化先。"

评析：正是魏文侯的诚实守信、贤明、礼贤下士，使魏国成为战国初期最为强盛的国家。所以，在从事安保工作时，要信守约定，答应他人的事要尽力做到，话说出口，就要对其负责。

3．齐景公更晏子宅

齐景公想要为晏子更换住处，说："你们的住处太靠近市场，低洼潮湿，房子又小，周围又吵闹，而且尘土飞扬，不适合居住。为你们换一个明亮宽敞、清静干爽的地方住吧。"晏子推辞说："我的先辈们就是住在这里的，我还不足以继承他们的事业。这里对于我来说已经非常奢侈了。况且我住的地方离市场近，买东西很方便。"齐景公笑着说："我们靠近市场，能辨别东西的贵贱吗？"晏子回答说："既然贪图这个方便，怎么会不知道呢？"齐景公就问："那么什么贵，什么贱呢？"当时，齐国的刑罚很重，动不动就有人被砍脚。所以晏子回答说："假脚贵，鞋子贱。"齐景公后来因为晏子的这句话减轻了刑罚。

评析：后来人们说："仁慈的人所说的话，能够给更多的人带来利益。因为晏子的一句话，齐景公就减轻了刑罚。《诗经》说'君子实行仁政，祸乱就会自己停止'，说的就是这样的事情吧！"

4．目光与人品

有位朋友讲过这样一件事情：有一回，我同某安保公司经理共进午餐。每当一位漂亮的女服务员走到我们桌子旁边，他总是目送她走出餐厅。我对此感到很气愤，我感到自己受到了侮辱。心里暗想：在他看来，女服务员的两条腿比我要对他讲的话更重要。他并没有听我讲话，他简直不把我放在眼里。

评析：眼睛是心灵的窗户，尊重是礼仪的原则。这位安保经理的目光，不仅表现了对他合作伙伴的不尊重，而且表现了其发自心灵深处的卑下庸俗：他把漂亮异性看得比工作、事业更重，他根本不尊重他人，也不尊重自己。

5．如此吃相

在与自己的同事一道外出参加一次宴会时，某公司安保主管L因为举止有失检点，从而招致了大家的非议。

L当时在宴会上为了吃得畅快，在开始用餐之后便一而再、再而三地减轻自己身上的"负担"。他先是松开自己的领带，接下来又解开领扣、松开腰带、卷起袖管，到了最后，竟然又悄悄地脱去自己的鞋子。尤其令人感到不快的是，L在吃东西时，总爱有意无意地咂巴滋味，吃得訇然作响，并且其响声"一波未平，一波又起"，"一浪高过一浪"。

L在宴会上的此番作为，不仅令他身边的人瞠目结舌，而且也叫他的同事们无地自容。大家就此纷纷指责L：丢了自己的人，丢了单位的人，也丢了大家的人。

评析：在公众场合下，一个安保人员的形象和行为举止，不仅代表着自己，更是代表着整个公司的形象，因此规范自己的举止是一个成功安保人员的关键。

6．问路

一个青年人急着去王庄，但在半途不知还有多远，于是在路旁找到一户人家问道："老头，到王庄还有多远？”老人回答道：“无礼。”青年以为五里，于是往前赶路，可走了很远还未到，最后才反省过来，于是又原路返回，向老人赔礼。老人告诉他天色已晚，到王庄的路还很远，不如到寒舍歇息一晚，明天再赶路。

评析：沟通的前提是要尊重对方，只有我们以诚相待，才能得到他人的帮助。

7．串起爱的链条

在美国得克萨斯州的一个风雪交加的夜晚，一位名叫克雷斯的年轻人因为汽车“抛锚”被困在郊外。正当他万分焦急的时候，有一位骑马的男子正巧经过这里。见此情景，这位男子二话没说便用马帮助克雷斯把汽车拉到了小镇上。事后，当感激不尽的克雷斯拿出不菲的美钞对他表示酬谢时，这位男子说：“这不需要回报，但我要你给我一个承诺，当其他人有困难的时候，你也要尽力帮助他。”

于是，在后来的日子里，克雷斯主动帮助了许许多多的人，并且每次都没有忘记转述那句同样的话给所有被他帮助的人。

许多年后的一天，克雷斯被突然暴发的洪水困在了一个孤岛上，一位勇敢的少年冒着被洪水吞噬的危险救了他。当他感谢少年的时候，少年竟然也说出了那句克雷斯曾说过无数次的话：“我不需要回报，但我要你给我一个承诺……”克雷斯的胸中顿时涌起了一股暖暖的激流：原来，我穿起的这根关于爱的链条，周转了无数的人，最后经过少年还给了我，我一生做的这些好事，全都是为我自己做的。

8．这里没师傅，只有大夫

某高校一位大学生，用手捂着自己的左下腹跑到医务室，对坐诊的大夫说：“师傅，我肚子疼。”坐诊的医生说：“这里只有大夫，没有师傅。找师傅请到学生食堂。”学生的脸红到了耳根。

评析：对于文化人称呼一定要明确，这样才能减少尴尬，这样既体现了自己的文化水平，也表示了对他人的尊重。当然，作为大夫也应该注意服务态度，讲究礼仪修养。对顾客不当的语言应予以宽容，批评对方要采用委婉的语气。

9．首因效应

LH是某安保公司的业务员，论口才，论业务能力，都令他的老板“一百个放心”。可没想到，当他风尘仆仆找到一个大型拍卖会的主办方时，接待人员见他胡子拉碴，且衣冠不整，连他带来的安保方案看也不看，就给打发走了。因为他们认为：“就这样一副尊容，公司里能提供一流的安保服务吗？”LH好窝火，这不是以貌取人吗？可连续跑了几个商家，费尽口舌也没有如愿。后来，他来到美容院做了美容，然后换上名牌服装，气宇轩昂地找到一个大型活动的负责人。对方见LH气度不凡，且安保方案又属上乘，当即签订了安保服务合同。

评析：仪表形象是最先进入对方评价范围的测评要素，也就是首因效应，属于非语言交流。仪表并不只是简单地反映应聘者个人的修养，在商家眼里，它还代表其所属公司的形象。因此，安保人员的仪表形象非常重要。

10．逆境中的胡萝卜鸡蛋咖啡豆

一个女儿对父亲抱怨她的生活，抱怨事事都那么艰难。她不知该如何应付生活，想要自暴自弃了。她已厌倦了抗争和奋斗，好像一个问题刚解决，新的问题就又出现了。

她的父亲是位厨师，他把她带进厨房。他先往三只锅里倒入一些水，然后把它们放在旺火上烧。不久锅里的水烧开了，他往第一只锅里放些胡萝卜，第二只锅里放只鸡蛋，最后一只锅里放入碾成粉末状的咖啡豆。他将它们浸入开水中煮，一句话也没有说。

女儿咂咂嘴，不耐烦地等待着，纳闷父亲在做什么。大约20分钟后，他把火关了，把胡萝卜捞出来放入一个碗内，把鸡蛋捞出来放入另一个碗内，然后又把咖啡舀到一个杯子里。做完这些后，他才转过身问女儿，“亲爱的，我们看见什么了？”“胡萝卜、鸡蛋、咖啡”。她回答。

他让她靠近些，并让她用手摸摸胡萝卜。她摸了摸，注意到它们变软了。父亲又让女儿拿起一只鸡蛋，并打破它。将蛋壳剥掉后，她看到的是只煮熟的鸡蛋。最后，他让她喝了咖啡。品尝到香浓的咖啡，女儿笑了。她怯生生问道：“父亲，这意味着什么？”

他解释说，这三样东西面临同样的逆境——煮沸的开水，但其反应各不相同。胡萝卜入锅之前是强壮的，结实的，毫不示弱；但进入开水之后，它变软了，变弱了。鸡蛋原来是易碎的，它薄薄的外壳保护着它呈液体的内脏。但是经开水一煮，它的内脏变硬了。而粉状咖啡豆则很独特，进入沸水之后，它们反倒改变了水。“哪个是我们呢？”他问女儿。“当逆境找上门来时，我们该如何反应？我们是胡萝卜，是鸡蛋，还是咖啡豆？”

评析：遇到逆境时，我们的态度直接决定着问题的结果，要想成为一个成功的安保从业人员，必须具备与咖啡豆一样的特质——不怕困难，勇于向困难挑战。

11．再试一次

有个年轻人去著名安保公司应聘部门主任，而该公司并没有刊登过招聘广告。见总经理疑惑不解，年轻人用不太娴熟的英语解释说自己是碰巧路过这里，就贸然进来了。总经理感觉很新鲜，破例让他一试。面试的结果出人意料，年轻人表现糟糕。他对总经理的解释是事先没有准备，总经理以为他不过是找个托词下台阶，就随口应道：“等你准备好了再来试吧。”

一周后，年轻人再次走进这家安保公司的大门，这次他依然没有成功。但比起第一次，他的表现要好得多。而总经理给他的回答仍然同上次一样：“等你准备好了再来试。”就这样，这个青年先后五次踏进该公司的大门，最终被公司录用，成为公司的培训部主任。

评析：什么东西比石头还硬，或比水还软？然而软水却穿透硬石，是因为软水坚持不懈。我们为什么不可以以勇敢者的气魄，坚定而自信地对自己说一声：“再试一次！”再试一次，我们就有可能达到成功的彼岸。

12．出家

有几位年轻人想要出家，法师考问年轻人为什么要出家。

年轻人A：我爸爸叫我来的。

法师：这样重要的事情你自己都没有主见，打40大板。

年轻人B：是我自己喜欢来的。

法师：这样重要的事情你都不和家人商量，打40大板。

年轻人C：（不作声）。

法师：这样重要的事情想都不想就来了，打40大板。

如果你是年轻人D，应该怎么和法师沟通呢？

在法师和年轻人的沟通中，年轻人要出家和法师收弟子是目的，二者的共识是和谐出家。

年轻人D：我受到法师的感召，我很喜欢来，我爸爸也很支持我来！

评析：安保人员在沟通时，首先要清楚自己和对方沟通的目的，然后想办法跟对方达成共识，这样沟通起来才能够事半功倍。

13．不喜欢的人

一天，安保主管给本安保小组每人发了一张纸条，要求全组人员以最快的速度，写出他们所不喜欢的人的姓名。

有些人在30秒之内，仅能够想出一个，有的人甚至一个也想不出来，也有一些安保人员却能一口气列出15个之多。

主管将纸条逐一收上来，然后进行统计分析，结果发现，那些列出不喜欢的人数目最多的，自己也正是最不受众人所喜欢的，而那些没有不喜欢的人，或者不喜欢的人很少的人，也很少有人讨厌他。于是，安保主管得出一个结论：大体而言，他们加诸别人的批判，正是对他们自身的批判。

评析：当我们喜欢他人时，他人也可能会接纳我们；但是当我们不喜欢他人时，他人也可能不会接纳我们。我们对他人怎样，他人也会对我们怎样。良好的人际关系是安保人员发展的关键。

14．牢记他人的名字

美国总统罗斯福有着记忆人名的惊人能力。曾经有个汽车公司专门为罗斯福制造了一部特别汽车。那个汽车公司经理张伯伦回忆说："总统看到汽车非常愉快，他叫着我的名字使我至今不忘。当我把机械师介绍给总统时，总统只听过一次他们的名字就牢牢记住了。"几年后，当张伯伦带着机械师再次见到总统时，罗斯福热情地和他们握手，而且还亲切地叫着他们的名字，这件事情使张伯伦和机械师都感觉到异常的兴奋。从这里可以看出，记住他人的名字，是最简单、最明显的取得对方好感的一种方法。

评析：记住他人的名字能给对方带来一种尊重感，给人以合作的心理，能很快缩短自己和对方的距离。如果安保人员能记住很多人的名字，那么他一定会建立一个健康向上的人际关系网络。

15．三个小金人

曾经有个小国的人到中国来，进贡了三个一模一样的金人，把皇帝高兴坏了。可是这小国的人不厚道，同时出了一道题目：这三个金人哪个最有价值？皇帝想了许多办法，请来珠宝匠检查，称重量，看做工，都是一模一样的。

怎么办？使者还等着回去汇报呢。泱泱大国，不会连这件小事都搞不懂吧？最后，有一位退位的老臣说他有办法。皇帝将使者请到大殿，老臣胸有成竹地拿着三根稻草，插入第一个金人的耳朵里，稻草从另一边耳朵出来了。第二个金人，稻草从嘴巴里直接掉出来了。而第三个金人，稻草进去后掉进了肚子里，什么响动也没有。老臣说：第三个金人最有价值。

使者默默无语，答案正确。

评析：最有价值的人，不一定是最能说的人。老天给我们两只耳朵、一个嘴巴，本来就是让我们多听少说的。善于倾听，是安保人员成功沟通的最基本素质。

16．机会

A在某安保公司做事，觉得自己满腔抱负没有得到上级的赏识，经常想：如果有一天能见到老总，有机会展示一下自己的才干就好了！

A的同事B，也有同样的想法，他更进一步，去打听老总上下班的时间，算好他大概会在何时进电梯，他也在这个时候去坐电梯，希望能遇到老总，有机会可以打个招呼。

他们的同事C更进一步。他详细了解老总的奋斗历程，弄清老总毕业的学校、人际风格、关心的问题，精心设计了几句简单却有分量的开场白，在算好的时间去乘坐电梯，跟老总打过几次招呼后，终于有一天跟老总长谈了一次，不久就争取到了更好的职位。

评析：愚者错失机会，智者善抓机会，成功者创造机会。机会只给准备好的人，这“准备”二字，并非说说而已。

17．小上司与大下属

一位有3年工作经验、安保专业毕业的“80后”大学生，跳到外企担任安保经理，一提起新工作他就满腹牢骚。因为上任之后他才发现，手下的两员“虎将”居然都是“70后”。这两个人虽然学历和能力均平平，但仗着资格老，便不把新来的小上司放在眼里，交代的任务总是无法保质保量完成，害得他一个人熬夜加班补救，还免不了挨上头总监的批评。

我问“80后”帅哥：“平时你和下属是怎么交流的？”得到的答案果然是“你们现在有空吗？可否帮忙……”“明天下班前给我可以吗？不行啊……那后天中午呢？”

我又问：“如果他们做得确实很糟，你会不会拉下脸来严厉批评他们”？他想了想，痛苦地说：“我会和他们讨论如何改进，委婉地指出问题所在，一般不会当面拉下脸来，毕竟他们都比我年长，我要哄着他们干活——但心里实在委屈！”

评析：如果需要下属配合完成一个目标，就必须明确提出要求和期望值。与其说“可否帮忙做某事”，不如说“我们来负责这件事吧”；与其说“方案后天给我可以吗”，不如说“我希望后天早上开会前看到方案，有困难吗”。大下属若敢于抗旨叫板，往往是瞅准了小上司的软肋——缺乏管理经验、面皮薄不敢惹人、过分依赖下属等。对这种人不能太纵容，我们越讨好他，他越刁难我们，这是铁定的事实。而大下属未必没有野心，若能扳倒小下属取而代之，何乐而不为呢？

18．辞职

安保人员A对安保人员B说：“我要离开这个公司。我恨这个公司！”B建议道：“我举双手赞成！这个破公司，一定要给它点颜色看看。不过我们现在离开，还不是最好的时机。”A问：“为什么？”B说：“如果我们现在走，公司的损失并不大。我们应该趁着在公司的机会，拼命去为自己拉一些客户，成为公司独当一面的人物，然后带着这些客户突然离开公司，公司才会受到重大损失，非常被动。”A觉得B说得非常在理，于是努力工作。事遂所愿，半年多的努力工作后，他拥有了许多忠实客户。再见面时B问A：“现在是时机了，要赶快行动哦！”A淡然笑道：“老总跟我长谈过，准备升我做安保经理，我暂时没有离开的打算了。”

其实这也正是B的初衷。

评析：安保人员的工作，只有付出大于得到，让老板真正看到我们的能力大于位置，才会给我们更多的机会替他创造更多利润。

19．永不嘲笑努力的人

在炎热的夏季里，一只蚂蚁辛勤地在田里来来去去，努力收集大麦和小麦，为准备冬天的储粮而忙碌着。蜣螂看到了说："我们为什么要这样卖命工作呢？趁着现在天气好，一起来玩耍不是很好吗？"

蚂蚁什么也没说。到了冬天，雨水把蜣螂的食物——牛粪都冲走了，蜣螂只好饿着肚子来找蚂蚁，请求分给它们一点食物。蚂蚁说道："蜣螂啊，在我努力工作的时候你们嘲笑我，但是如果那时我们也一起工作的话，现在就不至于因为缺乏食物吃而来求我了。"

评析：永远不嘲笑努力工作的人，因为他们是在为生命编织冬天的茧丝。安于现状意味着走下坡路，避免在安定的生活中渐渐丧失自己的情况出现。

20．鞋带松了

有一位表演大师上场前，他的弟子告诉他鞋带松了。大师点头致谢，蹲下来仔细系好。等到弟子转身后，又蹲下来将鞋带解松。

有个旁观者看到了这一切，不解地问："大师，您为什么又要将鞋带解松呢？"大师回答道："因为我饰演的是一位劳累的旅者，长途跋涉让他的鞋带松开，可以通过这个细节表现他的劳累憔悴。""那我们为什么不直接告诉我们的弟子呢？""他能细心地发现我的鞋带松了，并且热心地告诉我，我一定要保护他这种热情的积极性，及时地给他鼓励，至于为什么要将鞋带解开，将来会有更多的机会教他表演，可以下一次再说啊。"

评析：尽量不要拒绝他人的好意，不要打消他人的热情。生活中要这样，工作中也是如此。

21．有口无心

曾经有一位朋友为人耿直，心地也十分善良，可是周围却很少有能谈得来的朋友，原因就是这位朋友过于"不会说话"，经常因为一些有口无心的话使人感到不舒服。

在一次同学聚会中，有人提到一位没有到场的恩师退休以后比过去胖了许多。这时这位朋友来了一句："中老年人发胖容易中风，咱们的老师没有中风吧？"当这话传到这位恩师耳中时，恩师自然十分生气，原本还打算推荐他到一个朋友的公司中担任要职，后来因此打消了这个念头。

在工作中，这位朋友也同样因为不会说话而屡受挫折。

一次，在工作总结会上，在谈到一位同事性情老实时，他居然文绉绉地冒了一句"老实人乃无用之别名"；在谈到另一位同事工作业绩出众时，其他同事都表示祝贺，经理还表示要他再接再厉，不要骄傲自满，可是这位朋友却愣生生地插进一句："小心乐极生悲！"结果，在同事中他经常遭到排挤。当周围的朋友和同事都有所成就时，他却只能成为一个平平庸庸的人。

评析：良好的口头表达能力已经受到了越来越多人的重视。不论是在与朋友交往的过程中，还是在工作中与上司、同事、客户等进行交流时，都离不开必要的口头表达。很多时候，即使我们做得很好，如果说得不够好，往往也不会成功。

22．自信的力量

2001年5月20日，美国一位名叫乔治·赫伯特的推销员，成功地把一把斧子推销给了小布什总统。布鲁金斯学会得知这一消息，把一只刻有“最伟大推销员”的金靴子赠与了他。这是自1975年以来，该学会的一名学员成功地把一台微型录音机卖给了尼克松后，又一名学员跨过如此高的门槛。

布鲁金斯学会创建于1927年，以培养世界上最杰出的推销员著称于世。它有一个传统，在每期学员毕业时，都设计一道最能体现推销员能力的实习题，让学生去完成。克林顿当政期间，他们出了这么一个题目：请把一条三角裤推销给现任总统。几年间，有无数个学员为此绞尽脑汁，最后都无功而返。布鲁金斯学会把题目换成：请将一把斧子推销给小布什总统。

鉴于前几年的失败与教训，许多学员知难而退。个别学员甚至认为，这道毕业实习题会和克林顿当政时一样毫无结果，因为现在的总统什么都不缺，即使缺什么，也用不着他们亲自购买；再退一步说，即使他们亲自购买，也不一定正赶上我们去推销的时候。

然而，乔治·赫伯特却做到了，并且没有花多少工夫。一位记者在采访他的时候，他是这样说的：我认为，把一把斧子推销给小布什总统是完全可能的，因为小布什总统在得克萨斯州有一座农场，那里长着许多树。于是我给他写了一封信，说，有一次，我有幸参观您的农场，发现那里长着许多矢菊树，有些已经死掉，木质已变得松软。我想，您一定需要一把小斧头，但是从您现在的体质来看，这种小斧头显然太轻，因此您仍然需要一把不甚锋利的老斧头。现在我这儿正好有一把这样的斧头，它是我祖父留给我的，很适合砍伐枯树。倘若您有兴趣的话，请按这封信所留的信箱，给予回复……最后他就给我汇来了15美元。

乔治·赫伯特成功后，布鲁金斯学会在表彰他的时候说：金靴子奖已设置了26年。26年间，布鲁金斯学会培养了数以万计的推销员，造就了数以百计的百万富翁，这只金靴子之所以没有授予他们，是因为我们一直想寻找这么一个人——这个人从不因有人说某一目标不能实现而放弃，从不因某件事情难以办到而失去自信。

评析：不是因为有些事情难以做到，我们才失去自信；而是因为我们失去了自信，有些事情才显得难以做到。

附录B 安保人员的体形训练参考

安保人员的体形训练是一个由平面到立体、由静态到动态、由内在到外在的多层面组合体。结合安保人员长期从事站立、跑动、搏击、擒拿，突出肌肉力量、肌肉耐力等职业特点，分别对安保人员的上肢、下肢、躯干部位进行训练，改善安保人员身体形状，促进其骨骼、肌肉、内脏器官及神经系统等方面的正常发育和机能的发展，形成良好正确的身体姿态，表现出安保人员良好的精神状态、气度和风度，为职业性要求奠基良好的专业身体形状与素质。

安保人员的体形训练根据所练习的目标肌群和练习目的不同，分为徒手练习和器械练习。训练组别根据安保人员工作性质对其身体素质要求的不同，分为一般强度训练组别与中高级强度训练组别。从事一般性勤务工作的安保人员，如门岗勤务的安保人员可选择一般强度进行体形训练；从事特殊性勤务工作的安保人员，如涉外保安、高级随卫，需结合自身情况参照中高级强度进行体形训练。

部位训练内容与方法如下：（哑铃重量为3～5公斤，训练每组休息1～3分钟）。

（一）上肢训练

训练的目的：发展线条流畅、有力量的上肢坐姿。

1．器械训练——哑铃推举（见附图B-1）

预备姿势：挺胸收腹，坐于凳上，双手持哑铃于肩侧，掌心朝前，上臂与地面平行或稍低。动作方法：呼气，肩部发力弧形上举哑铃至两臂伸直，稍停，吸气，控制哑铃沿原路返回。

组　　别：一般强度　　4组，每组8～12次。

中高级强度　5组，每组15～18次。

2．器械训练——哑铃俯立飞鸟（见附图B-2）

预备姿势：双脚打开，距离同肩宽，膝部微屈，上体前倾保持与地面平行，背部挺直，双臂自然下垂持哑铃，肘部微屈。

动作方法：持哑铃向身体侧上方提起，肘关节角度略大于90°，肩、肘、手腕在一个平面内，提至肘关节和肩关节同一高度时稍停，然后慢慢还原。

组　　别：一般强度　　4组，每组8～12次。

中高级强度　5组，每组15～18次。

3．器械训练——颈后臂屈伸（见附图B-3）

动作方法：两脚开立与肩同宽，腿稍弯曲，上体正直；两臂头后屈，上臂靠近耳侧，肘尖朝上；两手十指交握哑铃，拳眼向下。上臂不动，小臂上伸至头顶后再慢慢沿原路还原至头后。

动作要领：臂上伸过程中夹肘，不要外展。

组　　别：一般强度　　4组，每组8～12次。

中高级强度　5组，每组15～18次。

附图　B-1

附图　B-2

附图　B-3

（二）器械训练——躯干训练

训练目的：发展稳定、坚固的躯干，提高腹背力量。胸部肌肉群训练。

1．器械训练——杠铃卧推（见附图B-4）

动作方法：吸气，杠铃缓慢降至胸部，稍停，呼气，胸大肌发力，杠铃垂直上举至两臂伸直。

动作要领：握距的宽窄不同，发展肌肉的效果也不同。握距宽，发展胸大肌外侧肌肉；握距中，发展整个胸大肌；握距窄，发展发展胸大肌内肌肉。

组　　别：一般强度　3组，每组10～15次。

中高级强度　4组，每组10～18次。

附图　B-4

2．徒手训练——俯卧撑（见附图B-5）

动作方法：吸气同时，以胸大肌力量控制，屈肘至最低点；呼气同时，两臂伸直将身体推起，还原成准备姿势。

动作要领：始终保持挺胸、收腹，集中胸大肌的力量控制动作的完成。

组　　别：一般强度　　5组，每组10次。

中高级强度　5组，每组20次。

附图　B-5

（三）背部肌肉群训练

1．器械训练——坐姿划船（见附图B-6）

动作方法：背部肌群发力，上臂贴近身体将拉杆拉向腹部，挺胸、收腹，稍停，然后在背部肌群力量控制下慢慢还原为准备姿势。

动作要领：挺胸沉肩，两肩胛骨向脊柱靠拢。

组　　别：一般强度　　3组，每组8～12次。

中高级强度　4组，每组4～15次。

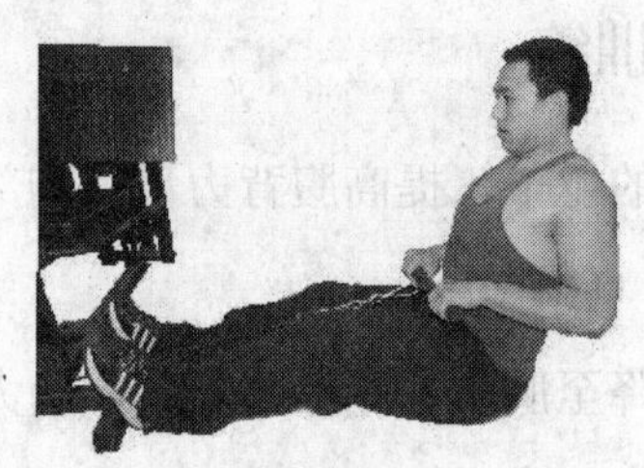

附图　B-6

2．徒手训练——俯卧两头起（见附图B-7）

动作方法：发展背部下方肌肉。

动作要领：背部下方肌肉发力，上体向上挺起至身体微微成反弓形，稍停后还原为准备姿势，重复练习。

组　　别：一般强度　　2组，每组8～10次。

中高级强度　3组，每组8～12次。

附图　B-7

（四）腹部肌肉群训练

1．徒手训练——仰卧弯起（见附图B-8）

动作方法：呼吸的同时，上体向上弯起收腹，至肩部离开地面，尽力挤压腹部，稍停，慢慢还原。

动作要领：始终让肌肉处于紧张状态，腰部不要离开体操垫。

组　　别：一般强度　　3组，12～20次。

中高级强度 4组，12～25次。

附图 B-8

2．**器械训练——悬垂举腿**（见附图B-9）

动作方法：屈膝，腹肌用力收腹屈髋，将双腿向上举起超过水平面，稍停，双腿慢慢落下，还原成预备姿势。

动作要领：要控制动作速度，身体不要晃动，腹肌要主动发力。

组　　别：一般强度　2组，每组10次，每次坚持15～20秒。

中高级强度　3组，每组15次至力竭，每次坚持15～20秒。

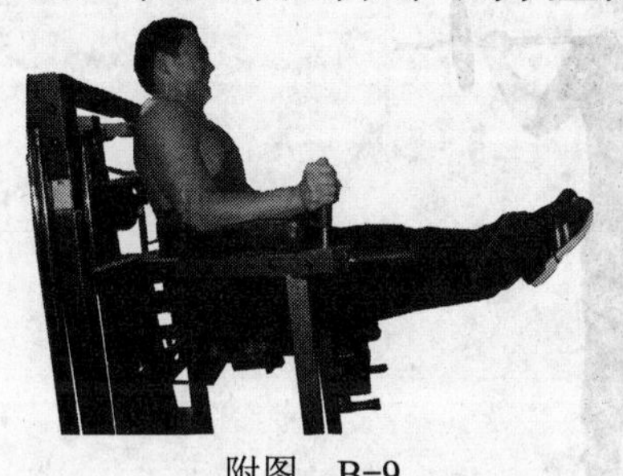

附图 B-9

（五）下肢训练

训练目的：发展匀称有力的下肢。

1．**器械训练——俯卧腿弯举**（见附图B-10）

动作方法：股二头肌发力，小腿屈膝向上弯举至肱二头肌完全收缩后稍停，然后慢慢还原。

动作要领：小腿用力向上弯举时，大腿始终紧贴凳面。

组　　别：一般强度　　3组，每组8～12次。

中高级强度　4组，每组8～15次。

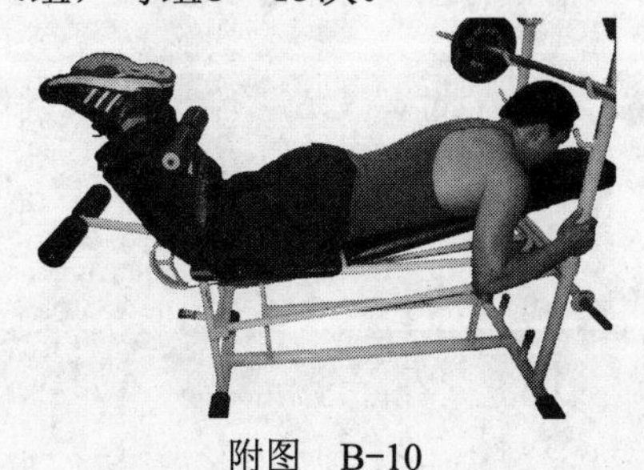

附图 B-10

2．**徒手训练——站姿提踵**（见附图B-11）

动作方法：两腿伸直，两脚跟用力向上提起至最高点，稍停，然后慢慢还原。

动作要领：动作过程中要抬头、挺胸、紧腰，小腿要完全收缩和伸直。

组　　别：一般强度　3组，每组8～12次。

中高级强度　　3组，每组10～20次。

3．器械训练——负重纵跳（见附图B-12）

动作方法：两脚相距1脚长站立，两手体前十指交握哑铃。向上跳起至腿蹬直后缓冲落地。

动作要领：动作过程中收紧腰腹，上体晃动不可过大。力争通过安保人员的专项体形训练，将安保人员的身体向着匀称、和谐、健美的方向发展，体现安保人员的优美形体，提高安保人员的工作技能。

组　　别：一般强度　　4组，每组8～12次。

中高级强度　5组，每组15～18次。

附图　B-11

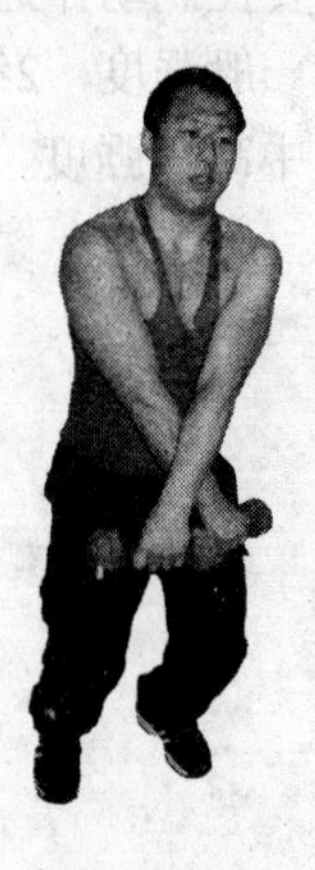

附图　B-12

附录C 图片参考

附图C-1 领带“酒窝”

附图C-2 注视礼仪1（公务注视）

附图C-3 注视礼仪2（社交注视）

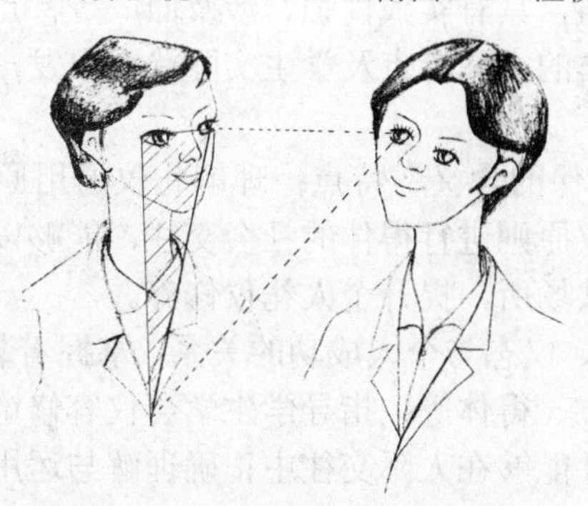

附图C-4 注视礼仪3（亲密注视）

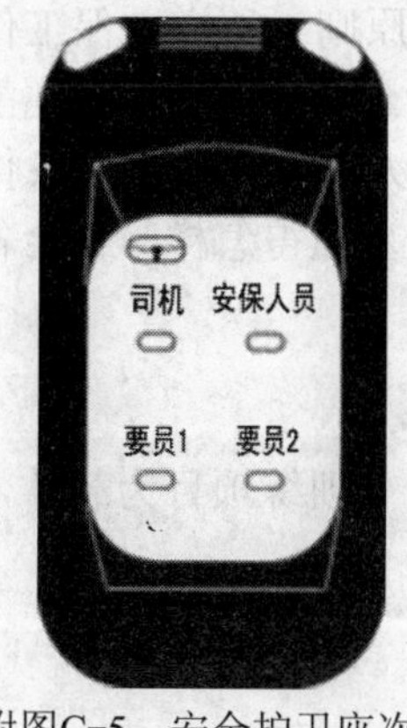

附图C-5 安全护卫座次

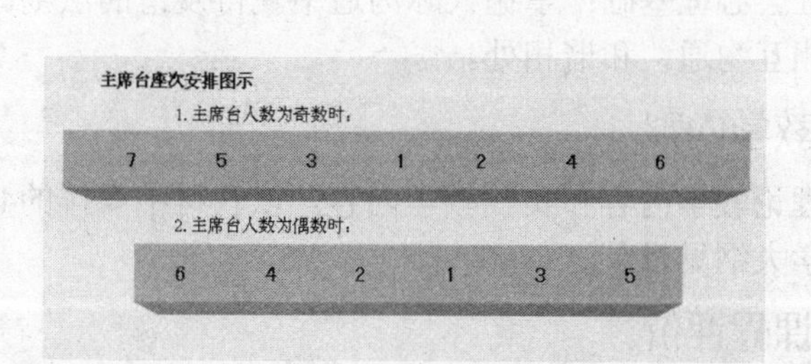

附图C-6 会议主席台座次

附录D “安全保卫礼仪与人际沟通”教学大纲

编写依据：

1）以教育部《关于高等职业教育教学改革的意见》、《关于全面提高高等职业教育教学质量的若干意见》、以2006年11月公安部、原劳动和社会保障部联合发布的《保安员国家职业标准（试行）》和相关文件精神为依据制定本大纲。

2）以安保人员人才培养目标为导向，从安保专业课程建设需要出发，根据高职院校教学改革的基本思路、安保专业教学计划及本课程教学教改实际制定本大纲。

一、课程性质与任务

“安全保卫礼仪与人际沟通”课程是安全保卫专业素质与技能类课程，在安保专业课程体系中占有重要地位。本课程为全面提升安保专业学生的礼仪修养、塑造安保人员整体形象、提高学生的社交综合素质、打造良好的安保人员个人品质而开设。

二、教学目的要求

本课程属于应用理论范畴，具有实践性强、涉及面广等特点，教师应注意处理好理论与实际的关系，从安保行业工作的实际特点及学生实际状况出发，淡化理论教学，强化基本技能的训练。

1）掌握并理解礼仪与安保的含义、特点；理解礼仪通用原则；掌握并能够遵守安保人员礼仪原则，且能够运用礼仪原则进行得体的社会交往，能够以文明、礼貌、得体的形象出入于各种安保管理和服务公共场所，提升个人礼仪修养。

2）使学生充分认识仪表、仪态与个人成功的关系；掌握着装的TPO原则；懂得职业着装的要求，做到穿着自然、大方、得体等；指导学生学会仪容修饰；掌握眼神与面部表情在自我形象设计中的正确运用，并能够在人际交往中正确理解与运用；能够正确地进行自我职业形象设计（包括优美的举止仪态、站姿、坐姿、行走姿态等）。

3）帮助学生了解语言艺术的一般知识；掌握语言沟通的原则；知道安保工作中语言艺术的重要性；学会当众演说，学会正确、恰当地表达自己的意念，提高人际交往能力。

4）通过教学，帮助学生掌握人际沟通的基本概念；知道人际沟通的构成条件；了解人际沟通的社会心理基础；掌握人际沟通中赢得友谊的法则。初步懂得怎样与社会各类群体和各类人员相互沟通，和谐相处。

三、教学内容

包括理论教学内容和实践教学内容。以教材中安排的40余个训练项目为载体，完成教学内容。教学大纲见目录。

四、课程评价

1．礼仪与人际沟通综合素质评价

同学评价20%。

2．礼仪与人际沟通技能操作评价

实训室纪律20%。

实训操作的规范性、准确性50%。

实训操作中的小组协作精神10%。

实训结果20%。

按平时成绩60%、考核成绩40%比例计分，总分为100分。

五、学时安排

这里只是粗略安排，教师可根据授课对象进行具体安排。

总学时数：72学时。

周学时数：4。

理论环节课时：32课时。

实践环节课时：32课时。

综合复习：2课时。

期末考查：2课时。

章节名称	理论课教学内容	实践课教学内容	学时数
安保人员礼仪修养部分			
第一章　礼仪与安保礼仪概述 一般礼仪的概念 安保礼仪及其特点 安保礼仪与安保组织形象 安保礼仪的原则 安保人员学习礼仪的方法	2	0	2
第二章　安保人员礼仪规范 见面礼仪规范 位次礼仪规范 访送礼仪规范 宴请礼仪规范 电话礼仪规范 网络礼仪规范	6	6	12
办公室礼仪规范			
第三章　涉外安保礼仪常识 涉外安保服务中的基本礼仪要求 涉外礼仪中的手势语言 对外国人的称呼 出入境礼仪常识 涉外活动禁忌	4	4	8
安保职业形象部分			
第四章　安保人员的仪表形象 什么是安保人员的仪表形象 安保人员的体形标准与要求 安保人员的气质与风度 安保人员的服装款式及着装要求	2	2	4

（续）

章节名称	理论课教学内容	实践课教学内容	学时数
第五章　安保人员的行为举止 什么是安保人员的体态语 安保人员的英姿 安保人员的手势语 安保人员的面部表情	4	4	8
	人际沟通部分		
第六章　安保人员人际沟通的基本理念 什么是人际沟通 人际沟通的基本原理 安保人员成功沟通的通用法则 人际沟通的礼仪和技巧 人际沟通中的情绪控制	2	0	2
第七章　安保人员的和谐工作关系 与上司的成功沟通 与下属的成功沟通 安保人员同事之间的和谐关系 建立健康向上的人际关系网络 如何面对批评 如何处理一些棘手的工作关系	6	6	12
	语言表达部分		
第八章　安保人员语言表达的基本知识 安保人员语言表达的原则 怎样与人交谈 怎样开展批评 怎样表示拒绝 怎样表现幽默 关于谈判的一般知识 关于演讲的一般知识 常用的说服方法	4	2	6
第九章　安保人员语言表达与技巧 常用的安保工作文明用语 怎样布置工作任务 怎样进行工作汇报 如何做好安保工作总结 如何开展访谈工作	6	8	14
总复习	2		
考查	2		
合计			72

后 记

2004年北京政法职业学院经北京市教委批准在北京率先开设安全保卫专业，并于2005年正式招生。2007年该专业被评为北京市高职示范性专业后，开设“安全保卫礼仪与人际沟通”课程。我们为该专业学生编写了教材试用本。由于教材以安保人员职业特色为切入点，定位准确，强调能力本位，全面提升学生社交能力；强调突出实用，塑造安保人员美好职业形象；强调突出个性发展和创新能力，培养学生自学能力，提高综合素质和安保行业的就业能力，以及更加注重学生实际操作能力的培养，受到学生普遍欢迎。经过两年的适用和不断的修改完善，《安全保卫礼仪与人际沟通》一书终于与您见面了。

衷心感谢北京政法职业学院张景荪院长、徐明江副院长及该学院安全防范系杨春、朱明等领导给予的大力支持和鼓舞。更加值得提出的是，本书在编写过程中受到了安保行业业内人士的高度重视与热情关怀。

例如，北京伟之杰安保集团总裁、中国民促会安保专家委员会执行秘书长者美杰先生为本书亲自作序。

再如，北京美廉美连锁商业有限公司的领导给予了大力支持，特别是为教材编写的前期调研工作提供了诸多方便；安宁庄超市安保部经理郭志成先生、安保主管鲍志国先生还在本书的内容编选上提出了具体而明确的建议，在本书第三个模块“人际沟通”的部分内容中，我们高兴地采纳了他们的意见。

另有，北京政法职业学院学生许凯文、李彤、郑旺、陈超、王祝、阚学禹、高连鳌、郭春玮等同学为本书插图制作，提供了姿态演示等支持，特此说明并致谢意！

本书在编写过程中，参阅了大量国内外有关书籍、资料等，从中吸取了许多精华，特别是在“培训方法方面”引用了一些同行的研究成果，由于诸多原因，事先未能找到有关作者协商和征求意见，敬请诸位专家、学者原谅，并致以衷心感谢！

由于水平有限，书中难免出现缺点和不足，恳请同行和读者批评指正。

杨秋平

2011年2月1日

参考文献

[1] 陈戍国．周礼·仪礼·礼记[M]．长沙：岳麓书社，2004.
[2] 彭林．中华传统礼仪读本[M]．杭州：浙江文艺出版社，2008.
[3] 彭林．儒家礼乐文明演讲录[M]．桂林：广西师范大学出版社，2008.
[4] 赵渊．沟通成就我们的一生[M]．北京：北京工业大学出版社，2009.
[5] 舒丹．实用口才培训手册[M]．北京：中国电影出版社，2005.
[6] 舒丹．实用口才必备手册[M]．北京：中国电影出版社，2005.
[7] 时蓉华．社会心理学[M]．杭州：浙江教育出版社，1998.
[8] 樊富敏．团体心理咨询[M]．北京：高等教育出版社，2005.
[9] 刘向鸿．实用情景语言[M]．北京：中华工商联合出版社，2004.
[10] 唐朝．三寸之舌赢天下[M]．北京：机械工业出版社，2008.
[11] 胡文仲，毕继万．跨文化非语言交际[M]．北京：外语教学与研究出版社，1995.
[12] 张芃．艺术形体训练[M]．北京：中国纺织出版社，2008.
[13] 石兴源，房彦慧．新编保安培训教程[M]．北京：中国人民公安大学出版社，2008.
[14] 鲍鹏山．孔子是怎样炼成的[M]．北京：中国民主法制出版社，2010.
[15] 戴尔·卡耐基．卡耐基社交口才[M]．北京：中国城市出版社，2008.
[16] 戴尔·卡耐基．说话的艺术[M]．北京：中国城市出版社，2008.
[17] 斯蒂芬·F. 格罗斯．关系智商[M]．上海：远东出版社，1999.
[18] 戴尔·卡耐基．人性的弱点[M]．上海：中国民间出版社，1986.